U0851016

人世间

记录有故事的普通人

胡念飞　李业珅　曹媛媛　著

南方日报出版社
NANFANG DAILY PRESS
中国·广州

图书在版编目（CIP）数据

人世间：记录有故事的普通人 / 胡念飞, 李业珅, 曹媛媛著. -- 广州：南方日报出版社, 2025. 3. -- ISBN 978-7-5491-3044-3

Ⅰ. I25

中国国家版本馆CIP数据核字第2025PR6971号

RENSHIJIAN

人世间

著　　者：胡念飞　李业珅　曹媛媛
出 版 人：周山丹
责任编辑：蔡　芹
装帧设计：肖晓文
责任校对：阮昌汉
责任技编：王　兰
出版发行：南方日报出版社
地　　址：广州市广州大道中 289 号
经　　销：全国新华书店
印　　刷：广州市新怡印务股份有限公司
成品尺寸：170mm×240mm
印　　张：20
字　　数：304 千字
版　　次：2025 年 3 月第 1 版
印　　次：2025 年 3 月第 1 次印刷
定　　价：68.00 元

投稿热线：（020）87360640　读者热线：（020）87363865
发现印装质量问题，影响阅读，请与承印厂联系调换。

序

以生动笔触记录平凡人蕴含的非凡

范以锦

当我捧起《人世间》这部记载普通人故事的书稿时，开篇的《理发师阿梅和房东的10元约定》一文瞬间吸引了我。这不仅因为故事中的“贝梅理发”店离我所在的南方日报大院仅有一二百米之遥，更因为我曾亲身接受过这家理发店的服务。随着我继续翻阅后续的篇章，探研一个个精彩故事，我越发感受到，书中描绘的这些平凡人物所做出的看似不起眼的善举，实则蕴含着非凡的意义；他们展现出的美好心灵与高尚品格，更是如同璀璨星辰般珍贵而闪耀。

“贝梅理发”店，宛如我儿时记忆中那些简陋的理发店翻版，静静地坐落在街角。虽然我常从这家店门口路过，但因其没有像其他理发店那样的时尚店名的招摇，亦无绚烂霓虹灯的吸引，很难引起我和其他路人的关注。正如《理发师阿梅和房东的10元约定》一文目光所及——“理发店‘藏’在五羊新城东兴南路上。如果不是老客户，或是有熟人带路，你很难找到它在哪。店外没有显眼的招牌、灯箱……店里一张洗头床、一把剪发椅、一条客人坐的长凳，就差不多把屋子塞满了”。我与“贝梅理发”店的初次邂逅，纯属机缘巧合。那日，急于参加一个社交活动的我，想尽快把脑袋修饰一下。在老同事的热情推荐下，我踏入了这家理发店。从落剪到完工，不过短短四分钟，镜中的自己，发型恰如人意。当我即将离开时，又一位顾客接踵而至。能吸引不少人前来理发，不是靠招牌，而是凭借着口口相传的美誉。正如本书开篇之作的第一句话里写到的“梅姐理发平靓正……”，这朴实无华的点评，足以成为其口碑传播的力量，光顾者自然不少。

就这么一个普通的人做了这么一件平凡的事，却能引发本书作者的关注。细读文章后，我觉得这家理发店的坚守其实并不平凡。尽管物价上涨，韦素梅的理发价格却多年未变，单纯理个发始终保持在10元。尤其在新冠疫情肆虐的艰难时期，她依然不涨价，这份难能可贵的坚持令人肃然起敬。而由此延展出的其他普通人之间的故事，同样令人动容：为了让韦素梅维持生计，房东梁炳生在新冠疫情期间主动降低房租。双方的相互扶持，是为了让更多的街坊享受实惠。梁炳生照顾韦素梅的生意，韦素梅和享受过理发实惠的邻里也操心着独居老人梁炳生的饮食起居。此外，店门口的“流浪猫狗爱心领养处”，好心人靠捡拾废旧纸皮所得的钱用于精心照料流浪猫狗，待它们被妥善安置后，又让邻居们免费领养。凡此种种，体现了邻里之间的深厚情谊与绵长爱意。

开篇之作仅是冰山一角，它以小见大，拉开了多侧面、多视角汇聚普通人平凡与不平凡的序幕。书中的人物千姿百态，包括公益人、“袖珍老师”、职业伴娘、火出圈的“炒粉姐”、江边的义务巡逻人、走红网络的女外卖员、边抗癌边考研的女孩、用阅读疗愈儿童的乡村教师、回老家种苹果的大学生、两根手指敲出5万字小说的脑瘫患儿……作者在茫茫人海中、在容易被人遗忘的角落里寻觅，发现了这些平凡与不平凡交织的身影。这本书既记录了人世间的温情瞬间，又闪现出普通人追寻梦想、热爱生活的高光；既描绘了打破世俗观念、过上不被定义生活的勇气，又表达了不达目的不罢休的坚毅执着。《女儿去世后，我将她“数字复活”》一文所叙述之事，在智能化时代是再平常不过的事，但作者通过展示人物不同岁月从小到大的连贯形象，以及不煽情却深情倾注的“‘延续’女儿生命”之举，引发了广泛的共鸣。本书昭示我们，生活虽由平凡故事编织，却构筑了社会不可或缺的基石。平凡中的每一次善行，可汇聚成社会的浩瀚善意与融融温暖；平凡不仅深刻揭示生活真谛，更熠熠彰显人性光辉；平凡是大多数人生命的底色，却从不阻碍多彩梦想照亮现实。那些不虚度光阴的逐梦人，正是社会舞台上最耀眼的星辰。

《人世间》巧妙地融合了散文的抒情韵味、非虚构写作的文学深度以及新闻的纪实本质，通过一系列情感细腻、波澜起伏的真实故事，映照出普通人的人生百态。

以散文笔法观之，书中各章如行云流水，笔触轻盈而富有层次，字里行间渗透着深邃的寓意和悠长的韵味。如《追星星的人》一文，以“漫天繁星赶走了恐惧”“一碗热腾腾的泡面，是寒风里对身心的慰藉”等描写，巧妙地展现了散文语言的独特魅力。文章开篇即设悬念：“入冬后，广东雨天减少，晴天变多。也到了观测流星的有利季节。”随后以“浩瀚夜空，流星划过，总带着几分浪漫”的诗意笔触，勾勒出追星人的艰辛历程：“但成为一个追星星的人，却要熬过漫漫长夜，熬过寒冷、孤独……”笔锋一转，深情叙述了陈俊锛三十载如一日的痴迷与坚守。结尾处，以“他带女儿看博物馆、逛植物园，也带她看星星。他期望女儿广泛涉猎，最终也找到自己的热爱。这份热爱可以像天文之于他一样，为生活源源不断地供给快乐”的感悟，既回应了开头的悬念，又赋予了文章悠远的意境，令人回味无穷。本书篇章故事饱满，结构自由而不失章法，在营造意境上不拘一格，但整体上主题鲜明，各篇章围绕一个中心思想展开，形成了形散神聚的艺术效果。

而之所以说它像非虚构写作，是因为其巧妙地运用了文学叙事技巧，真实还原故事情节，深刻表达思想见解。在非虚构写作领域，第一人称叙述常被采用，以增强现场感和真实感。本书多篇作品正是如此，即便未采用这种做法的作品，作者与采访对象也仿佛置身场景之中，凸显了“第一人称”的新颖视角。以《我在野外搭个家》为例，通过主人公的第一人称自述，生动再现了露营遭遇台风、夜观星空的惊险与美妙，与非虚构写作的身临其境表达高度契合。文章开篇描绘："4月的广州，天气多变。好不容易逮到一个好天气，黎文带上他的露营装备，出发了……之前一直试图去很远的地方寻找美景，其实很多美好的东西，就在你的身边。"随后，以"以下是他的自述"为引，以第一人称叙述徐徐展开："突然台风来了，全掀翻了。我跟我的狗笨笨一起往车里跑。它成了落水狗，我成了落汤鸡。哈哈，然后我们就躲在车里瑟瑟发抖。""记得那天刚好是新月，我们抬头一看，满天的星星。就像你看3D电影那种感觉，星空像一个三维的锅一样罩住我们，有远有近。""那次露营算是我们家的顿悟时刻，我们在一个固定的地方跟大自然产生感应。日出日落，中午傍晚，我们感受到同一个地方不一样的风、不一样的光线、不一样的生物。"这样的由第一人称叙述的栩栩如生的人物与场景，与非虚构写作的文体很贴切。关于非虚构写作，存在两种观点：一种认为在保证主体真实的前提下可凭合理想象添枝加叶，在进行情感表达时可以夸张、渲染；另一种则坚持绝对真实，尤其对公开发表在报纸上的非虚构作品要求更为严格。新闻人大多持后一种观点，认为虽可运用文学修辞描写故事，但不可违背新闻的客观、真实原则，合理想象与适度推测亦应避免。本书作者作为新闻工作者，严格恪守这一规矩，避免主观臆断或偏见。他们的作品既是深入调查、采访核实的新闻成果，又是运用文学手法赋予创意的新闻佳作，既保证了信息的准确客观，又增强了阅读的感染力与愉悦感。

《人世间》的墨香背后，蕴藏着胡念飞、李业珅、曹媛媛等几位南方日报机动记者部的心灵旅者。与那些相对固定的跑“线”记者不同，他们如游子般漫步于社会的广阔天地，让各处平凡人的故事悄然涌入他们的笔端。这本书是他们历时五年采访搜集的记录，是他们深入市井、捕捉生活光影、记录人间百味的结晶。在无数次的亲密接触中，他们从普通人身上发现了人性的熠熠光辉，感受到了时代的深深烙印。撰写此书，不仅是为了让更多人看见平凡背后的善良、向上、坚韧与热爱，更是为了传递这些温暖的力量，推动社会向着更加光明的方向前行。这，既是他们作为记者的职责使命，也是心灵深处与时代共鸣的自然流淌。其实，透过这些普通人的故事，我们也看到了自己的影子。每一个努力生活、踏实前行的你我的故事，同样值得被岁月铭记，被时代传唱。

（作者系南方日报社原社长、暨南大学新闻与传播学院原院长）

目 录

第二辑 追寻热爱 / 083

第三辑 不被定义的生活 / 149

第一辑 温情瞬间

理发师阿梅和房东的10元约定

“梅姐理发平靓正，我跟她十几年了。”“我们一家四代人都在阿梅这理发。”……

农历二月二，在越秀区五羊新城“贝梅理发”店，客人络绎不绝。理发师叫韦素梅，在五羊新城开店有25年了。理发店临近街边，地处广州市中心繁华地段，但韦素梅理发却只收10元。

理发不涨价是韦素梅和房东梁炳生的约定。2020年新冠疫情期间，看韦素梅生意不好，梁炳生主动降了房租，但他的条件是理发价格也不能涨，让街坊们享受实惠。

梁炳生照顾韦素梅的生意，韦素梅和邻里也操心着独居老人梁炳生的饮食起居。他们互相扶持、互相帮助，因为彼此的存在，让邻里之间生活温暖绵长。

理发10元

韦素梅的理发店“藏”在五羊新城东兴南路上。如果不是老客户，或是有熟人带路，你很难找到它在哪。

店外没有显眼的招牌、灯箱，走近了看，才发现窗上贴着“贝梅理发”四个字，风吹日晒，广告贴纸早已褪色。店里一张洗头床、一把剪发椅、一条客人坐的长凳，就差不多把屋子塞满了。

韦素梅是老板，也是唯一的员工。“我25岁就来广州做理发，今年50岁了。”韦素梅老家在清远连山，理发的手艺是在当地县城学的，这成了她来广州打拼的“敲门砖”。最开始她在五羊新城一个小区里租了个门面，6年前又搬到现在的地址。

因为剪发价格实惠、服务好，不少街坊都来捧场。

“我跟着阿梅剪发6年了。”许洁文是韦素梅的老客户，每次理发，她都会特意从海珠区坐车过来，她说，韦素梅告诉她的一些护发偏方，相熟的姐妹们都觉得受用。

豆豆（化名）上小学一年级，最怕的就是剪发。豆豆的妈妈说，孩子从小就“护头发”。只要给他剪发，就哭闹不停，每次韦素梅都是一边剪发，一边哄着。

韦素梅还带了“徒弟”，陈爷爷的儿媳妇就是其中一个。陈爷爷87岁，3年前因脑卒中行动不便。一开始，韦素梅会上门理发。后来因为新冠疫情期间上门不便，她干脆把手艺教给了陈爷爷的儿媳妇。“这么多年，有的老顾客已经走不到店里了，我就教一教他们家里人。”韦素梅说。

“两指一夹，男生‘军训头’长度不能超过一指”“有客人寸头也要一个月推3次，刚冒头发茬的长度最好”“年轻人赶时髦，我免费给他刮两道刻痕，外面一条要20块”……25年来，韦素梅对客人们的要求早已了然于心。

理发店里定价不高：理发10元一次；自带染发剂染发20元；烫头发50—

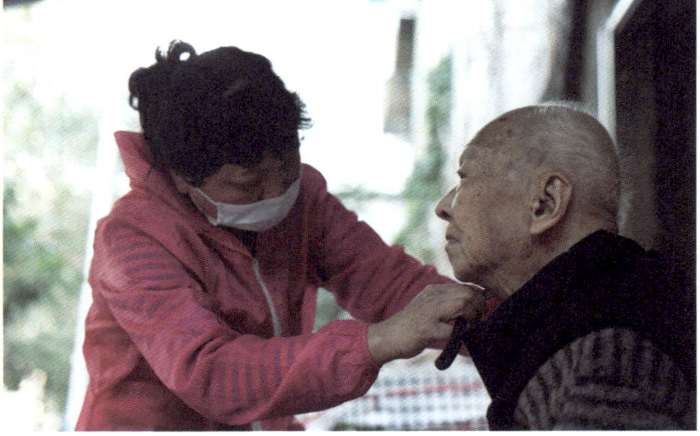

韦素梅帮房东梁炳生刮胡子

100元不等，这个价格在附近很难找到第二家。有几次韦素梅想转行，不少客人挽留她：“阿梅，你走了我们去哪理发？”

我降房租，你不涨价

“梅姐收费那么低，能付得起房租吗？”不少老顾客都劝韦素梅涨涨价。

“赚的钱够吃饭就行，再说梁爷爷也不让涨价。”

韦素梅提到的梁爷爷是房东梁炳生。梁炳生已经95岁，6年前，韦素梅租下了现在的店面，租金一个月3000元。

2020年新冠疫情期间，来韦素梅这里理发的人少了。梁炳生看她生意不好做，主动把房租降到了2500元，两年来再没有升价。

理发店临近街边，所在的五羊新城地处市中心繁华地段。近几年，铺面租金价格逐年攀升，韦素梅了解过周围的行情，跟她店面差不多大的房子，最少也要四五千元一个月，有的甚至更高，“如果房东涨价，我怕是做不下去的”。

但梁炳生有一个条件——理发的价格也不能涨。

“理发师是为人民服务的。”梁炳生告诉我们，来韦素梅这里理发的多是周围的老街坊，有老人、孩子，有菜场商贩、小店店主……他们收入不是很高，而韦素梅这里价格实惠，如果她因为房租无法维持生意，街坊们就少了一个理发的去处。

“国家给我的离休金，我一个人够用了。”梁炳生是泰国归侨，祖籍广东台山。梁炳生回国后在中新社做了20多年的摄影记者，之后在广东中国旅行社离休。

梁炳生的家就在理发店隔壁，现在他一个人住。家里布置简单，几面照片墙格外显眼。我们注意到，墙面上还贴着不少捐赠书。

梁炳生告诉我们，当时哥哥去世时，留给了他11万元的遗产。“这个钱不是我的。”梁炳生说，自青少年时代开始受到哥哥爱国、爱党、爱家乡的教育，他思来想去，决定把这笔钱以哥哥的名义捐给老家。

2001年他捐款12万元给台山华侨中学修建“梁炳才朱安娜伉俪”纪念楼；2011年台山市端芬镇上墩村“梁炳才大道”及“念兄桥”正式通行。“哥哥的那笔钱用完了，我就用我和老伴的离休金补上。”梁炳生说。

台山市端芬镇侨联会的工作人员告诉我们，20世纪80年代，梁炳生还曾协助发动海外乡亲捐资扩建香步小学、端芬医院；捐资和协助村民修建自来水设施；还捐书给泰国“孔子学院”和广东省博物馆。

“当时老家条件不好，见到了总要帮一帮。”提及往事，梁炳生已经记不清具体的筹款金额，但讲到老家的孩子们有学上、村民喝上了自来水的事，却能复述出细节，“乡亲们一拧开水龙头，干净的自来水就来了。烧饭、洗衣服都很方便”。

互相支持，彼此温暖

“他对别人慷慨，对自己很抠门的。”韦素梅说，之前梁炳生在家晕倒后，家人劝了好久，他才松口让子女请一个保姆；他爱喝汤，却让保姆用五花肉，舍不得买更贵的排骨。

梁炳生照顾韦素梅的生意，韦素梅和邻里也操心着他的饮食起居。梁炳生老伴已经去世，子女都在美国生活。近两年因新冠疫情，子女们探望不便，一些事情都会拜托韦素梅和邻里帮忙。

“梁爷爷你起床没？”早上7点半，韦素梅来开店，都会走到后门敲敲梁炳生家的窗。看到梁炳生已经按时起床，她才放心地去打理生意；邻居余毅早上送完孙子上学，常来韦素梅的店里坐坐，有时会顺便帮梁炳生买菜，打扫打扫院子。

梁炳生几次在家里晕倒，都是她们发现的。

“有一天我感觉梁爷爷家很久没动静，心里‘咯噔’一下。”韦素梅说，2021年11月，她正忙着理发，闲下来，发现有一会儿没见到梁炳生了，她和余毅赶紧去敲门却半天没人应，推开洗手间，发现梁炳生晕倒了。

“如果没有她们两个，我可能就不在了。”因为送医及时，梁炳生转危为安。他跟我们说，逢年过节，韦素梅和几个邻居会喊上他和她们的家人吃团圆饭；隔三岔五，她们还会特意扒开他家的冰箱，看看肉菜是否齐全……

在梁炳生的眼里，韦素梅和她的朋友们都是有爱心的人。理发店门口有一个“流浪猫狗爱心领养处”，多年来，她们靠捡废旧纸皮的钱换来猫粮狗粮。“毛孩子”们被照料妥帖后，供邻居们免费领养。

韦素梅与梁炳生以及邻居们，很难分清到底是谁在帮助谁。广州市中心高楼林立，在钢筋水泥的森林中，有这样一群人，他们互相支持、互相帮助。他们是邻里，因为有彼此的存在，生活才过得温暖而绵长。

天气越来越暖了，梁炳生让人扶着他到外面走走。他把手机揣在兜里，开着计步功能，边走边嘀咕着：“前段时间天冷，每天1000步的运动量都没完成。”

曾经的流浪狗欢欢被新主人送到理发店，让韦素梅临时照看一会儿。欢欢见梁炳生走出来，赶紧扑到他腿边，缠着梁炳生陪它玩。欢欢抬起两个前爪，梁炳生赶忙拱手跟欢欢互动起来，欢笑声回荡在巷子里。

阳光透过树叶照进来，微风吹过，红色、黄色的叶子纷纷落下。梁炳生抬头望望，街边的羊蹄甲已经开花了，广州的春天来了。

后记：2023年2月，梁爷爷去世。在梁爷爷去世后，梁爷爷的女儿继续打理梁爷爷的房子。如今疫情已经过去，房租也回到了之前梁爷爷给梅姐定的价格，不过这个价格在周边的店铺仍然实惠。梅姐也仍然坚持着理发10元的价格，让邻里们享受实惠。

我救了别人，也救了自己

邓世全30岁，他曾有多个身份：刑释人员、流浪人员、见义勇为市民。29岁那年，邓世全在街边流浪时，救下一名轻生女子。随着事迹被关注，他的生活也从社会边缘逐渐走向正轨。

2022年4月底，邓世全回到肇庆老家祭拜爷爷奶奶。他在坟前许下愿望，希望他们三姐弟平平安安、家庭幸福，自己能赚钱在老家盖起房子，顺利的话娶妻生子……

一个曾经的“失足青年”想顺利融入社会，需要多方力量。而在推着邓世全向前的力量里，有对他救人行为肯定的政府部门、帮助他的社会公益组织、给他提供工作的快递站老板、他的家人和乡亲们，以及无数个曾在网上给他留言打气，素未谋面的“你们”。

邓世全是谁?

邓世全的身上有多个“标签”。

他是刑满释放人员。2012年，邓世全因为盗窃罪入狱。2021年3月，他被刑满释放。

他曾是流浪汉。邓世全告诉我们，因为父亲酗酒，妈妈、两个姐姐和他经常被父亲打骂。母亲因为受不了这样的生活，带着两个姐姐离开了家。9岁那年，最疼他的爷爷出车祸去世，为了逃离原生家庭，他开始流浪。

邓世全在睡着的时候，眼睛总会半开着，他说，这是在流浪十几年里养成的习惯，因为睡得不踏实。

“我被警察送回去好几次，但我爸一打我，我还是要逃跑。”邓世全说，流浪时，他学会了偷东西，也最终因此被判刑。出狱后，他进过工厂、做过帮工。但当工友们知道他曾是服刑人员后，对他开始有些疏远。

“我很怕别人不接受我。”邓世全当时很敏感，他想，与其被别人“看不起”，不如回去流浪。他再次成了社会的“局外人”。只是他不敢再偷盗，以捡废品为生。

广州夏天炎热，为了避开蚊虫，他每天昼伏夜出。晚上，他常从江边出发，天字码头、中山五路、仓边路……一路走一路捡瓶子、废品换一些生活费；早上6点多，他在东河涌的一处石凳上睡下。日子如此重复。

周围少有人知道他的名字。“喂”“嘿”“流浪汉”多数人这么称呼他。似乎这个世界不再有人在意他，他更不用在意别人。直到一次救人。

2021年9月19日凌晨，他看到一名醉酒的年轻女子坐在江边，情绪低落，不时抽泣。“我开始以为她坐在那里醒酒，我怕她被‘打荷包’（偷钱

邓世全因救人获得见义勇为奖，也开始在意这个世界，他渴望融入这个城市，希望能在这里立足

包），就走过去提醒她要小心点。”

见女子没有应声，他便站在不远处观望。没想到，过了一会儿，女孩突然冲向马路对面，攀着护栏准备跳江。“我跑过去拉住她，她一直推开我。”最终女子挣脱，跳入江中。

广州市公安局提供的视频资料显示，该女子跳江后，邓世全随即也跳了下去，他抓住了她。随后，民警赶来救援。

“当时在水里，那个女孩心情很差，一直在哭，我就讲我的经历安慰她。”邓世全说，等到民警把他们拉上岸，他才发现自己的脚受伤了。

他也没想到，因为这件事，他成了见义勇为市民邓世全。

救人之后

时隔半年，回想起这段经历，邓世全觉得自己不仅救了轻生的女孩，也救了他自己。

得知邓世全救人的事情后，广州一家公益组织跟他取得联系，为他找了一份交通协管员的工作，还帮他租了房子。

邓世全对工作很期待。他还记得上班第一天，穿上黄马甲，戴着绶带，在马路上指挥着车流，“之前都是被别人指挥，现在可以指挥别人了”。

工作是临时性的，他曾想长期做下去。他问我们，自己联想到爷爷死于车祸，而自己成了一名交通协管员，算不算一个好故事。说完，他点了点头，对自己给出的答案，表示满意。

救人之后，发生的事还远不止这些。邓世全获得了广州市见义勇为基金会和广州市见义勇为评定委员会的奖励证书，以及奖金。

他记得，在表彰会上，他被安排坐在第一排第一个位子。基金会理事长点了他的名字，还向媒体介绍他是流浪人员。

大会结束后，媒体记者围着他采访。面对媒体，他有些紧张，讲话磕磕绊绊。有记者问他感想，他说了自己的服刑经历，他说教导员邱敏维告诉他出去后，“多看看外面的世界，多做一些对社会有用的事”。

“流浪者凌晨勇救跳江女子，广州市见义勇为基金会开展慰问奖励”“曾服过刑的流浪汉勇救跳江女孩，获奖后他说：想从此刻重新开始……”他把有关自己的报道都一一收藏，他把印有自己事迹的报纸，小心折好，装进信封。

邓世全救人的事迹，也在老家传开。4月底，我们跟着邓世全回了一趟老家，村民们对我们的到访并不意外，“世全，又有人采访你啊”。村民们说，早前，这件事被村民发到群里，有人竖大拇指，有人夸他“浪子回头”。堂叔赞他“世全，‘生性’（懂事）了不少”。

邓世全开始在意这个世界，他甚至开始为生活焦虑。

交通协管员的工作合同到期后，没等公益机构推荐下一份工作，他已自己找了一家快递站上班。

他一刻都不敢等，怕自己再回到过去。

邓世全有手抖的毛病，越往前伸，手抖得越厉害，“可能是之前偷东西害怕，落下的毛病”；他特别怕冷，4月的广州，他会多套一件毛衣或者穿一件加绒外套，因为“流浪时冷怕了”；他时常半夜惊醒，睡不着的时候，他就在心里跟爷爷说话。“我告诉爷爷保佑我，让我坚持下去，再苦再累也不要再放弃自己。”

2021年9月19日凌晨，邓世全在广州沿江中路天字码头跳江救了一名轻生女子

挣的钱干干净净

工作，给他实在的安全感。

第一次发工资，邓世全兴奋又期待。“4986元”，他清晰地记得金额，发工资那天中午，他花了25元，到快餐店给自己加了两个荤菜：黄豆焖猪手、手撕鸡，“第一次吃那么贵的快餐，吃菜都吃饱了”。

现在他在一家快递站工作，那里规模不大，主要负责大件货物的运输。早上7点刚过，邓世全已到了站点，晚上将近11点，他才下班。

工作虽然辛苦，但是邓世全感到心里踏实。“这些钱是我自己赚来的，每一分都干干净净。”

快递站的老板周家坚知道邓世全的过去，“他之前做过坏事，也做过好事，总要给人一个改过自新的机会”。在周家坚眼里，邓世全“能干”“勤力”。邓世全说，他会刻意早来晚走，主动打扫公司门口的垃圾。他想给老板和同事留一个好印象，保住自己这份工。

4月底，时隔十几年，邓世全第一次回到肇庆四会市江谷镇田西一村给爷爷扫墓。他在山上兜转了几圈，打电话叫来堂叔，才找到爷爷的坟；坟前少人打理，邓世全花了一个小时除草；他不会摆放祭品，只能一边看别家的坟冢，一边学。

爷爷是邓世全童年里，为数不多的温暖记忆。爷爷曾把买药的钱省下来，给他买文具、买零食。

在爷爷坟前，邓世全拿出见义勇为证书。“阿爷、阿嬷，早年我不懂事做了错事，很久没来看你们。你们看，这个证书是广州市政府肯定的，带给你们看。孙子我之后会走回正道，希望保佑我们三姐弟平平安安、家庭幸福。我想赚钱把老家的房子盖起来，顺利的话也娶妻生子……”少言的他说了很长很长的话，几度哽咽。

在邓世全老家，祖屋早前已倒塌不在，父亲已去世。两个姐姐早早嫁人，母亲仍无音讯。他打算每个月给姐姐打2000元，让她帮自己存着。

“你说，我每个月存2000元，有个三五年，我就可以回老家盖房子了。”从老家回来的路上，邓世全一路上跟我们算着账。

5月5日，立夏。当晚，在天河龙洞城中村的一间出租屋里，邓世全点开了房间的空调，27摄氏度，对于邓世全来说温度刚好，舒服、凉爽。夏夜，他第一次在空调房睡下。那晚，他少有地睡了一个整觉，连梦都没做。

一觉醒来，他打开手机，看到快递点有50票快递等他去送；客户还有两三百公斤的货等着他收；这个间隙，他还要帮忙卸一车9米×6米尺寸的货柜……

普通人邓世全的一天开始了。

女儿去世后，我将她“数字复活”

在女儿因意外离世半年之后，深圳父亲赵晓冬开始在网上上传从小给女儿拍摄的视频。5个月，93条短视频，网友被他们一家的欢乐氛围感染。这个账号获得了近百万的点赞，有10.6万人成为粉丝，还有网友亲切地称赵晓冬爱笑的女儿为“月牙妹妹”。

赵晓冬觉得女儿在网络上“数字复活”了。采访时，赵晓冬跟我们强调他不习惯煽情，只是希望人们能够认识女儿雨婷并且记住她。这位父亲在用他自己的方式“延续”着女儿的生命。

女儿生前，赵晓冬一家三口常去影院看新上映的电影，采访时他多次提到电影《寻梦环游记》中的台词：“死亡不是终点，遗忘才是。”

以下内容根据赵晓冬的讲述整理。

赵晓冬父女

一

我从来没想过，给女儿拍的成长视频在现在发出来。

这些视频是女儿雨婷从小到大的一个记录。一开始是拍照多一些，2002年的时候，女儿7岁，我看到有人用手持DV机了，我也狠狠心买了一台。我还记得价格是7800元，花了我三四个月的工资。

从那个时候开始，我逮住机会就拍。我不是想拍什么高光时刻，什么大场面，就是想拍日常生活的细节、点滴。我拍摄都以抓拍为主，或是“偷拍”，哈哈。我经常就是架一个摄像机在那里。

比如，拍一些雨婷的重要时刻：她第一次上幼儿园，第一次登台演节目，第一次有手机，第一次拿到高中录取通知书，第一次去大学报到；还有一些挺好笑的场面，因为篮球赛跟妈妈争论。生病发烧了，小脸烧得红扑扑的，妈妈抱着她……

现在算一下，录像带有十几盘吧，后来就是相机、手机拍得多了。视频还是小的时候多一些，她上大学，然后去工作，拍得就少了。这些视频我起初是卡带、电脑、硬盘存在这三个地方，有快300G的内容。现在就再备份一份到云盘里面。

我一直觉得，一个人有一份从小到大的影像记录，是很珍贵的。我是计划一直拍下去的。等到我七八十岁吧，把她从小到大的这些记录，剪成从小到大的经历影像送给她。

我想，这是我们要离开这个世界之前，给她留下的一笔精神财富。能给孩子留下这样一份回忆，我觉得这是用多少钱也买不到的，是吧？

二

我是误打误撞现在成了一个你们说的“博主”。

2023年6月，我在网上发了第一条雨婷的视频。

当时，离雨婷出事过去有半年多了，我们的心情稍微平复了一些。之前我们一家三口看过一个电影叫《寻梦环游记》，里面的观点对我还是挺震撼的。那里有一句很经典的台词："死亡不是终点，遗忘才是。真正的死亡是世界上没有一个人记得你。"

我想着，7月24日是雨婷的生日。也就是这个原因，我把雨婷以前的视频都整理了出来，我想着把视频发到短视频平台上，让亲朋好友们看看，能永远地记住她。

当时，我短视频平台很少粉丝。关注的也就是一些周围的熟人。但是视频发出来，关注的人多了一些，我和她妈妈也有一些顾虑，我们这样发出去好不好。

一开始，这个短视频号是我用来发深圳风景的。深圳有几百个公园，我计划每个周末去一个，雨婷和她妈妈出镜做模特，我做摄影和剪辑。当时是发了四五个公园吧，雨婷很关注，总是来问我后台有多少人看了，要是点赞

"月牙妹妹"赵雨婷

的人多，她也很开心。

雨婷很喜欢别人关注她。我就和她妈妈决定把这些视频继续发下去，越多人关注越好。

现在我一共发了93条关于女儿的视频，有10.6万的粉丝，100多万的点赞量，1.3亿的浏览量。因为她爱笑，一笑眼睛弯弯的，网友还给她起了个名字叫“月牙妹妹”。我还有几个粉丝群，粉丝给起的群名叫“家有儿女”。

女儿在的话，应该会挺开心吧。

三

我看短视频后台有一个数据分析，我粉丝的年龄段最多的是24—30岁，其次是30—40岁。就是跟雨婷差不多这个年龄段的一群人。他们关注度最高的话题是“我们的家庭氛围”，其次是喜欢雨婷的。

还有一小部分算是我的“颜粉”，觉得我年轻的时候（颜值）还可以。哈哈。这一点雨婷应该赞同。我记得她高中那时候开家长会，我和她妈妈一起去了，她让妈妈原地等待，她挎着我胳膊，挨个班串门儿，跟她认识的同学介绍：“这是我爸，帅吧？”

哎呀，她当时那个显摆的劲头儿，我和她妈笑得够呛。

这些回忆，也是这次发视频，我们才慢慢想起来，甚至她妈妈都不知道我拍了这些。现在她妈妈变成了催我更新的人，我一发视频她马上看，一遍一遍地看。还说，没想到还有这么多好玩的事情。

我印象最深的是她11岁的时候，用零用钱给我买父亲节礼物。

她平时很抠的，因为这些钱都是她做家务得的，比如刷一次碗给她5角钱。那天父亲节是6月18日，她把所有的零用钱都拿出来给我买了一副墨镜，还剩了两块钱，给我买了雪糕吃。因为对她来说，雪糕是最好的。

后来她长大了也是，带我们去看最新的院线电影、吃网红餐厅，带我们一家去国内国外旅行。

也有网友问我，觉得我们家庭氛围好，怎么营造出来的。其实，我们自己并没意识到，我一直对女儿没有太高的要求，我只希望她健康快乐就行。

我想说，如果看了视频，你们喜欢我们家庭这种模式，觉得我们这种方式对小孩子好。那就别抱怨自己的原生家庭，而是把这种方式放在对待下一代人身上。

我和女儿的故事停止在2022年12月18日。我用分享视频的方式，让越来越多的人认识她，有人觉得雨婷已经成了她的“数字朋友”。这也算是让女儿“数字复活”吧，感觉我们父女的故事还能继续讲。

不是说可能有平行世界嘛，想跟丫头说一声：我们都想着你。

一个全职三胎爸爸的日常

邓可，39岁，是三个孩子的爸爸。2013年他创业失败，之后他从协助妻子经营工作室到逐渐回归家庭，成为一名全职爸爸。在这个过程中，他也在照顾家庭和自我成长中不断权衡。

采访时，邓可告诉我们，他觉得自己虽没有成为一个常规的“榜样爸爸”。但他想做一个不发脾气、包容理解家人，守护孩子们顺利独立的爸爸。

怎样才算是一个优秀的父亲，并没有标准答案。而通过孩子们的言语，似乎能找到一些蛛丝马迹。采访时，邓可5岁的女儿又米告诉我们。她的爸爸很厉害，如果有一天狮子从笼子里跑出来了，她的爸爸也可以把它们赶回去，她的爸爸真的很棒。

以下是邓可的自述。

用供应链的思维管三个孩子

你们好，我是米爸，一个全职的三胎爸爸。

我们有三个孩子：老大是儿子，12岁；老二、老三都是女儿，分别是8岁和5岁。我们没想过生三胎，但是孩子意外来了，就顺其自然地生了。

回家做全职爸爸，算是一种被动选择吧。2013年我自己创业失败了，但我老婆的工作室越做越好，所以我除了协助她做一些工作，大部分精力都在管家里的事情。后来成立了团队，我就退出来了，顺其自然地成了一个全职爸爸。

大概是2019年，我看我妈妈已经帮我带了9年孩子了，孩子也大一些了，也想让她休息一下，就让她回老家了。现在我们也没找到固定的阿姨，所以家里的这些事情基本是我在管。

全职在家每天的日常，就是接送孩子、买菜做饭、打扫卫生。我跟你概括几句就讲完了，但是当我做了这些事情以后，才发现我每天的精力就耗在了这里面。

我每天早上6点起床。光是早上的闹钟我就设了5个，分别是：我起床，然后打豆浆，热锅、做早餐；接近7点，开始叫妈妈、老大、老二起床；7点15分老大要出门坐车去学校；接着妈妈送老二上学；7点30分，我叫老三起床，洗漱、帮她扎头发，带她出门的时间是8点。

之后这一天，我要买菜、做家务、做饭，再接孩子……如此循环，有时我哄着孩子自己就睡着了，凌晨一两点醒来，再看下衣服洗好了没有，再拿去烘干。现在时间理顺一些了，我最开始在家做全职爸爸的时候很慌乱，一团乱。

如果家里只有一个孩子，带孩子、做家务还可以兼顾好。但当你有三个孩子的时候，又没有其他人辅助时，家里真的会“爆炸”。记得当时经常全家人两三天的脏衣服都堆在那里，前一天的碗筷，在水池里垒得老高。

邓可在做饭，他还曾为给孩子们做饭专门参加过厨师培训

后来，我开始学着梳理每天要做的事情，做计划、定时间节点。很多经验就是试错试出来的。比如，出门接孩子前，我要把晚餐的粥或汤煮好，这样他们四五点回来喝，刚好是温热的；我会提前一个半小时出门去接老三，她们学校外面有充电桩，这个时间，我就能顺便给电动车充电。

带三个孩子，真的要用供应链的思维来管理。在什么节点做什么事情、突发情况的预备方案都要有。我之前做过室内设计，也开过网店。没想到之前的工作经验都用到这儿了。

我也有崩溃的时候

我的时间都是零碎的，我基本是见缝插针做一些自己的事情。

每天接送孩子，大概有3个小时的时间在路上，我就利用这个时间，听各种课程。比如科学类、营养学、教育类、亲子关系等。虽然我现在没有出去工作，但总不能停止学习，我学到的正好也运用到孩子身上，对不对？

我之前为了给孩子们做饭，还专门去考了一个中餐的初级厨师证。一方面是我对烹饪感兴趣；另一方面也是为了家里孩子健康，尽量少吃一点外卖。

我当时学了60多道菜，主要是广府菜。一些大菜的话，比如乳鸽、白切

邓可在照顾女儿

鸡、烧鹅这些，我都会做。不过做这些比较花时间，日常的菜比如啫啫煲、萝卜牛腩，比较受家人们欢迎。

你现在听我说得挺从容，但我也有崩溃的时候。尤其是经过一天高速运作各种零碎或突发的事情后。到晚上真的是累得不行了。

那时候，我会躲进我放电脑的小房间里，去摸摸我收藏的游戏机。之前还有精力玩一下，现在基本就是装上电池，给他们通通电，防止损坏，我们叫“烧机”。要不就等孩子们全睡了，我自己下楼买瓶喝的，在楼下走几圈。

我记得我最崩溃的那一年是2017年，那段时间心情真的很低落、抑郁，感觉没有地方发泄，我对自我价值也产生了怀疑。如果你在外面工作还有个周末，我的周末比工作日更忙，因为到了周末要带孩子们出去玩。那个时候，我就特别想找一个出口。

当时，我就协调了我妈，那时候家里还有一个钟点工阿姨，保证家庭能正常运作。我用了一个月的时间去骑川藏线，当我把川藏线骑完以后，确实治愈了我。在这个过程中，我想明白了一些事情，也开始觉得我做全职爸爸也是有价值的。

很多全职父母都会经历这个过程，这个过程能不能治愈，真的就是要看他有没有办法来发泄自己的负能量。还有就是，另一半的理解和支持，这个非常重要。

全职在家的那个人社会属性变弱，社交圈子也在变窄。这是很需要另一半肯定他在家做的这些事情的。

这一点我妻子做得挺好。在她看来，我们是家庭分工不同。处理家里的事情我更擅长，所以我就承担多一些。但她并不是“甩手掌柜”，也会替我分担。一开始我妈妈很担心我在家做全职，但看到我们夫妻之间都认可现在这个状态，她也没有再管过。

最感动的时候

有人问我打算全职到什么时候。其实，我并没有完全放弃自己的事业。有时我也会帮别人做一些设计，只是我现在时间很少，所以做得也少。但我没有放弃对这个领域的关注。我也是有危机感的，如果万一有一天，我妻子的收入负担不了家庭开销，我要具备能出去赚钱的能力。

人成长过程中，尤其结婚生子之后，总要在家庭属性和社会属性中权衡。

一个家庭，如果没有人去协调家里的这些琐事，还有谁能帮你协调？我们还没有条件说所有的一切都通过请保姆来解决。即使是有条件，除了花费很多成本以外，还缺少了很多跟孩子交流、互动的机会。

我现在很享受接送孩子的过程。在路上，除了放一些故事来“煲”他们的耳朵以外，还会做一些亲子沟通。比如，交流今天在学校遇到什么事情，同学们都怎么样。这些是你请人无法做到的。

邓可给孩子们讲睡前故事

在育儿的事情上，爸爸的参与度真的非常重要。尤其像我有两个女儿，我觉得我经常陪伴她们，会让她们未来对待社会、对待自己的另一半的需求更清晰，也更有安全感。

爸爸对儿子的引导也很重要。尤其是在青少年时期，如果父母引导得好，这个孩子未来发展的大方向不会差；而如果引导得不好，可能就会出现问题。我看到现在不少家庭，爸爸非常忙，有的甚至忙到孩子们都很少见到。我觉得这是不应该的。

现在我最有成就感的事情，就是当家里很乱的时候，我满头大汗地把所有东西收拾完后，家人回到家里，哇的一声，说家里好干净、好整洁，饭都好了，菜都做好了，这就是你最欣慰、最开心的时候了。

孩子们看到你把家里收拾得这么整洁，会体谅你的辛苦，他们也会主动帮你去做一些家务，然后跟你说，“爸爸我爱你”“我太喜欢你了，我好喜欢你”。晚上睡觉的时候，我女儿会抱着我胳膊，抱得紧紧的，说爸爸好爱你，我要永远跟你在一起，这就是我最感动、最幸福的时刻。

把父亲14年寻子的经历写成书

14年又57天，孙海洋寻回了儿子。

多年来，孙海洋夫妻寻子之路一直颇受关注。2021年12月6日，孙海洋夫妻与离散14年的儿子孙卓相认，一家人终于团聚。目前，由孙海洋口述，其女儿孙悦执笔的纪实作品《回家：14年又57天》已发行2个月，以父亲第一人称的视角呈现经历。

2007年，孙海洋的儿子孙卓在深圳走失，为了寻找被拐的儿子，孙海洋印发了10万份寻人启事，甚至做了一张写着“悬赏20万寻儿子”的广告牌挂在自家店铺上面。也因为这块广告牌，孙海洋上了新闻，被大众所知，他的经历也被改编进电影《亲爱的》。

2021年，公安部部署全国公安机关开展“团圆行动”，截至当年6月11日找回了1737名被拐儿童。到这一年的12月6日，在经历了14年又57天的寻

《回家：14年又57天》

找、30多个城市的奔波、5172个日夜的守望后，孙海洋终于再一次把儿子孙卓抱在怀里。

在孙卓被拐失踪时，姐姐孙悦才9岁，父母的寻子经历自此伴随着她的成长过程。

她自觉自己从一个旁观者，到亲历者，而如今，她选择做一名叙述者——

在2022年正式开始提笔将父亲寻子的经历写下来前，孙悦于2020年时便已有这样的想法，但因为当时觉得过于沉重，担心写作的过程再次撕开家庭的伤口，这个想法起初只是在她脑海中徘徊。

而2021年底，弟弟孙卓被寻回，一家人的团圆让她有了真正提笔写作的契机。“在写到以往父母因弟弟丢失而争吵，家庭伤心的那些回忆时，我写得特别快，因为记忆太深刻了。”孙悦这么说道。因为记忆足够深刻，情感足够真实，在4个月时间的构思、采访、写作后，她完成了《回家：14年又57天》一书。

她坦言，希望以超越小家的经历，给社会更多的力量，给那些还未团圆的家庭一份温暖。这次，我们通过对话的形式，呈现孙悦写作背后的所想所思。

直面过去伤痛的勇气

问：你在之前接受采访时曾说，在两年前便想写一本书将父母寻子的经历记录下来，是什么原因让你决定开始写这本书？

孙悦：我之前就想把父亲寻找弟弟孙卓的经历写下来，之前我也会听到一些关于父亲的经历，或者看到和他有关的报道。我自己私底下也会写些东西，看到别人在写、记录父亲，而这些事和我都有关系，所以我当时就决定一定要有一次是我自己来写。

但真正让我决定开始写这本书，是因为孙卓回来了。就像我在这本书后记里边写到的一样，孙卓在回来之前，我可能会觉得写这样一本书是比较难

孙海洋一家团圆

的。因为在孙卓没找回来之前，我问父亲寻找孙卓的经历，整个回忆和讲述的过程对于家人而言都是沉重的。

像是面对一个伤口，当时的我也没有那么充足的力量去写这样一本书。而在孙卓回来后，相当于给这么多年的经历画上一个句号，这让我们一家更有勇气去面对过往，并且去记录它。

问：为什么选择以父亲自述的方式来呈现14年的寻子经历？

孙悦：我在写第一个样章给出版社的时候，用的是第三人称。但之后我觉得自己在写的是一个更属于父亲孙海洋的故事，就应该从他的视角去看这14年的经历，以此呈现他直接的心理变化，甚至是父亲从壮年到中老年的一个成长。所以在各方面因素的考虑下，我还是觉得用第一人称可以将经历写得更加深入。

在这本书出版之后，我常常会收到一些来自读者的反馈，他们说，我将父亲孙海洋的心理活动写得很真实、很细腻。这可能确实是我从第三人称的角度去叙述的话，很难做到的一点。所以现在回过头来看，我用第一人称自述的方法是一个对的决定。

问：起初你把自己想写这样一本书的想法告诉家人时，他们有什么反应？

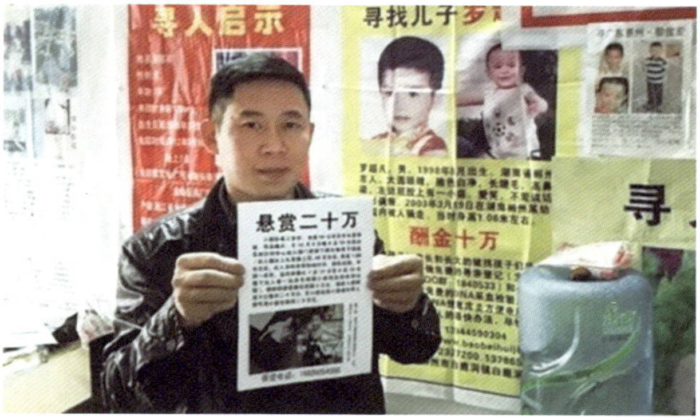

为了找孩子，孙海洋曾跑遍全国各地

孙悦：我和我父亲相当于是一拍即合，我们之间在很多事情上还是蛮有默契的，我知道他想什么，他也知道我想什么。一开始我还在怀疑自己能不能把这个时间跨度长达14年的经历写好，但是我父亲很确定地说：“你是能写好的。”我当时在写这本书时，还采访了孙卓，因为一些细节只有他知道，他当时还很努力地回忆来着。

呈现具体的人

问：你一开始写的时候，会觉得这是一个沉重的写作过程吗？

孙悦：我不觉得是一件很沉重的事情，因为它已经有一个好的结局了。在这之后，我再去回忆之前没有去直面的痛苦，就会发现这些痛苦已经过去了，可能更会感到唏嘘。

问：你希望自己能呈现一个怎样的父亲形象？

孙悦：我当时的想法是我要非常真实、客观地去写我的父亲，他是一个有血有肉的人。因为在这14年里，很多报道、很多声音把我父亲称为“打拐英雄”，但作为女儿，我看到的是他在寻找孙卓的过程中，不仅有希望，也有愤怒、沮丧甚至是绝望。

父亲他在寻找孙卓的过程中，也不断和其他寻亲家庭互相帮助，但他也会有负面情绪，会愤世嫉俗，也会有不甘心和痛苦，这是作为人的更真实、更人性的反应，也是很多寻亲家庭的真实情绪。

问：你在这本书中的写作技巧、手法上，有没有受到哪些作家的影响或启发？

孙悦：我在刚开始写的时候，读了挺多非虚构作品，而我的写作手法更多受梁鸿老师的影响，《回家：14年又57天》这本书每一章末尾的引用方式，我的灵感便是来自梁鸿老师的作品《中国在梁庄》。

问：你还记得第一次拿到刚出版的《回家：14年又57天》的时候，自己的感受吗？

孙悦：9月底拿到自己写的书时，如释重负，这几个月的努力终于有了一个成果。

超越小家

问：多年以来，你和你的家庭被置于社会舆论的讨论中，书的出版也掀起了新的一次讨论，对你而言，你习惯了这些外界的关注了吗？

孙悦：在我小时候，就陆续有不少记者来我们家采访，我也已经习惯了。而据我了解，孙卓也挺平静的，对于外界的关注和声音，他不会特别在乎，在这一点上，我很佩服孙卓，不要让外界的声音太过影响自己的生活。

问：如今该书已出版2个月有余，社会上对这本书、对你们一家也存在着不同的声音，甚至会有批评与不理解的声音，对此你怎么看待？

孙悦：我很欢迎批评的声音，比如说像这本书在豆瓣上面评分9分多，让我觉得很惶恐，大家对我太宽容了，因为这本书不是一本那么优秀的书。从文学的角度来讲的话，它肯定还算是比较粗糙的，也有一些缺陷。

所以我很欢迎大家能够中肯地提出来。但对网络上那些攻击性的声音，其实我们不会太去在意，因为不是所有人都能理解我们。

问：像你刚才有说到你父亲被称为“打拐英雄”，或者被称为“电影

《亲爱的》原型”这样的一些标签，你会怎么看待这些标签？

孙悦：我能理解标签的存在，但我们更想尽可能去掉身上的标签，做真实立体的人。

问：一家人14年的经历浓缩在这本书中，对你而言，这本书的出版，有着什么意义和价值？

孙悦：在刚开始写这本书的时候，我就希望它的价值是能够超越我对小家的一个回忆，或者说超越孙海洋个人的经历，以此去呈现更多寻亲家庭的真实经历，也以此去呈现14年间社会的一些变化和进步，也希望能够给社会带来一点点能量，鼓励读到它的人。

用我的记忆，挽留父亲的记忆

“原本存在于记忆库的物事，如同一页满负着主人大半辈子的书写和涂鸦的纸张，正遭遇一块强悍的橡皮擦，纸上的字迹和画痕正被迅速擦去……”这是上海作家薛舒作品《远去的人》中，对于患阿尔茨海默病父亲的描述。

作为一名阿尔茨海默病患者的女儿，从2012年至2020年父亲离世，薛舒照顾、陪伴患病父亲8年岁月。父亲在70岁时患上了阿尔茨海默病，从起初的短暂失忆、性情暴躁多疑到逐渐不认识亲生亲养的儿女，不认识陪伴身边的妻子，父亲遗忘速度是快速而令人痛心的。

照料父亲的日子被薛舒以日记的形式记录下来，起初她希望将心中悲伤矛盾的情绪倾吐出来，而后这些真实的描写汇集成一本非虚构作品《远去的人》，发表于2014年第四期《收获》，并于2015年出版——其中记录了父亲前3个患病春秋的日常。

阿尔茨海默病的临床症状分为两方面，一方面是认知功能减退，另一方面是非认知性精神症状。该病症通常导致大脑皮层受损伤，会导致如失语、失认或失用和非认知性精神症状等。据统计，全球约有3500万阿尔茨海默病患者，而我国的患者数量居世界之首，目前已超过1000万人。

统计数据背后是每个家庭真实的生活写照。

2021年，上海的一名阿尔茨海默病患者孙志雄，因其儿子孙晓雄在短视频平台上记录父亲的生活，孙志雄意外成为网红——人们称他为“上海的阿尔茨海默病爷爷”。对长期关注他们的网友而言，这些生活的细节温暖感人。

对于子女而言，无论是何种创作方式，记录家中患病老者的日常和照料的点滴是更感性化的表达，往往带着爱与责任——这是对患病老人的纪念方式，也是家属们的情感寄托。

在他们眼中，尽管患上阿尔茨海默病的父亲逐步变成一个“孩子”，但父亲仍是陪伴其成长的家中“主心骨”。

当父亲的记忆消失时

阿尔茨海默病患者的遗忘，对于家属而言，是无法回避的话题。

2012年6月，薛舒刚满70岁的父亲骑自行车去居委会领乘车卡。“居委会就在小区隔壁的弄堂里，骑自行车只需五分钟。可是，他在一条十八年前就已熟识的弄堂里徘徊了一小时，他找不到他要进入的那扇门了。他从不认为需要记住那是几弄几号，那只不过是一扇让他熟视无睹的门。”

彼时，父亲已开始有了遗忘的迹象，在确诊前，当时家人怎么都不会想到是因为患上了阿尔茨海默病。父亲患病后，记忆大块大块地混乱甚至是丧失。在薛舒的回忆中，每一次回家探望已遗忘自己的父亲，她往往仍会大声喊着：“爸爸!”

孙晓雄父母

“大多时候他会爽快地回答：哎！女儿。可是他并没有注视我，他总是半垂着眼皮，涣散飘忽的目光所抵达的是某个不知所终的地方。我拍拍他的肩：爸爸，你看看，我是谁？”

“他终于抬起眼皮看着我，片刻，堆起一脸抱歉地笑：对不住，想不起来了。”

在《远去的人》一书的后记中，薛舒这么记录父亲对自己的遗忘，她形容父亲的回应只是一种“类似条件反射的机械动作，与记忆毫无关系”。

当时，住在上海杭州湾的薛舒总是会突然接到母亲打来的求助电话，这让她不得不一次次驾车近百公里赶回浦东的父母家，安抚父亲焦躁的情绪、行为，并安慰不知所措的母亲。

有一次赶回家，她一打开门，便看到父亲正把一只板凳从客厅拖到厨房，又从厨房拖到卧室；父亲有时候也为不肯洗澡而站在厕所门口与母亲怒目对视；也会像小孩一样伸出手掌，向薛舒讨要零食吃。

也因为当时需要照顾父亲，薛舒发现自己一贯的生活方式和日常秩序被打破——她无法在自己家中安静写作。“每次赶回父母家，停下车，我会在

孙晓雄和家人为父亲庆祝生日

驾驶座上呆坐好一会儿。”她坦言因此感受到焦虑和压抑。

2011年，在孙晓雄46岁时，其70岁的父亲患上阿尔茨海默病，逐渐出现失忆、失智、失禁等症状。正值创业关键时期的孙晓雄，最终选择放弃部分生意，只为照护父亲。

生活被改变的，还有半辈子陪伴在病人身边的伴侣。之前，孙晓雄的母亲李中玲有着丰富的老年生活——上老年大学、弹琴唱歌、做十字绣……但其丈夫孙志雄患病后，她生活的所有关注点都放在了丈夫身上。

因长年照顾生病的父亲，本身便有高血压等基础性疾病的李中玲患上了抑郁症、焦虑症。一开始，李中玲无法接受丈夫患了阿尔茨海默病，更无法接受他忘了亲人。为此，家人四处求医问药，无法接受病情的“不可逆性”，直到丈夫患病五六年后，李中玲才逐渐接受这些事实。

用记录来抵挡遗忘

直到父亲确诊阿尔茨海默病，也直到父亲智力退化、对时间认知产生混乱、在短短1年时间内遗忘大块大块的记忆——忘掉自己的家、大多数亲友，甚至忘掉最亲密的亲人……薛舒开始意识到，要用自己的记忆来留住父亲的记忆。

作为作家的她习惯记录，在完成《远去的人》的日子里，她常常白天照顾父亲后，夜晚回家伏案写作，边记录边流泪。这期间，她也不断询问父亲的老同事、老家的亲人，试图通过他人不同面向的讲述来建构一个完整、全面却依然真实的父亲。

《远去的人》中这位父亲的形象是复杂多面的。父亲在生病时暴躁、多疑，却又总是展现天真无邪的一面；父亲年少时离开家乡来到上海生活，开着小货车为一家人谋生；父亲常常自我解嘲，教育自己的子女要诚实守信……

在书中，通过小家庭的真实生活，读者能看到身患阿尔茨海默病的父亲的真实病情，也能看见至亲照料患病父亲的矛盾、苦痛、责任与爱，甚至是作为女儿的作家薛舒自我的反省与疗愈。

薛舒此前接受采访时曾说：“我从小把他当作我们家庭的保护伞，他是我们家里的骑士、侠客、医生、管道工、木匠、油漆匠，他简直是万能的。为什么我写老爸特别多，写我老妈特别少，可能这是因为女儿对父亲的感情会不一样。”

也是在3年前，孙晓雄开始在社交媒体上记录患病父亲的日常，在他的短视频中，父亲常像个小孩似的咧嘴笑，家人们也常围在老人身边哄着。李中玲也一直陪伴在老伴儿身边——她常拉着老伴儿的手走在一块。“肢体接触和语言交流，让他有安全感，我带到现在这么多年，感觉父亲越来越小。”孙晓雄说。

在孙晓雄的讲述中，已82岁的父亲似乎退变为一个“婴儿”——已不会表达自己的需求，甚至失去生理上的感知能力。“他不知道自己肚子饿了，也不知道自己想要大小便，要是我们不管他，他就经常坐在那里一动不动。”不知不觉中，孙晓雄也养成了记录的习惯，他会记录下父亲每天的饮食起居时间点：几点几刻吃的饭，何时上了厕所，中午睡了多长时间……

在成长往事中，找寻父爱印记

父亲的遗忘却让作为照料者的儿女开始往复回忆与父亲的点滴，以此更加了解父辈往事。

在孙晓雄的印象里，这位衰老遗忘的老人仍是他儿时崇拜的“英雄”。“他是一个内向、博学的人。”小时候，父亲会和他讲《三国演义》《封神榜》的故事。“不擅长社交的父亲更多时间是在家照顾孩子们，但他把我们带得很好。”孙晓雄说。

人们也常说“父爱无声”“父爱是沉默内敛的”，这似乎是社会中常见的父爱表现形式。在薛舒印象中，父亲总是把事情藏在心底，不会轻易把焦虑、压力表现出来，“他把对我们的关心隐藏得很好，不想让我们看出来”。

在薛舒的记忆中，父亲是一个开朗、热情、坚强的人，父亲对自己和弟弟的教育，常常是通过自我批评来分享人生经验，“爸爸喜欢自我解嘲，这也是我性格中和他相像的一点”。但这种自我解嘲，却是在遇到事情时自己先冲在前面的责任感，作为家中“主心骨”的父亲，总是率先承担着家庭的责任。

“他更希望他的子女是优雅、高贵、诚实、坦然的。当我们成长到需要确立人生观、世界观，亦是他明智地意识到他的价值观已经无法左右我们时，便常常在我们面前开诚布公地谈他的观点，许多次，他从自我批评开始，与我们分享他的人生经验……”薛舒在书中写道，“父亲不怕在子女面前认错，不怕被母亲嘲笑贬低，不怕作为父亲和丈夫的形象因自我批评而折损。如此想来，他也很可以算是一个‘开明’和‘进步’的父亲。”

孙晓雄分享父亲的故事仍在继续着，而《远去的人》的故事已告一段落，但在薛舒心中，父亲在患病时也曾给她安慰，让她确信父亲在内心深处仍深爱家人。

孙晓雄和家人陪伴父亲

回忆又返回6年前。因一些事情，心情低落的薛舒在家中落泪，当时家里只有她和父亲两人。“好了，不要这样”，这突然的一句话来自坐在一旁的父亲。

“就只是这么简单的一句话，让我心里又温暖又伤心，那一刻我像忽然又回到父亲生病前。”她将父亲突如其来的一句话当作来自父亲的劝慰，尽管父亲在说的时候眼神呆望向其他地方，甚至在10余秒后又开始表现得焦躁。

但因为这十几秒，薛舒体会到许久未有的来自父亲的关心。对父亲的爱和责任让她在自我调适后，仍然选择勇敢面对现实的一切，这也是在成长过程中，父亲教会她的哲理。

记录是病人家属间的相互慰藉

孙晓雄的分享让不少病人家属找到共鸣。

家属们在孙晓雄的社交媒体下留言：有的家属寻求更合理的照料方式，有的家属向他倾诉痛心和照料的压力……但更多家属往往聚在一起彼此鼓励、互助。

孙晓雄还希望将来能将父亲的人生历程，甚至整个家族的发展延续写下来。尽管在分享父亲患病生活时，有人留言称：“不理解为什么要把老人生病的隐私暴露给公众看？”

面对此番质疑，孙晓雄有自己的解释，“我只是希望将父亲真实的一面记录下来”。也有研究阿尔茨海默病的学术团队找到他，希望他能一直记录下去，“其实社会很需要愿意分享和发声的家庭”。

但对于家属们而言，无论是何种创作方式，记录家中患病老者的日常和照料的点滴是更感性化的表达——这是对患病老人的纪念方式，也是家属们的情感寄托。

“我在写的时候，不会预先对自己的作品设置过高的社会期待。但这种发生在自己身上的切肤的疼痛、深刻的感悟，我想我写出来是一定会有感同身受的读者。”薛舒说。

事实上，家属在日常照料中所面临的压力和消极情绪往往被忽视。

对于孙晓雄而言，阿尔茨海默病患者家属间的互相鼓励是慰藉与力量。近年来，他陆续加入了一些阿尔茨海默病患者家属群，群里有300多人，不少是比他更年长的照料者。

在父亲刚患病时，孙晓雄哭过好几次，他能理解其他家属的痛心和无助。

曾有家属半夜打电话给孙晓雄，倾诉自己崩溃的心情，“他在电话里告诉我，他实在撑不下去了，不管是经济上还是情绪上”。为此，孙晓雄约上其他几个家属去探望、鼓励这位崩溃的照料者，希望给予其力量与信心。

“我的父亲非常坚强，他让我眼见这一切，体验这一切，思考一些我们人生所经历的东西。”薛舒的父亲生命的最后5年是在医院里度过的，因为父亲的病情越发严重，需要专业医护的护理和治疗。

也是在父亲住院的这几年中，薛舒看到和父亲同病房的其他老者，有脑卒中的，也有瘫痪的，这让她看到社会上更多深陷疾病的老人及其家庭的无奈与关爱。在这期间，薛舒观察到，医院中照顾老年病人的基本是中老年人，护工也以中年人居多——这样的现象在社会中并不少见，但薛舒却从其中，也从自身经历中，思考照料者这一群体所面对的问题。

“后来我想着，我需要写的，不仅仅是我父亲这一个患者，我发现还有一个状况类似的群体，甚至是衍生出来的护工群体，这些都是可以写的。”在薛舒看来，记录有关“老年病房中的照料者”的故事仍是必需的，这也在她的创作计划之内。

公益人坤叔：我助学这33年

“今年认助了300多个学生，江西寻乌县有25个学生待资助，湖南凤凰还有5个，之后可能还有一批。”

张坤75岁了，大家习惯叫他“坤叔”。他的记忆力仍然很好，能清晰地跟我们复述出资助了多少学生，还有多少学生在待认助名单上。

2021年是张坤助学的第33年。1988年，一次偶然的原因，张坤开始公益助学。从那时开始，这件事就一直“没完没了”。

“一管到底”的助学原则在采访中被张坤反复提起，这是30多年来，张坤和他的团队坚持的理念。

他们和被资助的孩子以及认助人建立了十几年甚至更长时间的联系，他们看着孩子们读书、工作，当了爸、当了妈……孩子们的成长让他们感到欣慰。在东莞“千分一”公益服务中心的走廊两侧，贴满了受助孩子们从小到大的照片。那是助学团队33年的足迹。

在东莞“千分一”公益服务中心的走廊两侧，贴满了受助孩子们从小到大的照片

2021年，张坤团队“转正”正好10年。2011年，他们在东莞正式登记注册，拥有了正式的名字“千分一”公益服务中心。拥有正式身份后，张坤感到工作开展变得顺利。助学范围从原来的湖南凤凰，逐渐扩大到广西、四川、江西、陕西以及广东河源等地方。认助的学生数量也增加了3倍。

3年前，由于身体原因张坤选择了退休，服务中心的事务性工作交由其他工作人员打理。无数个像张坤一样的人，在确保这个社会组织有序运作。张坤相信他们的公益之路能一直走下去。

以下是他的自述。

“转正”10年

当时走上助学这条路是因为我女儿。

1988年，她参加了央视举办的一场音乐比赛，收获了不少歌迷。但是女儿太忙，收信回信的事就交给我了，有个来自贫困地区的歌迷在信中写自己交不起学费想辍学，我就给他寄去了助学金。

后来参与了广东省希望工程的一些活动，才发现原来需要帮助的孩子还有那么多。一开始做也没有大目标，想着能认助100个学生，我都很满足了。后来我们到凤凰去，看到每个孩子的家庭条件都困难，感觉哪个孩子都放不下，那时候就认助了超过100个学生。

助学的队伍也从我1个人到6个人，再到后来100多人，现在全国有4000多人。此外，还有港澳台同胞、海外华侨加入进来。

随着助学队伍越来越大，我们想以“千分一”的名称登记注册。千分一，是我们助学团队的理念，意思是每个人奉献收入的千分之一帮助需要帮助的人，让公益成为习惯。

2011年，在各方的努力下，10月1日那天，东莞市“千分一”公益服务中心注册成功。同年，12月1日，“千分一”挂上了牌匾正式“开张”。

拥有正式身份后，我们的工作开展得顺利多了。助学范围从原来的湖南凤凰，逐渐扩大到广西、四川、江西、陕西以及广东河源等地方。

在2011年注册以前，我们资助的孩子是2300多人；注册以后，现在有6800多人。人数相当于原来的3倍。10年之间，增加了4000多个学生，知道我们组织的人也越来越多了。

这么多年，我们的工作一直坚持3个原则：一对一（N对一、一对N）随缘结对；捐受双方直接交往，财物捐赠无须经过任何中间环节；坚持一助到底，直至完成学业，不得无故弃助。33年来，我们一共资助了7807个孩子，人数还在不断更新。

“坤叔”的微信头像

当初没有想到自己能坚持这么久。之所以能做下来，也因为助学所收获的精神上的回报非常丰富。看到这些孩子完成学业、工作、成家，我觉得自己的人生活得也很有意义。

我们跟每个学生都有联系，他们受助时，我们每年都要见两次或者更多次面，我们7000多个孩子就像一家人。每个学校和毕业的学生都有微信群，微信群名都叫“家里人”“一家人”这样的名字。

逢年过节，孩子们都会发信息问候。特别是过年，微信的信息都看不过来，一直不停地响。要说哪个孩子让我印象深刻，其实每一个学生跟我们的感情都是一样深的，印象都深刻。

刚才你们问我，为什么选了和麻文婷的合照做头像，主要是想凸显一下我们认助的时间长。她现在又在中心这里工作，不少认助人看了一目了然。像她这种情况的孩子不少。

之前用的是另外一个孩子，叫黄媇，资助她的时候拍照也是抱着，那时候她读小学2年级，现在已经大学毕业了。文婷也是，我2005年抱着她的时候，她才5岁，她到现在都一直叫我“张爷爷”。

文婷家里的情况也是比较困难，家里有七姐妹，她是老大。上学的时候她性格很开朗，每次我们去他们学校，她都第一个跑出来迎接我们。那时候她跟我说，住在学校爸妈都很少来看她，看我们来她很开心。

其实也不是她父母不关心她，家里那么多孩子，顾不过来，没办法。她跟我说，中学时有一段时间很不理解父母为什么要生那么多孩子，后来她慢慢长大了，觉得亲人多了也很好。现在她家里妹妹们的事情，很多都是她在操心。

之前我们每次去凤凰，她有时间都主动跟我们去走访。后来中心缺人，我们几个理事就都想到了文婷。她跟我说，现在很喜欢这份工作。感觉当初被人帮助，现在可以把这份爱传递下去。

让我最感欣慰的是，能看到这些孩子读完书、走出大山，去选择他们想要的工作和生活。被资助的孩子中，现在有30多个研究生毕业，有3个博士毕业。毕业以后，有些当老师、当医生、当护士、当老板，还有些在政府机关工作……

以后可能不需要助学了

3年前，我因为身体原因退休了。我退休以后，中心的工作由理事长林旋康还有理事们共同打理。理事长会定期召开理事会，制订每一个季度的工作计划。

他们都是热心公益的人。林旋康在成为中心理事之前，就已经在资助贫困学生了。后来，他了解到我们这个社会组织，很认同我们的理念和模式，就在媒体牵线下找到了我，加入我们这个大家庭。

他以前资助过的三姐弟从中山大学、华南理工大学毕业后都工作了。还有个单亲家庭的孩子考上了湖南一所高校，毕业后去了湘雅医院工作。到现在，差不多有40多个孩子受到了他的资助。

在我们的组织里，还有传承的基因。有位年龄大的爷爷资助了一个孩子，他的儿子也加入资助团队，后来，他的孙子也延续了助学的传统。他们一家三代人代代相传，把助学这件事一直做了下去。

这几年，我虽然不做事务性的工作了，但我还是会去学校走访。现在学校的环境不同了，车可以直接开到学校门口。要是像以前走山路的话，我现在的身体肯定吃不消。

特别是最近几年，学校全部变样了。原来校舍都很旧，现在都成了标准的大学校；师资队伍也年轻了，学校来了很多年轻的老师；学生家里的条件也都变好了。

有时候我在想，现在已经有12年义务教育了。之后可能需要我们资助的学生会越来越少了，助学这个事情总有一天是会结束的。

我有时候也会跟理事们讨论，关于我们要转型的问题。我想以后我们会从其他的方面去做慈善、做公益，比如助老、助残等等。只要我们这个组织能够维持下去，慈善和公益我们是不会停止的。

弹指一挥间，33年就这样过去了。

2021年，坤叔和麻文婷的合照

“我在泥巴里挖星星”：乡村教师用阅读疗愈儿童

在广州工作两年后，2015年，朱会利决定回到梦开始的地方。

她回到家乡，走进乡村小学，成为河南省嵩县大坪乡大坪的一名小学教师，那一年她26岁。

孩子们身上上演着很多让人动容的故事。学校里有个孩子，因身体不舒服找到班主任。爸爸妈妈离婚了，她跟着外婆生活。外婆热衷于打牌，当班主任打电话过去，能听到对方在牌桌上打得正起劲，外婆说，晚些再带孩子看医生。孩子的眼泪当场流了下来。

朱会利留意到，不仅在农村，还有县城及周边地区的很多孩子，要么跟着老人，要么是父母较忙，孩子很多时间是一个人在家。她发现，出现心理问题的有很大比例是留守儿童，他们一般会出现自卑敏感、缺乏安全感、没有目标甚至抑郁等情况。

正如她在2022年入选了“美丽青年乡村教师提名”名单时，主办方所描述的，像她这样的乡村教师，在做的，是“从泥巴里挖星星”。

以下是朱会利的讲述。

我眼中的部分留守儿童：缺爱、叛逆、体质差

一项数据显示，我国乡村儿童的抑郁检出率高达25.1%。按我这些年的观察，留守儿童发生抑郁等情况背后的原因，是多方面的。比如缺乏父母的有效陪伴和正确引导。隔代抚养的孩子，老人要么对孩子太过宠溺，要么对

孩子漠不关心，结果往往是孩子精神世界缺乏营养。

有一个学生，爸爸妈妈都外出打工了，爷爷奶奶更多时候在山里老家，她有时候就是一个人在镇上的扶贫房住。爸爸妈妈会给她很多零花钱，她早早就和男生谈恋爱、学抽烟等，学习和行为上都没有人约束，成绩一塌糊涂，在学习上也没有什么自信，人际交往中也很不自信，能够感受到她真的特别缺乏爱。

手机对孩子们的影响很大。他们沉迷于游戏和聊天、短视频这些虚拟世界中，不愿意和身边的人交流，导致很多孩子在现实生活中的人际交往能力非常差；他们从网上接触到很多不良信息，对他们的身心成长影响都非常大。

我们经常讲生命在于运动，现在的孩子整天抱着手机玩，运动越来越少，体质越来越差，在学校里跑操、集合站队这样的事情，很多孩子都坚持不了，而这些反过来和心理健康又是互相影响的。

很多孩子一开始出现人际交往、学习困难等挫折的时候，并不是很大的问题。但是由于很多父母和老师没有学习过心理学相关知识，没有意识和方法对其进行引导，对问题要么置之不理，要么用力过重，导致最终很多问题发展成严重心理问题，抑郁、自残、自杀等现象是其中比较突出的一方面。

我曾是那届全村唯一的大学生

小时候家里比较穷，我有幸遇上一位好老师，成为村里唯一考上重点初中的学生，后来也成为那届全村唯一的一名大学生。这一切让我感受到乡村教育和乡村优秀教师的重要性。2007年，高考报志愿，我毫不犹豫地报了师范学校，同时在我的心中立下了学成归来、回馈家乡的梦想。

2015年9月，我回到了家乡。我想尽最大努力改善所在学校的教育环境，想把我得到过的温暖传递给孩子们。我相信每个孩子身上都有优点，每一个孩子都能有所进步，而他们的点滴成长也反过来使我当教师的信念不断强大。

最初，虽然也觉得孩子们应该读书，但是并不知道该怎么做。后来接触了桂馨基金会之后，有机会听到一些培训，并且认识了更多做儿童阅读的人，听他们做阅读的故事，学他们做阅读的方法，慢慢地更加明确阅读对一个孩子成长的重要性，也了解了儿童图书和阅读课的一些种类，也让自己更加坚定了做阅读的信心。

我常对家长们说的是，作为农村的孩子，我们可能没办法和城市的孩子比硬件设施、比师资力量、比见识多少，但是我们可以通过读书看到外面的世界，去了解到他们本来可能一辈子见不到的地方，这些是我们可以和城市孩子享有同等权利的地方。

家长和老师带孩子走不到的地方，书本可以，而且读书在拓展孩子知识面的同时，能够提高一个孩子的理解力、思考力等，自然会间接影响到孩子的成绩。一个会思考、会主动获取知识的孩子，将来才能适应变化迅速的社会。

“长大后只要还读书，生命就不会空虚”

对于整个县域来说，当越来越多的人参与到阅读这件事情中的时候，就会有更多孩子受影响，这些影响可能不能够很明显地看出来，但是他一定在以“日不见增，年见其长”的方式进行着。

孩子们细微的变化，都给我带来十足的成就感。我在山里教过一个男孩，刚教他的时候，听说他之前经常不愿意上学，学习成绩也很差，还容易因此受刺激而发脾气。我带着他和班里的孩子们读绘本故事、交流课外书、用思维导图画出书的框架。在阅读课上，我告诉他们没有对错，只需要说出你自己的发现就可以，他很踊跃地举手，很积极地回答问题。

他很喜欢那些书，读得很认真，画图也画得很专注。升入四年级之后，他成绩虽然还是不理想，但是再也没有说过“不想上学”的话，而且每次做作业都很认真，哪怕有很多题目是做错的。曾经有一段时间，别的同学都下课去玩了，他自己还在教室写字。

元旦的时候，我们进行了一次阅读分享会，他拿着书，站在讲台上，很大方地讲书里的故事。我能感受到他真的不一样了，他眼中对知识那种渴望的光芒，让我觉得特别美。

我觉得阅读改变了他，无论之后他学习成绩怎么样，能不能考上大学，只要他还有读书这个爱好，那么他的生命就不会空虚，他就能从阅读中汲取营养和力量。

潮汕农村里的“诗意和远方”

“我七八岁就很懂事了，小时候跟爸爸妈妈去干农活、做家务，还要带弟弟妹妹。”

一本叫作《女孩故事：览表村女性口述史》的小册子记录了这么一段访谈内容，访谈对象是一名50多岁的览表村女性，她回忆着自己短暂而又贫困的童年。

览表村位于广东省揭阳市惠来县岐石镇，这里位于潮汕地区西南位置，鳌江经村旁汇入大海，大部分村民以出海打鱼为生。对于览表村女性而言，她们过往的童年大多如此——在懵懂中被要求“乖巧”“懂事”。

曾经，村中不少女孩10多岁便辍学外出打工，34岁的吴利珠便是其中一个。她在村里度过短暂的童年，在青少年时期便外出务工，2014年又回乡创办了览表图书室。如今，在她的努力下，村中的孩子有了更多阅读的空间和机会。

临近六一儿童节，5月29日下午，览表图书室工作人员为孩子们准备了一场节日活动，开设多元的科普课程、手工活动。吴利珠希望用自己的努力，给村里的孩子带来一个丰富的童年，而不再像以前的童年那般局促、孤独。

览表图书室的设立，让她的设想成为现实。

一次需要勇气的实践

5月底，这个近海的村落热闹如旧，览表村村道两边的摊贩们吆喝着，他们大多是皮肤晒成小麦色的老年人，半弯着身子举起一个玉米，一口当地方言："来看看这玉米吧！"

猪肉摊贩将一块块肉摆好，有苍蝇飞过，赶忙使劲摆着手驱赶它。也有邻近县城、小镇的人驱车来到村子买海产品，晒干的虾米、干贝、捆在一块的紫菜，还有腌制过的巴浪鱼……都是览表村热销的产品。

这里的生活看上去与惠来县其他近海村落并无多大区别。

惠来县拥有海域面积7689平方千米，以及109.5千米长的漫长海岸线，这个靠海营生的地方也形塑了当地人敢闯敢拼的个性。不过，和大多数潮汕县城一样，一些传统观念也常影响着人们的生活。

吴利珠在成长过程中便已经发现，"女孩子不用读那么多书"的观念还根植于老一代的想法中。当时，初中便离家前往外地打工的她常常有所疑惑——"为什么女孩子不能继续读书，男孩子可以多读书?"。

直到2009年，她在北京认识了一群做公益的朋友后才开始明白，部分传统观念对乡村社会产生了影响，甚至成为老一辈口中的"传统"。她想去试着改变，让更多人意识到女生读书、自强的意义。在这期间，她经常和家人

览表村村道边竖立着览表图书室的牌子

交流自己的想法，告诉家人个人自强自主的意义。“当然，理解和不理解都有遇到过，但我都坦然接受。”

也有同村不少女孩子向她“诉苦”，她们曾有的探讨涉及儿童教育、性别教育，甚至直接指向传统观念中那些不合理的部分。这让吴利珠又萌生出一个更实际却愈加需要勇气的实践——在村里办公益图书室，让孩子们有书可读，也能传递更多富有意义的知识。2014年，在外闯荡数年的她回到览表村，成立了第一家览表图书室。

远方，近在乡村孩子的眼前

当成年人重新回溯童年的成长经历，思考成长中遭遇的一些阻拦时，她们也希望让村里的儿童能够在村里接触“诗意和远方”。

2014年，在吴利珠的努力下，览表村有了第一所图书室。之后，村里的3所图书室相继建立。

除了其中一家设立在慈云片区村广场的边上外，另外两家都隐藏在村里的小巷子中。图书室中有画册、中外小说甚至专业性较强的人文社科类书籍，不仅为村里的儿童提供阅读的机会，也让初高中生们能够汲取更广阔领

孩子们在活动中笑得很开心

域的知识。

图书室刚成立时仅有30多本书，有的是吴利珠在外打工带回来的，也有的是自己姐妹带来的。不过，之后全国各地的热心人士，甚至当地村民自发向图书室捐赠书籍和资金，这让图书室的书籍更加丰富多元。

为了更了解自己身处的乡土社会，2020年，览表图书室在本村开展“女性口述史访谈项目”。在当年的2月至5月，他们共访谈了31位村民，访谈对象有80岁的老妪，也有年仅10岁的女孩，围绕童年、教育、打工、结婚等话题，将她们的故事整理记录下来。

在访谈中，有的女生回忆起年少时因家里贫困而未能读大学，也有的谈起孩童时家人对其“听话”“乖巧”的期待。在这些真实的访谈记录中，大家回忆童年过往和青春记忆，其中不乏遗憾和无奈。

根据第七次全国人口普查结果显示，览表村所在的岐石镇0—14岁人口比重为34.52%。而岐石镇每10万人口中拥有大学文化程度的人口为1423人，仅占比1.42%。“不能一代又一代继续遗憾下去”，抱着这样的想法，览表图书室发起助学项目，资助村中贫困家庭学生，现已资助近300名学生。

当孩子开始思考，当改变已经发生

改变正在发生。

在儿童节活动上，43岁的阿莲和玉姐分别扮演牙痛的小鳄鱼、牙医，上演了一场简单的小剧场，其间在场的20多名孩子都开心地笑着。

轮到孩子们演出时，一个瘦黑的小女孩穿上白大褂扮演牙医。

“她更像护士！”有个孩子指着面前的“牙医”喊道。

“女生也可以当医生，护士也有男生，医生又不止有男生！”紧接着，几个孩子不服输地回应道。这引起更多孩子的支持，在一片稚嫩的童声中，这场小小的“争论”因演出开始而暂时停止。

从这些“Z世代”孩子们的“争论”中，可以发现乡村甚至整个社会一些固有的观念正被校正，一切都在朝着更积极的方向发展。“但有的观念不是一天就能改变的，我们要耐心等待，去相信教育的价值。”吴利珠说。

也有村里的中学生在览表图书室里做志愿者。读初一的晓月便在图书室里做志愿者，每个周末都会过来，如今已两个月。因家里小孩子多且吵闹，晓月便希望来图书室学习。

一张木质书桌紧挨着图书室的门口，晓月正在桌前俯身写着作业。在她身旁，是两排木质书架，上边整齐地摆放着各类书籍，书架上还摆放着孩子们绘制的彩色扇贝。

图书室的借阅程序并不烦琐。一开始须支付10元一本的押金才能借阅，但吴利珠他们考虑到乡村儿童零用钱有限，便以“借阅后写读后感”的方式让孩子们免费借阅，也希望以此鼓励他们阅读并有所思考。

在图书室内，也粘贴着孩子们的“所想所思”。

一个名叫林建焕的孩子在橙色的卡纸上写道：“我是一个喜欢独处的人……因为只有在一个安静的角落里我才能想出更好的例句或例子……”乡村孩子的所想所思，寄托在了图书室同样安静的角落中。而在另一个房间，一个读中学的男孩正在角落里低头看书，看到我们的到访，他好奇地抬头对我们笑了笑，继而又低头阅读。

“知根知底知天下，读书读人读文化。”

横批——“学以致用”。

走出安静的图书室，抬眼望见这副醒目的对联，这是览表图书室对村里孩子的祝福与寄语。吴利珠也希望览表村的孩子们知道，成长是需要勇气和智慧的，也需要等待的时间。

“但要相信，我们的努力是值得的。”她说。

珠江上的义务巡逻人

他们是医生、老师、私营业主……周五傍晚，天色渐暗，下班后，他们前往珠江带状公园附近的水上救援训练基地。换下职业装、穿上救援服，他们成了广州市红十字会水上救援志愿服务队（以下简称“水救队”）的队员，也是珠江上的义务巡逻人。

傍晚“变身”水救队员

“接近目标，打捞上船”“很好，请返回”在海心沙附近的河道上，水救队队长高峰用对讲机和队员们进行通话，他们正在进行户外水域的打捞训练和巡逻。

水救队成立于2014年，如今已经有80名成员。他们来自不同行业。有医生、老师、私营企业主、邻近村子里的龙舟队队员……

因为平日有工作，所以水救队的训练多在队员们的业余时间完成。每周五晚上，队员们会来到海心沙附近的河道，在猎德大桥到广州大桥的河段上，开展巡逻及夜间训练。

高峰告诉我们，为了保证队伍的专业性，在队员招募时，设立了一些门槛。“游泳、划船、开船或是擅长救生技能，至少要会一样。”高峰说。如今队员中有退役的游泳运动员、户外爱好者、龙舟选手等。

尽管有相应的基础，但水救队的训练依然严格。

入夜的广州，天气仍然闷热。水救队员身穿救生衣、头戴安全帽，全副武装。

江面上，一部分队员在开展独木舟训练，队员们采用救生圈、坐枕代替溺者，一只动力艇做保障，另一只动力艇和两只独木舟模拟搜索、靠近、救援。

完成3个小时的巡逻和训练，队员们上岸，脱下救生衣，江水和汗水混杂在一起，他们一身衣服早已湿透。

陈日生是水上救生高级教练，他告诉我们，每位队员都必须参加完整的水救课程培训，并参加综合救援能力考核，正式队员每年至少要参与20小时的训练。

“我救了人，好开心”

“喜欢玩水”是队员们聚在一起的一个原因。高峰告诉我们，不少队员本身就对水上运动感兴趣，虽然训练辛苦，但是有了这份热爱，也成了大家坚持下去的动力。

卢洪勋49岁，从小在珠江边长大。“我们从小就在周围的河涌玩水。”卢洪勋说。因为近水，村子里不少人都是游泳和划龙舟的高手。2019年，卢洪勋知道了水救队的存在，加入水救队后，他承担了队里开船、后勤保障等工作。

为了进入水救队，杨咏琳从“旱鸭子”变成了游泳高手。她说，之前自己很想学游泳，而加入水救队成为她学好游泳的目标。“我大概花了一年多的时间，坚持游泳训练。”杨咏琳说。她现在不仅如愿加入水救队，还成了水下曲棍球的爱好者。

在高峰眼里，队员们不仅体验到玩水的乐趣，还让这一爱好变得有意义。

高峰说，组队以来，让他最难忘的还是2018年一次地下车库救人的经历。高峰回忆，当时，他们接到通知在黄埔区的一地下车库发生水浸，有一人被困。

“地下车库的救援对救援者考验非常大。”高峰说，地下车库并非开阔水域，当时水面离车库的顶最高的地方约50厘米的空间，浅的地方只有二三十厘米。

高峰和队友选择用桨板进入救援，通过跟队友的配合，成功把被困人员救出。“当时我们到地下车库时是凌晨1点多，救完人准备撤离的时候已经凌晨四五点了。”高峰说，大家几乎一夜没有休息，但是回来的路上队友们却不停地哈哈大笑。

高峰当时问队友们笑什么，“他们说好开心，我们救了人”，通过自己的专业技能救人的快乐，这种感受让他们终生难忘。

“人人会游泳，个个懂救生”

在水救队章程里的第一条，写着他们的目标：“人人会游泳，个个懂救生”。

高峰说，普及水上救生知识是水救队的一项重要工作，尤其是针对中小学生开展的水上安全及救生知识的培训。

培训时，高峰和队员们会带上他们自己研发的“救生瓶”。救生瓶是用普通的饮料瓶制成，两端打孔，救生绳塞进里面不仅不会打结，还容易抛掷。救生瓶容易携带，高峰和队员们遇到有人咨询救生知识，都会推荐“救生瓶”给他们，“带一个放车里，说不定就会救到别人”。

“对于普通民众，更多是希望他们掌握一些不下水的救援方式”，高峰告诉我们，在岸上能够救到人，是最安全、最快捷的，这称之为基本救生。而抛绳是比较实用的方法。

据统计，近5年来，高峰和队员们累计进校园培训超过50场，培训师生超过2万人。

多年“并肩作战”，如今他们不仅是队友，也成了默契的朋友。

晚上7点，在珠江边水救队的临时补给点，后勤保障组的孙勇会准时把水烧开，将一桶桶泡面撕开、泡好。为下班来不及吃饭的队员们准备好晚餐。孙勇的后备箱就像一个“百宝囊”，修船和装备的工具箱、摆放用品的桌椅、解暑的风扇、吃饭的一次性勺子……应有尽有。

前来训练的队员们，也总习惯拎着自制的绿豆糖水、新鲜水果、街边刚买的小吃跟大家分享。高峰说，在日常训练的泳池边，还摆放着一台架子鼓，队里有不少音乐爱好者，训练之余，大家弹弹琴、唱唱歌、吹吹牛，训练的辛苦也被驱散了。

采访中，卢洪勋跟我们讲了他对珠江的感情。

小时候，夏天他常和村里的孩子们挎上旧轮胎跑到河涌里玩，那时珠江两岸多是农田和果园，顺水而下，两岸的香蕉树、番石榴树挂着果实。

但无一例外，一旦被父母发现偷偷去游了泳，少不了父母的责骂。“现在终于可以名正言顺地游珠江了”，卢洪勋打趣地说，在他看来，如今能用自己的专业知识和技术为珠江的水域安全尽一份力量，他从心底觉得开心。

水救队队员利用周末和晚上等时间进行训练

视障跑团：黑暗中奔跑，总有一束光

崔志强家住海珠区同福西路，从他家里到天河体育中心，要穿过骑楼，经过临街商铺、绕过一段施工路段，转4个路口，步行800米，再途经11个地铁站。耗时近50分钟。

崔志强是一名盲人，这段路对于他来说，并不好走。但倘若没有特殊情况，他每周都会坚持往返两次，因为那里有一个视障跑团。

跑团成员在热身

17年没运动了

崔志强40岁，是一名盲人按摩师，参加跑团前，他已经17年没有外出运动了。他还记得上一次出去运动是在上学的时候。之后，除了接待来按摩的客人，“宅在家”是他的生活常态，“有时候一天连一句话也说不了”。

2019年，他听到一名视障朋友说，在广州天河体育中心有一个视障跑团，每周有两次例跑。

崔志强还记得自己第一次去天体参加例跑的场景。“也就跑了一公里，感觉心脏怦怦怦，快跳到了嗓子眼儿。”他形容那种感觉像是自己“生锈的身体”再一次重启。

尽管回家路上大腿都是抖的，但是崔志强喜欢上了运动后的快乐。

从那以后，他成了跑团的积极分子。每周两次例跑，没有特殊的情况，他都会提前两小时出门，去跑步。

跑友们喜欢叫崔志强的花名——“西瓜”。“西瓜，你压腿的时候膝盖不要超过脚尖。”“西瓜你腿伤好了没？”跑友们每一句问候，就像黑暗中的一束光照进他的生活。

这也是跑团团长杨俊建立这个组织的目的。2015年，杨俊第一次在陪跑员的带领下走出家门开始跑步。他和周围的视障朋友都太喜欢这种奔跑的感觉了。2016年9月，在大家的努力下，广州市无障碍健康运动协会作为社会组织在市民政局正式注册。

跑团成立5年来，一共举办了150多场例跑活动，还有不少视障人士跑进了马拉松的赛道。

一碗冰粉

“有人愿意带着你们跑步？”

杨俊仍记得家人第一次听到他要出去跑步的反应。一开始，他也很好奇，但是这种不可思议就发生在他和视障朋友们身上。

提起和陪跑员的关系，杨俊用“好兄弟、好姐妹”来形容。

他记得，备战人生第一个马拉松的时候，陪跑员林佳眉已经调到东莞工作。但是为了陪他跑步，林佳眉每周都会提前一天坐车从东莞来广州，自费住酒店，以便第二天陪他晨训。

最终，杨俊以5小时13分的成绩，完成了自己的第一个全程马拉松。

杨俊还发现，跑步让他的生活变得丰富起来。2017年的贵阳马拉松，杨俊第一次出省。他至今记得，贵州菜比较辣，吃的时候跑友帮他点了一碗冰粉，解辣又解渴。后来他才知道，因为自己很少出门，原来每个吃辣的菜馆，不少都有冰粉吃。

“现在，每次吃辣菜的时候我都习惯点一碗冰粉。”这个习惯他保留至今。

跑步时，视障者和陪跑员一同握着一个橡胶做的“陪跑圈”，靠拉拽，

陪跑员和视障人士靠一条牵引绳跑步

陈锦标在陪视障朋友夜跑

或是说话来提醒视障人士路况。

“跑马拉松的时候会遇到瓶颈期，我们就会想办法鼓励他们，讲讲周围的风景，告诉他们这里到小蛮腰了，这里是人民桥。”陈锦标说，一边跑步还能一边说话，是不少陪跑员要具备的素质，陪跑员比视障跑者的配速一般要快半分钟到1分钟。

2020年的广州马拉松，陈锦标带领视障跑者跑出了个人全马的最好成绩。“我和队友都很兴奋。”在他看来，既能运动，又能助人，做陪跑员让他收获了双份快乐。

更多人加入进来

“跑步会上瘾！”杨俊说，不少参加了跑团的视障人士都会一直跑下去。他们的队伍也在不断地壮大。这个热情也蔓延到省内的其他地方。

林佳眉回东莞工作后，在当地也组织了东莞的视障跑团。而深圳、茂名、湛江等地方，都活跃着视障跑者奔跑的身影。

受到新冠疫情影响，国内不少马拉松赛事取消或者延期，杨俊也在和跑友们思考团队以后的发展方向。

“想借这个机会，可以让更多的人加入跑团。”杨俊说，现在参与跑团的多是年轻的视障人群，以后跑团想尝试开展带视障朋友骑双人单车，或者带着老年视障群体的陪走团。

他希望通过不同的运动形式，让更多的视障朋友走出家门，感受运动带来的快乐。

现在，每次来天河体育中心，崔志强都要跑10公里，他一直在为人生中第一个半程马拉松做准备。

看不见后，他对声音格外敏感。清晨，“唰唰唰”的声音，是清洁工人在扫地；“哔”的一声蜂鸣音，代表电脑主机正常开机；“怦怦怦”是自己每次跑完步后的心跳声，崔志强又开启了活力的一天。

“说”场电影给你听

“黑色背景上出现一排盲文，盲文逐渐消失……镜头前出现盲文打印机，指尖在琴键上跳跃，又摸过白墙，轻轻敲打玻璃杯。再随着火车穿过隧道，聚焦到车窗外匆匆而过的风景，连绵的山坡和树木……”

8月7日，在广东省残疾人就业服务中心，电影《逆光飞翔》正在放映，广州星辰社的无障碍电影口述员成怀瑾开始讲述影片的情节。

第二次全国残疾人抽样调查显示，我国有视障人士1700多万，如何满足视障人士日益增长的精神文化需求，是社会公益领域的重要议题。因视觉限制，视障人士往往只能通过声音和对白了解剧情，却难以捕捉到镜头中的光影世界。

无障碍电影便成为让该群体得以享受电影的重要媒介之一。星辰社的志愿者们希望通过无障碍电影口述的方式，持续点亮视障人士生活中的光亮。

一份修改多次的口述稿

熟悉电影情节、不断修改旁白、复述多次、彩排，无障碍电影口述员的准备工作往往由这几部分组成。在采访中，星辰社年轻的口述志愿者告诉我们，写好旁白并不容易，一段半小时的电影口述旁白，往往需要经过数次修改。

“在写稿时要注重很多动作细节，这对我来说比较有挑战，不然口述电影时讲不清楚，这可能会让视障人士搞不清楚、错漏部分电影情节。”华诗雅即将读高三，对于这份志愿者工作她这样解释道。

电影《逆光飞翔》根据真人真事改编而成，讲述了天生失明但富有钢琴天赋的黄裕翔和其朋友一起追逐梦想的故事。这部近2小时的电影被分为4个部分，由成怀瑾、华诗雅和郭子墨3名高中生和我们作为无障碍电影口述员轮流讲述其中的情节。

桌子的另一边，则是星辰社社团统筹人曾海燕和广州图书馆文献流通部阅读推广高级岗馆员李芷筠，她们逐字逐句仔细听着，还不时低头记录。

“不和电影中人物的对白重叠、尽量客观、讲解时多用通俗易懂的词汇。”李芷筠向我们表示这三点是讲解时应遵循的原则。“口述员应尽量用白描的手法，比如多叙述电影情节中时空的变化、人物行动的变化。”她进一步解释道，此外，还要尽量避免重复过多的同音词汇。

即将读高二的成怀瑾是此次无障碍电影放映会的第一名口述员。待她讲完自己的部分，曾海燕便指出其仍需改进之处，大家紧紧扣住细节不放。

“你刚才讲的时候语气比较平，其实语气可以适当丰富，富有感情。”在笔记本上，曾海燕记录下每名口述员讲述电影时仍需改进的地方。

给黑暗世界一抹光亮

“点点星辰汇聚成更多光亮。”这是星辰社名字的含义。

转眼间，星辰社已成立5年。其间不断有年轻的志愿者加入，为社团的延续助力。“星辰社从一个学生社会实践衍生成一个团体，所以我们社团有不少‘家长和孩子’的组合。”曾海燕说。

这两年，华诗雅和其母亲一直是星辰社的视障人士引导员，每当社团有活动，她和母亲都会去地铁口等待视障人士，陪伴他们安全到达活动地点。

从珠江新城站地铁口到活动地点广州图书馆不过数百米距离。这段路，华诗雅陪伴视障人士来回走了多次，“并不是所有的视障人士都需要我们扶着他们，有的想自己走到活动地点，遇到这种情况，我就会紧跟在他们身边，但不触碰他们”。

做视障人士引导员的经历也让她第一次和视障人士有生活的交集，她也从中发现这一群体的品质：坚强、独立，“他们可以自己坐地铁出门，对于别人的帮助，他们也很信任我们”。一名年近80岁的视障老人让她印象深刻，老人一头白发，身材瘦小，在华诗雅印象中，这名老人总是积极参加广州图书馆或星辰社举行的公益活动，也很风趣、健谈。

每个人都怀着不同的原因去尝试这份志愿工作。因为初中时在少年宫加入了口述影像兴趣班，成怀瑾在朋友的推荐下便试着加入进来；华诗雅则是因为想尝试新的活动……尽管有各自不同的缘由，口述志愿者们聚在一块，但他们都拥有相同的目标——用心讲完每一场电影。

让视障者走在文化“盲道”上

8月7日下午，在广东省残疾人就业服务中心，电影《逆光飞翔》的片头出现在银幕上，口述员们准备开始讲述。

电影中人物的对白、电影配乐和口述员的讲述、影片中数次响起的钢琴声……不同的声音更替着，10余名视障人士静静坐着，听完了这场电影。

“这组花絮镜头，反映了视障人士同样需要勇气和努力，生活同样可以逆光而行、丰富多彩。而青春的他们，更是大声嘶吼着，朝着最初的梦想，逆光飞翔……”接近下午5点，随着电影片尾的结束，最后一名口述员郭子墨的讲述也暂告一段落。

当观影结束，“听电影”的视障人士们鼓起了掌，为这部电影讲述的感人情节，更为认真讲解的口述员们。星辰社又完成一次口述影像讲述，曾海燕希望，每一次志愿活动能给视障群体带来欢乐和更丰富多元的社会认知。

填补文化“盲区”，让视障者走在文化“盲道”上，这需要多方助力。星辰社的志愿者们也正试图寻找一条让无障碍电影能更常态化的道路，他们也坦言，目前将活动“常态化”所遇到的难题：制作过程复杂、周期长；志愿者人数有限；电影版权等问题。因此，目前无障碍电影片目仍然偏少。

“将来希望能在志愿活动中融入更多广州本土的文化元素，也希望活动能走向更多的盲校和社区，以更丰富的方式给视障群体帮助。”曾海燕说，对于无障碍电影口述员而言，和视障群体的交集也让其学会如何自立、坚强，这是一个双向互助的过程。

“听到电影中海浪的声音，我想起自己之前在家乡海边散步的时候。”现场一名正读大学的视障女生讲述着自己的“听后感”，电影中主角们在海边聊起彼此的心事、互相鼓励，让其触动。

在这名视障女生的成长中，她看不到海浪和海滩，但她可以通过其他方式想象大海的模样。而无障碍电影口述员讲述的大海模样和影片中海浪拍打的声响，让视障人士们脑海中再一次想象出更加具象的画面：海面辽阔、时而有海浪卷起，灿烂的阳光正洒在上面……

“不听指令”居然考到驾照？全靠这个“神助攻”

年初二，俗称“开年”，谓之一年之始，一般都要吃个“开年饭”，尤其是老广州，特别注重这个意头：早上行大运，午饭回娘家，晚上看烟花，寓意“鸿运当头”。

但45岁的莫贵兴这天一早就扎进了自己房间，搬两张小板凳，模拟驾驶员和副驾驶员座椅距离，一边比画、一边在纸上记录着，直到家里人不断催促，才到外面吃早餐。

“年初六驾校就开工，我要趁这几天巩固一些旧的手势，开拓一些新手势，让这些学生能更快上手。”莫贵兴是广州最早教听障人士开车的教练之一，而他的开年饭甚至还“搬”到了驾校里面。“一是住得近，二是顺便也检查下教练车，有时一些学生也会过来拜年。”

这样独特的开年“架势”已经持续了好几年，难怪可以让近50个“不听指令”的学生顺利拿到驾驶证，开着车走上各自的追梦旅途。

一条短信：“我听不见可以学车吗？”

莫贵兴19岁从湖南来广州打工，2008年开始做驾校教练。七年前一个偶然的机会，莫贵兴开始教听障人士学车，他也成了广州最早一批教听障人士开车的教练。

“我从小就喜欢车，后来亲戚开了一家驾校正好缺人，我就改行做了教练。”莫贵兴说，做驾校教练这份工作让他感到很满足，从业11年，因为自己脾气好、有耐心，不少学员跟他学车之后，都会介绍朋友过来，自己的学员也逐渐多了起来。

但让莫贵兴没想到的是，会有听障人员也来找他学车。“莫教练，我听不见，可以跟你学开车吗？”莫贵兴记得那时是2012年，他刚带完学员练车，打开手机收到了一条短信，他看到短信中的一个叫刘晓锴的男生发来的“报名申请”，当时觉得有点蒙。

“我也是第一次碰到，心里也挺好奇，就在网上查了一下。”莫贵兴说，通过查阅相关法律发现：“有听力障碍但佩戴助听设备，两耳分别距音叉50厘米能辨别声源方向。可以申请小型汽车、小型自动挡汽车准驾车型的机动车驾驶证。”

“我就跟他说，只要你的体检能合格，我就教你。”莫贵兴说，教听障人士学车肯定会有困难，但既然是听障人士应该享受的权利，那他就不应该拒绝。

就这样，莫贵兴开始教他第一个听障学生。“沟通全靠手写，一沓A4纸一上午就写完了。”莫贵兴回忆，沟通障碍让课程进度很慢，调座位、调节后视镜，认识车上的驾驶设备……正常学员用半小时就能讲完的课程，莫贵兴写了一上午。每次刘晓锴约课，莫贵兴就不会再约其他学员，专门空出整块的时间来教他。

莫贵兴在给学员上课

但是上了三次课后，莫贵兴发现，对于听障人员，虽然学车“入门”难，但进步速度很快，刘晓锴大概半年多就拿到了驾照。“他们练车的时候很专心，很珍惜这个机会，不像很多学员会看手机、玩手机。”

莫贵兴说，自己的“大弟子”现在在美国生活，他们还时常会发信息沟通近况。比如今年大年初一，刘晓锴在跟他拜年时说，他们即将开车去远点的地方度假。

如今，莫贵兴的听障学生也在逐渐扩大，七年时间，他已经把这种“便利”带给了近50名学员。

一门课程：自创学车手语

“我教的几个听障学生拿到了驾照后，这个消息在他们的圈子里就传开了。”莫贵兴说，经过学员的口口相传，来找自己学车的听障人士多了起来，但随之而来的却是新的“烦恼”。

“每个新学员来，学车的知识点就要重新写一遍，工作量很大。”于是，在教了几个学员之后，莫贵兴开始编“教材”。莫贵兴根据考试的语音播报，把考试内容一字一句地整理出来，然后再写上“答案”——操作要领。

莫贵兴的教学笔记

莫贵兴发现，提前把“教材”发给听障学员学习，上起课来，顺畅了很多，也省下了不少重复解释的精力。

“但是要教好他们，光有教材不够，我还是要走进他们的世界。”莫贵兴说，尽管学员们都佩戴了助听器，但是仍会出现听不清楚指令的情况。尤其是到了科目三，是在正常道路上行驶，遇到问题时，他不能每次都停车写给学员看。所以莫贵兴就想，如果自己能学一些简单的手语，让他们能马上明白，这样既安全，学员还更好理解。

莫贵兴突然想起，之前的学员中有一名是聋哑学校的老师，送了自己不少手语书，莫贵兴赶紧把书翻了出来。“手语有时候是连续的几个动作，但为了指令明确，我就把它们简化成一个。”莫贵兴说，因为开车，学员来不及看很长的手语，他就用课余时间，跟学员探讨用哪个手势最简洁明了。

“伸两个手指，从眼部向前微伸一下，在手语里是‘看’的意思，我指左边后视镜，就代表让他们看左后镜；手向下挥的动作，手语里是‘停止’的意思，就代表刹车。”莫贵兴说，有了这些学车手语，开车时，纠正学员的动作顺畅很多。莫贵兴笑称，从手写教学开始，自创手语教学，是他“课程”3.0版本。

“给听障学生上课，还是要多付出精力的，但是老莫坚持跟正常人收一样的学费。”莫贵兴的妻子说，觉得老公做的是一件好事，她和家人都很支持。

“他们有的学员都是从很远的地方来找我学车，都挺不容易的。”莫贵兴说，因为教听障人士的驾校并不多，不少学员都是远道而来，最远的一个学员是特意从福建过来的，在驾校附近租房子学车。“人家车费住宿都要花钱，我不好再多要钱的。”

一场考试：举牌A4纸提示项目

莫贵兴说，有这么多学员可以顺利拿到驾照，这跟广州城市管理的包容性密不可分。莫贵兴记得，七年前带刘晓锴参加考试的时候，因为相关部门没遇到过这种情况，考试被叫停了。“我当时也担心能不能考，但是很快我就接到了可以继续考试的通知。”

广东省聋人协会主席范宜涛说，驾驶证考试改革后，现场都是语音指令，但听障人员是无法听清这些指令的。于是，该协会和广州市车管所商量出一个解决方案，他们把语音指令全部做成A4纸大小的纸张指令，考试时通过举牌提示下一个考试项目，非常人性化。广州市车管所此举在全国也是首创。

通过跟广州市车管所进行沟通，由协会提供证明，经推荐的失聪人士可以享受绿色通道服务。同时，为了帮助失聪人士学车，广东省聋人协会给各个驾校配备手写板，方便教练和听障人士沟通。

莫贵兴说，自己不只是教练，也逐渐跟他们成为朋友。“刚接触的时候，有不少听障人士戒备心会比较强，但只要慢慢熟络起来，跟他们成了朋

莫贵兴在训练场指导学员

友，他们会很信任你。”

学员小叶是2018年11月开始找莫贵兴学车的，莫贵兴说，已经带他上了几节课，但小叶还是很少跟他交流。每次来驾校的时候，小叶都喜欢默默站在驾校门外，等莫贵兴开车去教练场，他才凑上来上车。

那天练完车天气很冷，莫贵兴递了杯热水给他。然后在手机上打字问他：“为什么来学车？”

“想带老婆孩子回老家，或者出去玩。”

“买车了吗？”

“等考完驾照。”

交流之中，小叶的老婆打来了视频通话，小叶把手机凑到了莫贵兴面前。“他怕自己弄不清楚，让我跟你说。”小叶的老婆跟莫贵兴说，自己腿不方便，他们老家在湛江徐闻，每次回家坐大巴都很折腾，也试过跟老乡的车回去，但孩子晕车，吐在了别人车上，他们觉得很不好意思。从此，就很少回家，现在已经有三年没回去了。

“瞧，他现在已经考过了‘科目二’了，剩下路考了，如果顺利，清明节就能开车回家祭祖了。”6日晚上，莫贵兴一边在驾校里吃“开年饭”，一边用手机打字，与“学生群”聊天，向大伙儿分享“开心事”。

后记：莫贵兴告诉我们，从2012年开始接收第一个听障学员至今已经有13年了，前后经手了200多名听障学生，驾校拿到驾照的听障学员也有1000人以上。

汶川“袖珍老师”汤星月：15年后，我成了你

2天前，我们拨通了被称为汶川“袖珍老师”汤星月的电话。

15年前，9岁的汤星月在汶川映秀小学上学。汶川地震时，她被压在教学楼垮塌的石板下，造成髋关节脱位和脊柱受伤，她的身高定格在了1.3米。而她的部分同学还有班主任，也是她的音乐启蒙老师，都在这场地震中去世。

汤星月爱唱歌，曾跟那位老师说，梦想像她一样，做一名音乐老师。

这15年，她努力完成当初的承诺。

高考时，她被四川电影电视学院音乐表演专业破格录取。

毕业后，她成了一名音乐老师。当时她发了一条朋友圈：“长大后，我就成了你”，没想到，当年音乐老师的家人在她那条朋友圈下面点了赞。

采访时，汤星月说，在县城里教声乐的老师不多，她希望能够用自己所学，让更多的孩子有勇气站上舞台。“我这些年演出认识了一些编导、导演，只要有合适的演出机会，我都会推学生去试一试。”

她说就像当年，她够不着电子琴，音乐老师抱着她坐在腿上。她也想像老师一样，“托起”自己的学生。

这15年，她也在不断地学习接纳自己。

站在舞台上的汤星月，是人们眼中的励志人物，是焦点。但细碎的日常，才最磨砺人心。下了舞台，走进生活，身高带来的影响，汤星月用了很长时间消解。

她曾是自卑的。她在意别人的眼光。暑假，在家里的火锅店当收银员，不知情的客人，会误以为“怎么请个小孩帮忙”，说她家店不专业，她很少解释。

小自己7岁的妹妹比自己高了，走在路上，邻居一句玩笑，妹妹为了照顾她的情绪，会走到路对面；她跟男朋友在一起时，因为害怕质疑声，多次提出分手。

2018年，她髋关节脱位复发，在床上躺了半年，男友一直不离不弃在身边悉心照顾。她也逐渐体悟到，别人的眼光并不重要，生活是自己的。

2023年3月，她选择了跟这个9岁就对着自己笑的男孩结婚。汤星月的老公，高个儿、圆脸，她习惯叫他“小胖”。

汤星月和学生们的合影

汶川地震后，汤星月和同学搬到小胖所在的学校借读。下课时，她想打乒乓球，但个头不够。她看见远处有个男孩正对着她笑。

汤星月有时会琢磨，当时小胖的笑是代表着“嘲笑”还是“心疼”？显然这已无法求证。但肯定的是，小胖的笑容，成了汤星月那段时光的温暖记忆。

如今，身高已不再是汤星月思想上的羁绊。她在自己每一期短视频的封面上，都打上“一米三小老师”的标签；她也不再避讳跟人解释自己的情况，有人有疑问时，她也会大声告诉别人，我是个成年人，因为受伤才没长高。

视频直播时，有网友质疑她炒作。她已很少受影响，她说自己是经历过生死的人，“把网上的情绪带到生活中，就不划算了”。

她还发现，周围人变得更宽容了，似乎越来越少人会在意她的情况。她归因为时代进步了，也许，更是她自己宽容了自己。

上一次见汤星月是在5年前的映秀镇。当时我们刚到镇上，计划吃过饭，去找地震的亲历者，结账时发现收银员就是汤星月。我们发现，在这个镇上，汶川地震永远刻进了他们的生活。离汤星月家的店不远，我们见到了地震中失去孩子的倪大姐；再过百米，是汶川地震救出12人的“映秀好人”杨大哥的家。

汤星月给学生们上课

15年前的地震，之于他们是伤疤，是刻骨铭心的记忆。

汤星月跟当年的亲历者仍有联系，5月11日，她发了一条朋友圈，说收到因地震截肢的“钢腿女孩”牛钰的新书。书名叫《黑暗里的星星》，封面写着：允许自己哭，耐心等事情变好；春风变暖，阳光下我们一起奔跑。

采访的最后，汤星月跟我们讲到了下一个5年，10年……她说现在生活中还有不少看似棘手的问题等待解决，但她要坚持往前走。她希望自己幸福，也早点被婆家人接受，工作顺顺利利，在音乐的路上，培养出更多的学生。

我这样拍出《我的潮汕妈妈》

2022年的春节，周帆做了他一直想做的事——给妈妈拍一部纪录片。

大学毕业之后，周帆从事视频制作的工作。这几年，他看了不少记录家人的电影，也萌生了记录自己妈妈的想法。

周帆为纪录片做的海报

在接到我们的采访邀请时，周帆反复确认了几次。对于被关注，周帆感到意外，在他看来，他只是记录了妈妈最普通的日常。

但也正是这些细碎且真实的日常，获得了不少人的共鸣和好评。《我的潮汕妈妈》这部短片在短视频平台播放量超过40万，不少粉丝留言“看哭了”“这也是我的妈妈”。

妈妈的一天

“我是这样拍《我的潮汕妈妈》的。”过年回老家，周帆集中跟拍了妈妈除夕一天的生活。虽是一天，但在周帆眼里，妈妈一年甚至几十年的生活都是这样过的。

周帆印象中，妈妈很勤劳，生活忙碌且规律：早上5点多起床煮饭，然后去河边洗衣服，再去市场买菜；上午帮小姨的肠粉店送外卖；中午去学生的午膳点煮饭；下午再去羊毛厂打工；晚上操持完家务，第二天继续“奋斗”。

“我印象里，妈妈总爱皱着眉头。”周帆觉得妈妈被生活裹挟着不断向前，但他上大学之后，跟妈妈交流越来越少，便更不知道怎么改变这一切。直到这次拍摄，周帆看到了妈妈的另一面，他也更了解妈妈了。

拍摄时，周帆拿着相机，跟在妈妈的小电动车后面。她发现妈妈是个很热情的人，也有很多朋友，在菜市场，妈妈一路不停地跟人打招呼；她也是社交达人，虽然只是认识了几天的工友，但微信上已经聊得很热络。

妈妈心里时刻装着家人。在去市场买菜的路上，周帆发现妈妈突然一动不动地看着某个地方，“我赶紧拿起相机拍，我很好奇她在看什么”，直到镜头跟着妈妈的眼神转向对面，周帆才发现，妈妈是惦记着给爸爸买衣服。

但妈妈却很少想到自己，“她很少买新衣服，袜子的款式也是常年不变的肉色短袜”。

拍摄时有一个细节，周帆印象深刻。

祭祀祖先时，周帆给了妈妈手部一个特写。等他在电脑上看素材时才发现“她指纹里都填满了脏东西”，妈妈一天的生活，在周帆脑海里闪过：这双手去河边洗衣服，买橘子时被橘子枝刺到；但也是这双“坚硬”的手，可以织出柔软的羊毛。

“硬的活儿也能做，软的活儿也能做”，这像极了妈妈在周帆生活中的样子，那么坚强，又那么柔软。

你好，刘锐君

对于拍视频这件事，周帆的妈妈很配合。

周帆说，有一组拍摄妈妈在河岸边骑车的特写镜头，是视频里为数不多的摆拍镜头。

因为要手动对焦，妈妈骑车的速度需要控制得很好。“当天是初六开年，拍摄的时候接近中午，妈妈要赶着回工厂开工”，在反复拍摄几遍之后，周帆开始担心没有任何拍摄经验的妈妈，可能会不耐烦。

但让他没想到的是，每次重来，妈妈都毫无怨言，只是说“没关系，那

周帆纪录片中的镜头

就再来一遍”，他拍了4遍，妈妈就在路上来回骑了4遍。

片子剪完后，周帆传给老家的表妹，让她放给妈妈看。“我嘱咐表妹要把手机亮度调到最亮，声音调到最大，保证观看效果”，周帆原以为妈妈看了视频，会夸他拍得好，但现实是妈妈的“吐槽”更多一些。

“这些你都放出来，都叫你不要放啦！会被人笑话。”“这个打瞌睡的镜头给我拍得好丑。”“逛市场的时候，早知道你拍，我就把背挺直一点了。”……周帆告诉我们，他能看出来妈妈吐槽的时候脸上却带着笑容。

视频放到了短视频平台后，周帆没想到，它竟然火了。“太真实了”“我妈妈也是这样”。不少粉丝还会发“小作文”一样的私信给他，里面有看完视频的感想，更多是对视频中“妈妈”形象的共鸣。

“片名我翻译成英文是‘我的超人妈妈’。”周帆告诉我们，在他的眼里，生活中的妈妈就像一个“超人”一样。但他却不想妈妈再做“超人”。

她不需要为了多赚点钱，一天打几份工；她要多想着自己，多给自己买喜欢的衣服；她应该对子女提要求，皮肤皱了，主动让孩子们给她买护肤品……“我的妈妈叫刘锐君，我希望她先做她自己，然后才是我的妈妈。”周帆说。

在片子的结尾，周帆用了妈妈一张年轻时候的照片。照片里，母亲在割稻子，回头对着相机微笑，那时候妈妈很青春、很少女。

拍完视频之后，周帆觉得跟妈妈的距离更近了。现在他常跟妈妈视频聊天，明星的八卦、楼下12块钱一碗的猪杂汤粉、在广州的生活都是母子之间交流的话题。他试图说服妈妈能来广州旅游，来看看他工作和生活的地方，来看看他的世界。

后记：这之后，周帆还拍了《潮汕妈妈2》，片长20多分钟。很多人都劝他这样可能会影响传播效果，但是周帆仍然坚持了自己的想法。尽管，传播效果确实不理想，但是在周帆看来，能不断让自己的想法变成现实，他已经收获了成就感，人生就是在不断试错中成长。

我给奶奶拍大片

最近，李啟航又上热搜了。

他把热搜截图发了一条朋友圈，写道：“专注、纯粹且持续做一件事。”

李啟航家住肇庆怀集，是一名95后短视频博主。2020年夏天，他辞职回乡创业。“给奶奶拍大片”是他专注做的事。一年多的时间，他已经在短视频平台收获近百万粉丝、600多万点赞。

李啟航为奶奶拍的照片

李啟航告诉我们，2022年，在流量最好的时候他打算全身而退，对于一个视频博主来说，充满了不可思议；但普通人李啟航却在这时候决定，去尝试自己的梦想。

回乡陪奶奶做“网红”

“在过去的一年里，我只做了一件事——陪伴家人，并拍摄《我的奶奶》系列影像”。春节期间，李啟航这样总结自己过去的一年。

在他看来，这一年十分顺利，甚至超出预期。李啟航1997年出生，2020年7月，他选择辞职回乡创业，一方面可以陪着家人，另一方面完成自己做摄影工作室的想法；2021年1月，他给奶奶拍的照片，在短视频平台发出后，迅速走红。

短视频里，奶奶穿着红毛衣，在家里的天台上晒菜干，李啟航运用光影和鲜明的色彩对比，将奶奶的影像记录下来。网友纷纷评论“不输国际大片”“充满高级感”。

系列照片里的拍摄元素，多数融入了奶奶的日常。拍摄地点在家里的天台上、稻田里、鸡窝旁……拍摄道具有浇花的水壶、草帽、塑料薄膜。这些道具看似天马行空，但大多都沾着奶奶的生活气息。

李啟航像是找到了“流量密码”。每一组以奶奶为主角的影像，都收获网友大量点赞和好评。一年多的时间里，他收获了近百万粉丝、600多万点赞。

最美的样子

“你拍得不够好，是因为你离得不够近。”不少网友问李啟航照片是怎么拍出来的，在他看来，对家人和生活的爱，是他源源不断的灵感来源。也是最能打动人的部分。

奶奶一直是他的“御用模特”。李啟航从高中开始喜爱摄影，一直在给家人记录“家庭影相”，无论奶奶下田，还是喂鸡，他总会追着奶奶拍照，

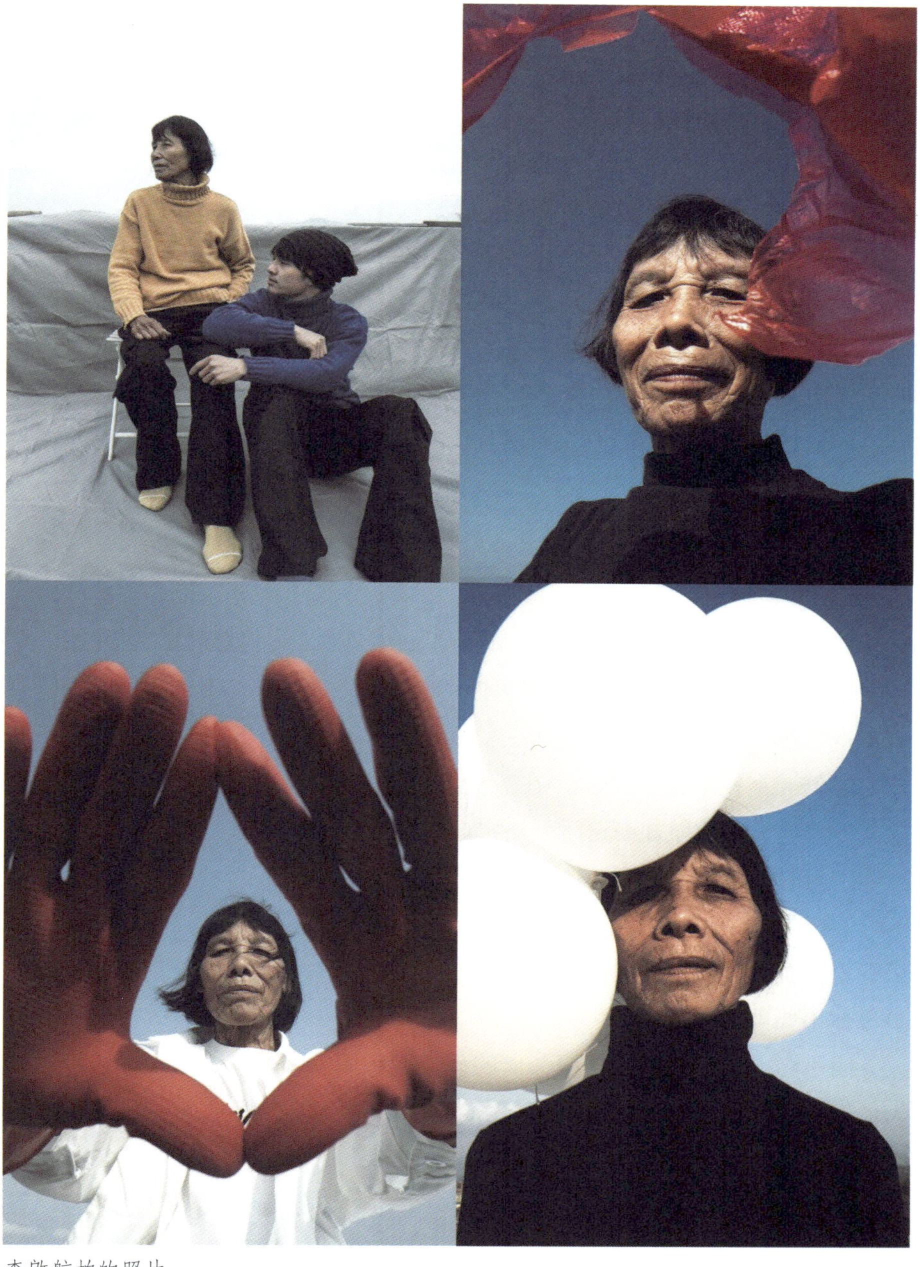

李啟航拍的照片

他已经给奶奶拍了一万多张照片。奶奶也早已熟悉了在孙子的镜头下，自如表现。

“一开始奶奶知道要上传到网上，她也有些不自信。”李啟航鼓励奶奶，她饱经岁月，自然流露出的从容和淡定，就是最酷的。拍照时奶奶多数是素颜出镜，出镜服装多是穿李啟航的。

在李啟航看来，奶奶常年劳作晒出的小麦色皮肤和岁月在奶奶脸上留下的道道皱纹，就是她最美的样子。

之前，李啟航觉得奶奶是一种孤独的状态。不看电视、不玩手机，平时多是在忙农活儿。而这段时间的陪伴，李啟航也感受到了奶奶的微妙变化，出门走亲戚，都会注重搭配一下衣服。李啟航在用自己的作品给奶奶诠释另一种美。

2022年从零开始

在我们问道李啟航的新年计划时，他说，2022年，他打算从零开始——转型成为一名旅行艺术博主。李啟航说他曾想带奶奶一起旅行，但因为奶奶晕车，一些计划只能搁置。

对于一个视频博主来说，在流量最好的时候全身而退，充满了不可思议；但普通人李啟航却在这时候决定，去尝试自己的梦想。

家人的支持和信任，让他的想法更坚定。

他记得，2020年夏天，刚辞职回乡，邻居们会问奶奶：“你孙子在做什么？整天游手好闲！”奶奶每次都会帮他辩护：“每个人都有自己想要做的事，你不要再去说他。”

他还会提到小时候，他跟邻居的孩子跑到镇上去玩，父母很少干涉。因为他们相信，他自有分寸，玩尽兴了，肯定会回家。

有人问他，转型不怕没流量了吗？

“我本来就是从零开始，所以我并不惧怕再重新开始一次。”李啟航这样回答，“愿我们的2022，不惧挑战，有梦想就去追。”

第二辑 追寻热爱

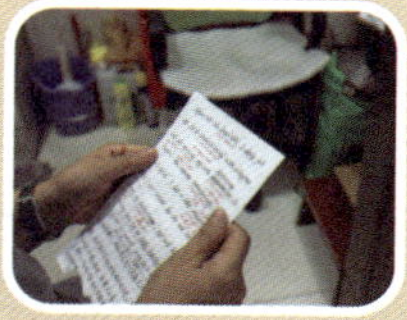

一位老年街头钢琴师的“夜曲”

晚上9时，华强北电子城里的各个档口陆续拉闸关门。在不远处的街头，钢琴声准时响起。演奏者的“粉丝”们悉数到场，随着钢琴的伴奏，合唱的歌声在夜晚的华强北回荡。

弹琴的这位老人名叫陈云昌，74岁，很多人喊他“钢琴爷爷”。早在15年前，陈云昌就在蛇口城市花园开始了公益演奏生涯。5年前，华强北开设公益琴房，他就把“舞台”搬到了这里。

他希望在街头的演奏，吸引更多人关注这个行业，他也能找到传承自己音乐的人。

夜幕降临，陈云昌来到华强北街头弹钢琴

华强北“音乐会”

入夜，华强北褪去白天的嘈杂。步行街上，璀璨的灯光亮起，音乐声此起彼伏，人们也随之放慢了脚步。

晚上9时，74岁的陈云昌准时出现在华强北街头的公益钢琴前。为了“迁就”粉丝们的时间，陈云昌才把演奏时间选在晚上。陈云昌说，到了晚上，在华强北忙碌了一天的人们开始闲下来，出来听他弹琴，大家一起唱歌。

尽管演奏场地在街头，但陈云昌足够重视。为了避免演出时去洗手间让大家扫兴，陈云昌会在演奏前刻意减少喝水；演出时，他会带上厚厚的琴谱，曲子有古典有流行，尽量满足大家的要求。

陈云昌弹琴，多是让粉丝们“点歌”。“我要弹大家喜欢听的，喜欢唱的，有的歌没有钢琴谱我也要尽量满足大家。”陈云昌说，一些没有钢琴伴奏谱的曲子他就自己创作，有些歌曲他也会做一些改编。

现在，他能弹2000多首曲子，曲目广泛。从经典的钢琴作品，到革命歌曲再到流行音乐，他都可以轻松驾驭。他可以从肖邦切换到《长江之歌》再到《海阔天空》，见到小朋友还会来一首《虫儿飞》。他尽可能照顾到每位观众的口味。

陈云昌是6岁时开始接触钢琴的，师从中央音乐学院一位教授，他13岁考上广州音专，就是现在的星海音乐学院。1984年，他来到了深圳，在青少年活动中心担任钢琴教师。

2009年至今，陈云昌已坚持公益演奏14年。他说，自己能够带给大家的快乐是有限的，希望能通过公益演奏，激起更多人对钢琴的热爱，让更多人加入这个行业，让大家感受音乐的美。

采访时，陈云昌反复跟我们强调，他的音乐之所以能够给大众带来共鸣，是因为他的音乐是美的。他说自己年轻时也走过弯路，一味地注重钢琴技术，但是忽略了如何在一首曲子里弹出创作者要传递的情感。

音乐教育该有的样子

如果说，陈云昌选择公益钢琴有“私心”，那就是他希望能够找到愿意学习并传承他音乐理念的学生。他说这个传承人，不分年龄和此前音乐的造诣，但要有足够的兴趣、充分的时间以及发自内心对音乐的热爱。

采访那天，知道几位音乐老师会到华强北看他弹琴。陈云昌背着一个背包，提了两个袋子，里面装满了他的琴谱。他拿出几十年前的琴谱，跟几位老师们探讨钢琴的教学方法，从车尔尼到李斯特再到肖邦。

交谈中，陈云昌反复强调，不能让孩子为了考级，一味机械地练习技术。“现在都有自动演奏的钢琴了，但那种有情感吗？”他说，在钢琴启蒙教育的时候就要开始体味曲子的美了，并不是要等考到什么级别。

“认识陈爷爷这么多年，他的坚持我们很多人很难做到。”广东省流行音乐协会流行与即兴钢琴（深圳）委员会名誉会长朴日华告诉我们，陈云昌的教学理念是从最初级的教学上，强调学生更好的演奏能力和即兴能力，这样才能够更全面地去传达表演的意识。

朴日华说，陈云昌的担心现在确实存在，如今，有不少琴童一味追求技术，忽视了对音乐美感的培养。朴日华告诉我们，值得高兴的是，他看到在2024年星海音乐学院音乐教育专业的校考要求中，加入了钢琴即兴弹唱的环节，那天他还激动地发了一条朋友圈，“这是音乐教育该有的样子”。

真想帮我，那就找人来传承我

晚上11时，陈云昌会准时结束华强北的演出。他匆匆赶往地铁站，踏上最后一班地铁，赶回20公里外的家中。

因为采访，我们看到了他另一部分的生活。

凌晨2时左右，很多食肆闭店。陈云昌会起床，到店外捡他们剩下的饭菜、水果。这将是他一天的食物。街上有人丢弃的矿泉水瓶、纸箱他也会整理好，再带回家中。

在别人眼中废弃的东西，或多或少在陈云昌眼里都有些用处：有的能充饥，有的能卖废品，有的能拿回家做教具。

我们问他现在的生活是否需要帮助？陈云昌说，他现有政府发放的养老金，虽然不是很多，但也不需要人们对他生活帮什么；他说也有社区的工作人员知道他的情况，想帮他，他都拒绝了。

他跟我们解释，他这样做是他年纪大了牙口不好，吃饭要很久，他还有很多事要做，自己做饭，更费时。他还说，父亲之前是医生，告诉他人接触一些细菌会增加抵抗力。他父亲还告诉他，人不能吃太热的食物。恰好，现在的生活方式，他都能够自洽。

我们问他，为什么不去琴行教钢琴，至少可以维持生活的体面。他说："我跟他们理念不一样。"认识陈云昌的人说，钢琴圈子里有人觉得他太有

凌晨4时，陈云昌推着装满食物和杂物的单车走在街上

“个性”，甚至有些固执。有时候有的学生和家长也会有不同意见。但对于自己的教学方法，陈云昌执着而坚持。

“生活过得去就行。如果真想帮我，那就找人来传承我的教学方法，我就最开心了”。

陈爷爷一路捡着，我们一路跟着……

在一家快餐店的门口，陈云昌整理好被丢弃的一次性纸盒。他拿起一个圆形纸盖说，给学生讲课，要这样跟小孩讲：一条杠都没有的是全音符；对折裁成两个就是二分音符；再对折分成四份，就是四分音符，就等于四拍。

“这样孩子就容易懂。”可能类似的方法，他还有很多。

陈大娘的英语梦

陈兰梅62岁，认识她是我们在短视频平台无意间刷到的，她保洁员的工装配上有点洋气又稍微有点“塑料”的英语吸引了很多网友的关注。“陈大娘的英语梦”是她的网名，也是她这4年来一直在追寻的梦想。

采访时，陈兰梅告诉我们，学生时代自己被迫辍学，结婚生子之后又忙于生计。如今，孩子们成家立业，她也终于有业余时间完成自己年轻时的梦想。像很多女性一样，陈兰梅是女儿、妻子、妈妈、奶奶和外婆，她努力地完成这些角色的使命。

如今，62岁的她，终于让我们看见了她自己。

保洁阿姨自学英语写60本笔记

“Welcome to Shenzhen!”

见到陈兰梅是在深圳福田汽车站，一见面，她就拉起我的手，用英文讲

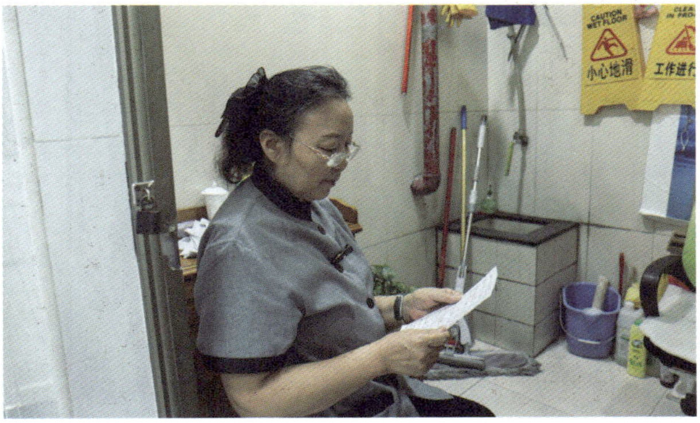

工作完，陈兰梅会拿出英语资料学习

着欢迎我们。她是这里的一名保洁员。她带我们到她的休息室。分享着自己是怎么利用碎片时间学习英语的。

“这个小纸片，折成两折，正好塞进口袋。有时间我可以随手拿出来看。”

“抄英语的这些纸都是我捡的，你看这背面都是白花花的，扔了多可惜。”

“这是别人借我的书，我在纸上抄完了，再还给人家。”

从陈阿姨的这些“装备”上不难看出，在学英语这件事情上，她是下了真功夫。

陈兰梅说，她是4年前开始学英语的。她从最基础的，26个英文字母开始学起。尽管基础不好，但她坚信这些都可以靠不懈的坚持来解决。她从音标、单词再到简单的句子，她通过手机一步一步自学，不断重复和抄写。4年里，记录了60多本的英语笔记。

为什么选择学英语？是不少人看到62岁的陈阿姨在学英语之后的疑惑。

“我的孙子，还有我亲戚、邻居们的孩子，总说英语难学，我想自己学会了教教他们。”陈兰梅告诉我们，现在的孩子接触英语都比较早，但有时在学习的时候总有畏难情绪。自己现在也在学，就可以跟孩子们交流心得。孩子们看到奶奶都能学会，也是对他们的鼓励。

下班后，陈兰梅在出租屋进行直播

“那些天天逼着自己孩子学习的家长，你自己都在刷手机，凭什么叫孩子学呢？”陈兰梅的讲述，似乎也道出了教育的真谛。

陈兰梅学习英语，也在工作中派上了用场。有一次，一名外国人向她询问去香港机场的路线，陈兰梅惊讶地发现自己居然能够明白他的意思，并用英语向对方作出了解答。

“他向我竖起了大拇指，我当时激动得心都提到了嗓子眼儿。”陈兰梅说，自己很高兴也很有成就感，学了这么多年英语，终于派上了用场。

62岁，做自己

随着采访的深入，陈兰梅给我们讲起了她的人生故事。

她说，自己父母身体不好，从小家里就很穷。但她很爱学习，也顺利考上了河南省的重点高中。但因为姐姐出嫁后，家里缺劳动力，她不得不辍学回家，帮家里种地。

“当时我的老师一趟又一趟地来家里劝我，说我能考上大学，不上学可惜了。”讲到这时陈兰梅一度哽咽，她仿佛变回了当年那个无奈辍学的女孩，心中满是不舍和无奈。陈兰梅告诉我们，但当时的她没有选择，“作为女儿，我不能为了自己上学，看着父母和弟妹挨饿”。

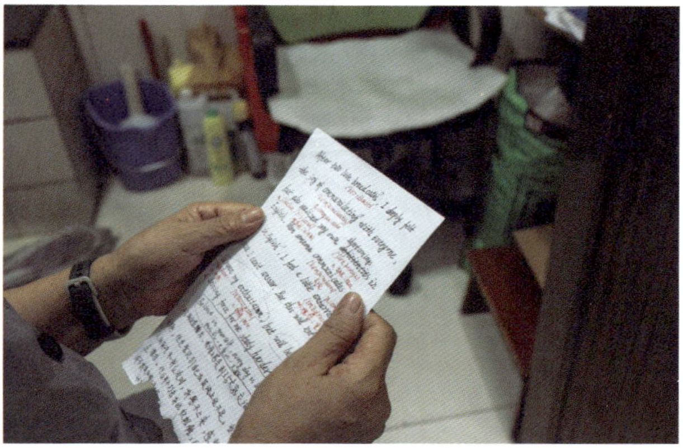

陈兰梅的学习笔记

陈兰梅辍学的那一年，学校刚开始上英语课。她回忆，刚开始老师在上面讲英语，因为从没听过，大家在下面哄堂大笑。因为辍学，她对英语的了解仅限于此。她说，尽管当时她也跟着笑，其实内心里对这门语言充满了好奇。

“当时我还没有把英语学懂，就不读书了。学好英语一直是我心中的一个梦想。”

后来，陈兰梅结婚生子，成了一名母亲。为了养育3个子女，丈夫外出打工，她自己在老家种地。将三个孩子养育成人，几乎耗尽了他们夫妻二人的时间和精力。

“有时晚上，地里就只有一个月亮一个我。”陈兰梅说，时常干完活从地里回来，看到孩子在家门口睡着了，自己也很是心疼。

好在，苦日子已成过去。陈兰梅的孩子现在都已经成家立业，也十分懂事孝顺。她说，很感恩孩子们没有让她继续带孙辈，这才让她有时间开始追寻自己的梦想。

如今，陈兰梅每天下午4点半下班，回家洗漱完毕，差不多五六点。“我关上自己房间的小门，这一片天地就都是我的了，大长一夜想学多久就学多久。没有外界的干扰，那是我一天当中最幸福的时刻。”说起这个场景，陈兰梅嘴角始终挂着笑，眼中仿佛闪着光。

和很多女性一样，陈兰梅是女儿、妻子、妈妈、奶奶和外婆。她身肩多个角色，也在努力地完成这些角色的使命。如今，62岁的她，终于让我们看见了她自己。

“水下洛神”何灏浩：一个有过奇遇的普通人

2022年端午节前一天，何灏浩更新了自己的视频号。视频内容写着，“一年了，《洛神水赋》像一个美好遥远的梦。梦醒时分，我还是那个开心的自己”。

时针拨回到一年前，河南卫视端午节晚会上《洛神水赋》爆火出圈，一夜之间，这名广州女孩站上“顶流”。采访她的媒体蜂拥而至，镜头前的她感谢整个团队、这次机遇以及5年来没有放弃的自己。

一年过后，我们在广州潜水协会训练基地见到了何灏浩，听她谈一年以来，在经历高流量、热度减退甚至自我怀疑后，这个女孩如何在迷茫中再次寻找到属于自己的那束光。

谈走红：当时有点飘

感觉这么多年的情绪，在那一瞬间就爆发出来了。

问：《洛神水赋》当时播出之后是什么心情？

何灏浩：我当时是挺飘的。我也在一些采访中说，作为一个普通人而言，一辈子很难得能遇到这样一个机会，那就让我飘几天吧！一开始还好，后来我知道Twitter上面华春莹推荐了这个作品，我当时直接就哭了。我大学是学新闻的，毕业论文写的就是新闻发言人这块，她一直是我的偶像。知道她转发了这个作品的那一瞬间，感觉所有的情绪都出来了。

何灏浩在给学员上课

包括以前学新闻，最后没有走新闻这条路；进了国企又辞职了；出演了《美人鱼》，但是当时因为一些家庭原因也没有选择持续曝光；再到坚持水下舞蹈，这条路更孤独。

直到这个舞蹈被看见、被认可。感觉这么多年的情绪，在那一瞬间就爆发出来了。你说如果一直坚持一件事情，但没有一个好的结果，你甘心吗？我不甘心。我很想证明我的选择也不差。

问：证明给谁看？

何灏浩：证明给爸妈看。

问：为什么要证明给他们看？

何灏浩：我算是一个小时候很听话的孩子，然后不知道什么时候开始就有点叛逆。我爸妈从事的都是比较稳定的工作，他们也希望我走一条稳扎稳打的路。但是我又是属于性格比较野、比较自由的，所以就想证明我自己可以闯出一条路来。

问：你觉得你证明到了吗？

何灏浩：怎么说呢，选这条路起码我是不后悔的。人生的选择有很多，但你不管怎么选，都是会有遗憾的。所以我希望自己不论做什么选择，一是自己能负责，二是自己不后悔，这很重要。

问：当时为什么会选水下舞蹈？

何灏浩：因为没人在干这件事，我干得还挺好。身边有人在潜水，有水肺潜水，有自由潜水，也有美人鱼潜水，还有花样游泳，但是没有人把这些东西揉在一块去做水下舞蹈。国外是有，但是中国我没见过，我就觉得挺特别。我这个人会有这么一点点特立独行的感觉。

问：记得2019年采访你的时候，你就跟我们说这个领域很小众，当时是怎么坚持下来的？

何灏浩：走这条路蛮孤独的，当时起码国内没有什么人在干这件事，没有人可以指导你，也没有什么东西可以参考，就自己摸索。当时真的不知道为什么，像被猪油蒙了心一样，一门心思地往这里钻。甚至在别人眼里就像是胡闹一样，真的会怀疑自己，讲实际一点，特别是没有收益的时候。

但冥冥中感觉有个声音跟我说，你不要放弃，你坚持下去。我这人挺轴的，这一点还蛮不好的，特别不会及时止损，我就是一定要把南墙撞穿，再把北墙也撞穿，磕到头破血流倒在地上起不来的那一刻，我才会真的去放弃。但凡有一点点希望，但凡我有那么一点点机会，我都会坚持。

谈变化：这一年我的欲望下降了

我觉得人“求不得”是最苦的，不如把心态放平一点，不要难为自己。

问：成为“顶流”一年之后，你觉得自己有没有什么变化？

何灏浩：首先要清晰，“顶流”的是这个作品，不是我这个人。有一个特别有意思的事情，我之前去参加一个摄影展，当时介绍我是《洛神水赋》的表演者，现场大家并没有什么反应，等到私底下聊天的时候，突然间有一个工作人员说你就是在水下跳舞的那个？

这样的事情不止一次。很多人都是知道《洛神水赋》，但并不知道何灏浩。我算是比较早就明白了这个情况，因为成就这个作品有很多元素。所以回顾这一年，在生活上我的欲望也下降了。

问：为什么是下降了，是有经历过欲望变高的阶段吗？

何灏浩：对，我经历过欲望高的阶段，就是说我好像火了、有名气了，我是不是应该得到更多？但是后来发现并不是这样的。

很明显的一个落差。在六七月的时候，大家对我的关注度还是挺高的，然后到了8月的时候，突然间一下子这件事情就完全过去了。但身边还会有很多人会不停地跟我说，你看你的曝光度，你完全可以怎么样。还有一些质疑的声音，听到这些话，就会自我怀疑。

问：哪些质疑的声音？

何灏浩：觉得我的舞蹈不够专业，还有人说片子火是因为拍得好、剪得好，水下换了谁都可以。

问：那你当时听了什么反应？

何灏浩：一开始我还是挺焦虑的，但焦虑过后发现有些东西我并不能改变。从那个时候开始，我就跟自己说心大一点、野心小一点。我觉得人"求不得"是最苦的，不如把心态放平一点，不要难为自己。

我一开始是有点太为难自己了。但我就是个普通女孩，面对那么大的关注度和流量，我也需要一个过程来消化，你说对吧？

问：是，那你当时怎么想开的？

何灏浩：也没有怎么想开，生活还是要继续，你不可能一直陷在原地，再加上我本职工作就是一个美人鱼教练，我的本职工作还在继续。因为很多人以为我火了不教课了，所以我现在的学生特别少。

问：都以为你不会再亲自上课了？

何灏浩：是，但实际上我一直都是亲力亲为地在教课，从当时《洛神水赋》火了到现在一直都没有中断过。我觉得是在教学的过程当中，再加上很

何灏浩在训练

多做公益的机会，当你看到自己可以给别人一些能量的时候，内心会得到比较大的满足，我的成就感很多来源于这里。

谈未来：希望你喜欢你活成的样子

如果说你正在走一条很小众的路，你正在坚持一个不知道有没有终点的方向，我希望你不要轻易放弃，最起码当你走到头的那一天，回过头来你不会后悔。

问：如果总结一下你过去的这一年，有什么关键词吗？

何灏浩：疗愈吧，一个是自我疗愈，另一个是疗愈他人。而且这也跟我的未来有关系，我们近期做水下舞动疗愈的研究，差不多有三年的时间了。2022年整个项目开始逐渐落地，课程设计也进入收尾阶段，还蛮有信心去做这件事情。

问：怎么会想到去做这个事情？

何灏浩：我感觉大家好像没有以前快乐了，很多年轻人越来越焦虑，觉得很“内卷”。

像你们刚才来采访，我在教一个学员，我刚开始给她做准备运动，她就哭了，应该是遇到什么事情了。一般这种情况，我也不会多问，带她到水下去，那是一个足够“包容”的世界。我希望在我的领域里，让我身边的人不能说快乐起来，但起码不要那么地焦虑，能够轻松一点。

问：过去这一年里，经过“一夜成名”、赞誉，还有伴随的一些质疑过后，你怎么看待？

何灏浩：刚开始，一些周围的人会喊我“大明星”，我很不喜欢别人这么叫我。因为我就不是明星，明星过成我这样也太惨了吧。我觉得我就是一个兢兢业业的打工人，普通人，一个有过奇遇的普通人。

问：有过这样一段经历，你有什么经验或是建议想分享吗？

何灏浩：我想说我不希望大家活成我这样，因为蛮累的。但是如果说你正在走一条很小众的路，你正在坚持一个不知道有没有终点的方向，我希望你不要轻易放弃，最起码当你走到头的那一天，回过头来也许你不会后悔；如果你放弃了，你永远不知道走下去会不会有一个明亮的终点。所以如果你

何灏浩展示曾获得的奖牌

没有活成自己喜欢的样子，我希望你喜欢你活成的样子。

问：之后在水下舞蹈领域还会有什么新作品吗？

何灏浩：新作将会是一个表现不同朝代服饰、礼仪的水下舞蹈。我现在出作品还是想精益求精，《洛神水赋》带火了水下舞蹈，现在越来越多人通过这种方式弘扬传统文化。

这是一个好事情，这个原本小众的领域被更多人看到。现在还有大量资本涌入这个圈子，无论是水下舞蹈短片制作，还是场景布置都下了很多功夫。还有很多专业舞者、演艺人员投身其中。这也会给我一个压力，要出更多的好作品。中国传统审美意象博大精深，你做到极致就会出好作品。

把方言“老话”唱成歌的乐队：歌里有韩江和工夫茶

“风啊，汝想欲吹去地块；涌啊，汝想欲打去地块。”在老家潮州时，李四顺喜欢叫上几个兄弟，爬上潮州古城墙，对着韩江唱歌。古城千年的文化沉淀，人们的智慧化成语言，代代流传。

2019年，综艺节目《乐队的夏天》中涌现出了一批方言乐队，受到大众热捧。六甲番乐队是广州的一支潮州话乐队，乐队主创李四顺说，出来闯

李四顺和乐队成员在排练

李四顺（右）和乐队成员喝工夫茶

荡，发现不少方言日渐式微，于是，他开始选择用母语创作。李四顺的歌里，把儿时记忆和潮语碰撞，用充满烟火气的“老话”记录下在家乡发生的故事，为人们呈现出生活本来的样子。他说，想把潮语民间的这些“老话”都写进歌里，把民间智慧都“捞”起来。

第一次公开演唱潮语歌被赞生猛

对李四顺来说，组建一个潮语乐队，完全是偶然。

李四顺本名叫李哲，老家在潮州潮安区浮洋镇，潮汕人向来敬神，乡人们祭拜时总爱喊一句“平安四顺”，出来闯荡，他想把这份祈愿带在身边，就给自己起了个艺名——四顺。

吉他是他从小到大的玩伴，李四顺小时候出了一次事故，在家里休养了两年。看到别的孩子都去上学，自己只能待在家，他觉得被世界“抛弃”了。

一次偶然的机会，李四顺在电视点歌台看到Beyond的演唱会，吉他、长发、摇滚，这场演唱会让李四顺感觉“一扇大门被打开了”，“看到他们的不一样，我想我也可以用自己的方式发光发热”。

摇滚给了他力量，他也爱上了音乐。李四顺没有系统地学过音乐，但喜欢跟着哼唱，自己会瞎编一些歌词，有时半夜还和弟弟在床上唱着玩。

李四顺读书时组建了四五支乐队，但基本唱的都是英文歌或者普通话，潮语歌他偶尔也会写，但从没演过，只限朋友之间的分享。

2010年，一次在Live House（音乐现场）的演出结束，观众意犹未尽，李四顺从吉他上扫出一首自创的潮语歌。“场子一下就沸腾了”，有几段重复的旋律，台下的观众开始一起合唱，李四顺在台上念起了诗。

这首潮语歌编曲节奏强烈，蓝调加上夸张的潮语唱法，像在黑夜中静静地述说，忽然又撕开一道口子，强光猛地照了进来。

李四顺第一次公开演唱，收到了这样的评价：生猛、野性。音乐行业的前辈主动找到他，请他喝酒，告诉他这事能成。潮语歌能被人接受，唤起共鸣，让李四顺有了继续创作的信心。

“感觉一扇大门被打开了”的李四顺，笔下写的歌越来越多，《伊莎贝拉》《晚安妈妈》《刍狗之歌》……它们是族人节日的拜神仪式、阿嬷爱讲的俗语、儿时停电的夜晚……

李四顺在故乡生活了20多年，好像每一帧生活画面都能成为他的创作素材。

小时候，李四顺听阿嬷说，潮州人曾被外地人称为“六甲番”，因此“六甲番”就成为乐队的名字。

常听阿嬷说“肚兜里缝三块大洋”

六甲番乐队的成员，平时各自都有工作。主唱李四顺是医院的一名会计，巴扬琴手小南是通信设计工程师，打击乐手阿雁是音乐幕后策划人，贝斯手润钊是一名在校学生。

阿雁从初中就开始和李四顺组乐队，除了李四顺，他在乐队的时间最长。潮语是古汉语，有八个声调，比普通话多一倍。歌词写得既不失潮语本真又好听很不容易，阿雁觉得，每次演奏乐队的歌都很过瘾。

贝斯手润钊是“95后”，在乐队年纪最小。他刚加入乐队，不仅填补了乐队低音部的空缺，也给乐队带来了激情。润钊坚信，方言乐队一定有市场。

别看乐队成员都是兼职，但组乐队他们是认真的，绝不是在玩票。

每个周末，乐队的成员都会腾出半天时间聚在一起练习。8月闷热，借来的排练室没有空调，风扇作用不大，一首歌下来，大家的衣服湿了一半，乐手们不得不多备一件T恤。

乐队成员也换过，难得的是，换来换去也都是潮州人。演奏起李四顺的歌，他们总能联想到儿时家乡的生活。

“穿着背心、短裤，骑着小绵羊，去街上吃冰。”演奏乐队的歌，让打击乐手阿雁总能忆起味蕾里海滨小城的夏天。

工夫茶、潮剧、传统潮州小吃……李四顺开始写歌时，就是从最市井、最接地气的地方开始。潮汕人的生活太有自己那一套了，吃什么、住什么、信什么、不要什么，全都清清楚楚，所以很多东西得以保存。

“唱歌，歌欲唱分地甜听，唱给树顶个鸟仔听，唱给溪底个鱼崽听……”停电的夜晚格外安静，好像只有这个时候，人们有时间跟小鸟谈下话，跟溪里的小鱼唱一下歌，《乌狗之歌》是李四顺写儿时停电时的生活白描。

《晚安妈妈》里，李四顺把平时难以对母亲启齿的话都写了进去，“她每天会买来新鲜的肉和虾来喂那只乌龟，它已冬眠四回，想你已应该懂事和长大”。李四顺离家后，母亲每天都会买来新鲜的鱼虾喂他的宠物龟，虽不善言辞，但母亲的爱，李四顺都记在歌里。

歌词的内容虽然细碎，但是，在李四顺眼里，这才是真正的生活。

李四顺小时候常听阿嬷讲前人的故事。阿嬷家有五姐妹，男丁过番讨生活，战乱时通信中断，五姐妹用最后一封侨批的钱，做起了烟草生意，养活了整个家族的人。

“阿嬷说，当时怕姐妹失散，每人的肚兜里都缝了三块大洋，以备不时之需。”阿嬷一直它们保存了下来，李四顺家里还有两块。

千年古城，太多故事。故乡的包罗万象，给了李四顺安全感和文化自信。他有取之不尽的素材，在故乡生活20年，他想用他的方式，记录下一个个微小的瞬间，也把这里的精气神保存下来。

亲友“泼冷水”也浇不灭他的热情

做了近十年的方言音乐，李四顺不得不承认，这块的市场很小众，喜欢听他们歌的人并不多。

六甲番乐队有一个微信粉丝群，现在群里有110人。2019年6月，乐队在中山办了场演出，200人的场地，只来了30人，其中20张票还是当地潮汕商会送的。回到潮州演出时，亲友也去过现场支持，但不少都听得一脸茫然。

“你这些歌没用的，红不了。”李四顺并不想出名，但他很想自己在乎的人喜欢这些歌。小时候的死党、家里的亲人泼了不少冷水，并没有浇灭他的热情。

李四顺也发现，自己的坚持，慢慢地改变了周围的人。阿妈一开始最反对李四顺组建乐队，觉得这是“歹仔”做的事，后来看到李四顺写了20多首潮语歌，又开始帮他解释民间“老话”的意思。

李四顺说，这对他帮助很大，他想把潮语民间的这些“老话”都写进歌里，把这些民间的智慧都“捞”起来。

出来闯荡，李四顺发现不少方言日渐式微。虽然年轻人不少会讲潮语，但方言夹杂着普通话，总感觉不咸不淡。

要开学了，李四顺4岁的女儿从老家回来，操着一口地道的乡音，她甚至跟老家茶叶档的阿叔学了不少做生意的“行话”。李四顺觉得这样很好。

“方言越发式微，以后可以把这些歌留下来唱出来。”李四顺想把潮州最地道的语言都“锁”在音乐里，写成歌流传下去。

“人人都当勢人，兹个社会谁来作沤人？”（意思是：人人都是精英，那这社会谁来做底层的普通人？）小时候，成绩稍有波动，阿妈就会大动肝火，质问李四顺前途在哪里。但阿嬷却说无所谓的，她总是用这句话来帮李四顺解围。

六甲番乐队准备签一家唱片公司，不出意外，他们的第一张唱片就快面世了，乐队成员充满希望。

李四顺打算这样写乐队简介：有人坚守故土，有人投身浪潮出走。但最后，他们知道永远走不出那个冲茶时绕茶盘旋转的手势，像个轮回。

后记：当年采访这支乐队的时候，是在他们借用的中大的一间教室，当时李四顺说希望歌能出成专辑，还带我们去家里听了一些歌曲的小样。2023年8月，他们的第一张专辑《六甲番》面世，专辑共收录10首以潮语创作的歌曲。专辑发行时，李四顺说："《六甲番》就是一次潮语的探索，一次世界音乐的探索，在用潮语融合世界音乐的时候，我愿意保有母语最自然的表达，那里依然有我对音乐最自我、最自由的诉求。"

北影保安“励志哥”成名七年后

贾贵斌有点儿轴。

他干过不少一般人不能理解的事儿：

2015年，在北京电影学院当保安的他，带着自传电影《壹梦》登上浙江卫视综艺选秀节目《我看你有戏》，却“痛斥电影行业”，更拒绝了冯小刚等导师的投票与帮助，执意做回保安。

他因此一夜成名，被称作北影保安“励志哥”。然而，面对开着豪车说要投资千万元请他拍电影的人，抑或特别从海南赶来北京硬塞给他钱的老太太，他都断然拒绝。

成名后的喧闹，似乎只持续了两个月。

他抑郁过，彷徨过，他说七年前那档节目“成了我，也毁了我，但人生不在一时之间”；他去山里冷静过，去横店当过侧拍师，因为拍片也上过当。为了生计，他卖过大枣，跑过快递。他爱人总觉得他“像在天上飘着”，因而2021年，他在北京郊区开了间照相馆，招牌上印着他的成名照。照相馆每月盈利千把块，仅坚持了一年就关门了，贾贵斌说，这是他这七年来做的时间最久的实业。

如今贾贵斌暂时赋闲在家，对拍电影，他还是有那股子轴劲儿。如七年前他在接受南方日报记者采访时那样，“梦”“追梦”，如今依旧是他常提到的字眼。只不过，电影对他而言，已不再像当年那样崇高，“电影，成了我的朋友”。

以下为贾贵斌的自述。

“我出名后，北影好几年不缺保安”

登上《我看你有戏》之前，我在北京电影学院做了四个月的保安。在当保安期间，我跟保安同事，还有电影学院的学生，拍了我的第一部相对专业的影片《壹梦》。最初我是三番五次拒绝节目组的，我觉得上综艺是走捷径，我也不渴望什么一步登天，一夜成名。后来他们说，你来参加节目，是代表了一群北漂的追梦人，我说我一个大老爷们我怕啥，就去了。

那是一个特别庞大的现代化的机械舞台，霓虹灯都好几百盏，我第一次见这种场面，有些怯场，当时真不想录了，但导演说“你做自己就行了，明星也是人”。我就做了一回真正的自己。在节目播放的前一天晚上，导演给我打电话，说你怎么这么傻，我让你做自己，你也不能什么话都说。第二天，我在值班，保安队长叫我去看电视，没想到他们真放出来了。

在我成名两个月期间，每天有几十上百号人来找我，很多艺考生围着让我签名。北京电影学院以前保安缺人，在我成名后，好几年不缺保安。有老板开着奥迪车说投资1000万元给我拍电影，我斩钉截铁地拒绝了，我说我只是个保安，没有系统学过专业电影知识，我不能为了利益出卖梦想。

也有个艺考生写信来，说他考了三年了，不想考了，他对生活失去了希望。但他看了我的节目和我的短片《壹梦》后，他觉得他是值得去努力活着的。

拍电影的最大投资是1万元

我抑郁了，在成名两个月之后。

这两个月，我一直在拒绝别人对我的恩惠。但每天晚上，我的左心房的天神和右心房的魔鬼在打架，一个说你赶紧接受那些好处，一个又说，大家认可你，就是因为你这份纯真，你不能收。

我从一个农村来的孩子，一无所有，好不容易能够被大众认可，大众又愿意接受我，而我却因为自己不想出卖梦想，却傻乎乎地站在原地不走。

成名半年后，我就回老家了。当初来北京时，我背着一个包，回家的时候，行李多了一些书。当我放弃北京的所有回老家的时候，我才知道什么叫世态炎凉，当初吹捧我的人都不见了。

在老家那一年期间，我拍了《看见光芒》，身边的朋友也挺帮助我的。有一个卖家具的网友看我拍片子了，说愿意投资。他问我拍这个片子大概需要多少钱，我说1万元，他给了我2万元。我只用了1万元，把剩下的1万元退给了他。这是我拍片收到的最大一笔投资。

2016年，我又回到了北京，考取了北京电影学院导演进修班。之所以回来，是因为我觉得电影就是我毕生的追求，我觉得电影融入我血液中了。我在老家冷静了一年，发现我如果这样待在家，就荒废了。

为什么我喜欢电影？就是因为它能让我找到活着的意义所在。我特别渴望表达，我把自己比作一座活火山，如果到一定的时期不爆发的话，我会疯魔掉。

自费拍完片了，“投资人”却消失了

我在横店也待过一阵，那是2019年。

当时我在山里住，每天就在社交平台上拉拉片，讲讲电影。去横店当侧拍师，是喜欢我的一个网友介绍的。那是个宝贵的经历，从制片人、导演到群演、茶水师，我都要采访一遍。那就像另外一个星球，他们是“江湖拍法”，干活儿没有太多章法，但也挺讲究，对电影也是非常热爱的。尤其比较特殊的是那些群演们，真的非常热爱演员这个行业，一直在那待着，不问世事，只要有戏就去演。

在横店那边的剧组，我认识了做武术指导的大哥，他觉得我干活儿挺卖力，我们就加了微信。过了一阵，他让我执导一个片子，我就又回到横店干活儿了，都是我自己垫的钱，也借了一些钱。干了两个月之后，人家消失不见了。我当时还咨询了我律师朋友，他说你有他身份证吗？我说没有。他说你们签合同了？我说没有。那这个事就没希望。

妻子让我柔软了很多

我如果成功了，一定要拍一个我和我爱人的故事。我们两个人属于相互救赎。遇到她时，她患有癌症，好在我们挺过来了。她身体不好，我在常人眼里是个“疯魔”的人，这是一个“身体不好的语文老师和疯魔的不知名导演的爱情故事”。我这人性格不好，但我爱人让我性格柔软了很多。

2021年，我开了一个照相馆，开照相馆有两个原因：一是为了我爱人，她觉得我总是做着艺术，像在天上飘着，让我脚踏实地；二是确实为了生存。

我踩的第一个点是在南锣鼓巷，一问租金，对方说一年100万，我直接愣了，赶紧灰溜溜回到顺义。最后选中的点，是在顺义一个村的村委会对面，但刨去租金，每个月就挣1000块。当时过年我没回老家，我连夜设计并打印了200份传单，写着拍全家福99元拍5张，还送7寸相框，最后就两家人来拍了——过年就挣了200块。前一阵，我买了辆二手三轮车跑快递，因为我每天都要画画，还经常拍短片，于是我干了三个月就不干了。

现在，我以家为工作室，专心做电影拉片和剧本，北京电影学院确实是一个非常好的地方，老师们教的专业知识让我醍醐灌顶。我在网上讲电影，是为讲给那些没有能力和条件来求学的人。如今，我觉得电影就像我的朋友。当我仰望它的时候，它会走开；当我们成了朋友，我们也便如影随形。

这七年，我的人生发生了戏剧性的、过山车式的变化。可是，人生本就很有戏剧性，当你有钱的时候，你没能力，有能力的时候，你没钱。人啊，各有各的烦恼，各有各的苦，但不管怎么着，咱们都要去努力活着。就像《芙蓉镇》里的台词：“活着，像牲口一样活着。”

只有活下去，才有希望去做事，当你一直在往前走，成功或许等在下个路口。

脑瘫患儿有个作家梦，2根手指敲出5万字小说

“赵赢得了一等奖！”

11月初，在东莞市康复实验学校，赵赢在全省征文比赛获奖的消息传开了，他也成了学校的新闻人物。采访的时候，赵赢说，我们是第4家来采访他的媒体。

对于接受采访，赵赢觉得是一种新奇而特别的体验。他是一个健谈的孩

赵赢用他弯曲的食指在键盘上敲出一篇5万字的武侠小说。肌肉的不协调，使他打字的速度比较缓慢

子，思维敏捷、逻辑清晰、阳光开朗，也乐于跟我们分享他成长的故事。

两根手指敲出5万字小说

“作为一名中重度多重残疾的脑瘫学生，我的梦想是长大后成为一名自由撰稿人，尽管这个目标离我似乎很遥远，但我的心一直在，努力也没停止过。”

在2021年广东省少年儿童践行社会主义核心价值观主题征文活动中，赵赢的一篇《奋斗》从39.7万篇文章中脱颖而出，获得初中组一等奖，这也是全省唯一一个特殊教育类一等奖。

对于获奖的事，赵赢有些惊讶，但在他的指导老师黎志梅看来，却在情理之中。

“文章前后修改了5次，这里体现的也是赵赢的奋斗人生。”黎志梅说，虽然被确诊为脑瘫，但是赵赢的心智并未受到影响。平时赵赢就喜爱阅读和写作，时常拿自己的作品给她看。

“2020年初新冠疫情期间，赵赢在家待了几个月，回来之后拿出了几万字的小说给我看。”黎志梅边看边感叹赵赢的成长，坚持写作，让赵赢原本稚嫩的文字成熟了不少。

两年前，受到印度电影《巴霍巴利王》的启发，赵赢开始写武侠小说《龙游九天》。

小说有5万多字，是赵赢靠仅能控制的两根食指敲出来的。“1分钟只能打不到20个字，因为慢，输入软件给我的称号是‘一指蜗牛’”赵赢笑称，这个称号很贴切。

赵赢是受父亲赵仲曦影响，喜欢上武侠小说的。《绝代双骄》里的江小鱼、《欢乐英雄》里的郭大路都是赵赢喜欢的武侠人物。他们乐观、洒脱的性格，吸引着赵赢。赵仲曦希望这些性格特质能成为儿子披荆斩棘的“武林秘籍”。

“明星的回头率也很高”

父母对赵赢的期望，也蕴藏进了名字里。

赵仲曦记得，儿子一出生就被抱进了保温箱。一次，他守在保温箱外，看见儿子正望向自己，“他好像在告诉我，爸爸，我想活下去”。赵仲曦坚持给儿子治疗，40多天，面对一个个关卡，儿子一路赢了下来，“希望以后儿子面对困难，可以一直赢下去”。

16岁的赵赢开始关注别人的眼光。“明星的回头率也很高”，父亲的一句玩笑逗乐了赵赢，欢乐间，赵赢的心结也被解开。坦然面对自己，他告诉我们，“正常看待我就好”。

媒体陆续来报道，赵仲曦不希望人们将关注点过多放在孩子脑瘫这件事情上，尽管这将是儿子生活中一个不小的障碍，但谁又没有短板呢？

而且，赵赢和家人、老师们都正一起努力弥补这块短板。

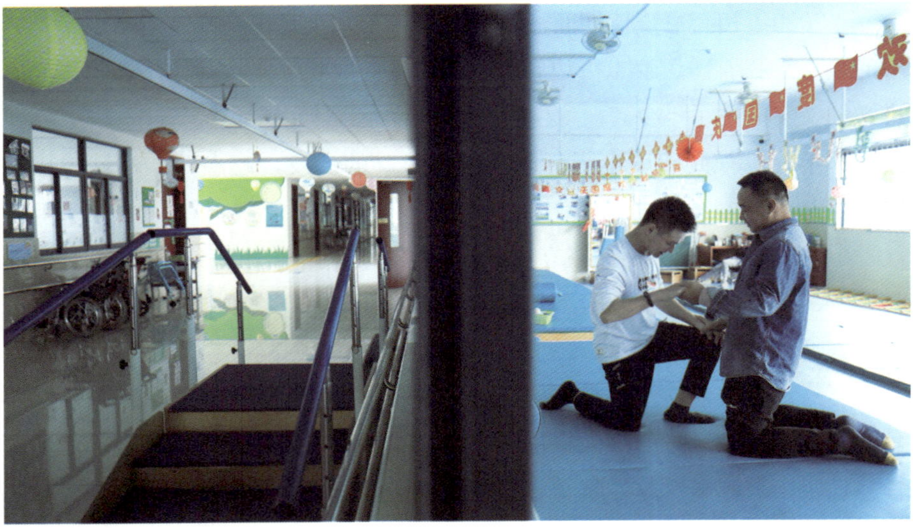

在东莞市康复实验学校，赵赢对父亲说，这个拉筋动作像是小说里王子给国王请安的场景

赵赢双腿肌肉萎缩，不能正常行走，出行需要坐轮椅，父亲为了锻炼他的协调能力，教会他游泳。赵赢喜欢游泳，他觉得可以抛开轮椅，在水里自由游动

姨妈教会了赵赢骑三轮单车，这成了他上学、放学的交通工具；他是学校硬地滚球队队员，他努力训练，期望可以参加2022年的省残运会；父亲还用3年的时间教会了他游泳，他可以连续游100米。

在赵赢所在的东莞市康复实验学校，有400多名像他一样的孩子，正在不断学习、锻炼，努力克服身体的障碍。

周末是赵仲曦父子俩的欢乐时光。他会载着儿子回麻涌镇的家，天气好的时候，他会推着儿子去公园逛逛，冬日暖阳照在父子俩身上，他们漫无目的地畅聊，有时赵赢会哼起父亲教他的歌：

“穿过幽暗的岁月，也曾感到彷徨。当你低头的瞬间，才发觉脚下的路。心中那自由的世界，如此的清澈高远……”

曾五次冲进“暹芭”风眼，这位“00后”可是追风老手

从广东湛江吴川出发，驱车一路向东。穿过一片猛烈的狂风暴雨，天空突然平静下来，太阳从微薄的云中隐约透出来，天上像铺了一层薄纱。苏镝坷和同伴们意识到，他们已经进入台风“暹芭”的风眼了。

这是2022年的7月2日，那天下午3时许，“暹芭”在广东省茂名市电白区沿海登陆。让苏镝坷回忆起来至今仍很兴奋的是，他们五次在风眼间来回穿行。

不过，追风五年的苏镝坷转而淡淡地说，这只是他追的“比较常规”的一次台风。

21岁的苏镝坷是中国传媒大学大四学生。他在摄影圈、气象圈、科普圈都小有名气，因为越是风大雨急，他越要往“风暴中心”冲。在网络上，人们叫他“风羽酱”。

他的追风总里程数保守估计也有五万公里，精确拦截了包括“利奇马”“烟花”“暹芭”在内的五场台风，以及上百个强对流系统。

乳状云、陆架云、超级单体雷暴……他用镜头记录下了这些万千气象，收集了宝贵的气象资料。2021年，他在5·14苏州盛泽镇龙卷风灾害之后采集到的第一手风毁记录，被送至佛山龙卷风研究所。

11月26日，苏镝坷凭着他对风的执着和他“清奇”的科普角度，获得B站与中国科学院计算机网络信息中心联合发起的格致科学传播奖。

在风暴下，我很渺小

追风，是一个向自然学习的过程。

2021年，苏镝坷只身前往山东追风。那里空荡荡的，只有他一个人站在那，与天空“对话”。

一道巨大宽广的云墙横亘在天上，天空像要塌了下来，这时，一股由风暴卷起的寒冷的下沉气流袭来，无论视听感受还是皮肤上的温度感受，都带给他很大的冲击力。

他觉得自己那点“傲气”完全被这股风暴推翻了。他呆呆地站在那，恨不得赶紧躲回温暖的车里。

苏镝坷有过与“死神”擦肩而过的经历。那是在内蒙古，他为拍超级单体雷暴系统的云墙而来，完全没预料到最后拍了大量冰雹的素材。他形容天上掉下特别多的“珠子”，混凝土地面上，也不停有“珠子”在翻滚。

苏镝坷第一反应是跑到后备箱去取摄像机，躲在后备箱的盖子那开始拍，这时，有一颗很大的冰雹砸在他的头上，疼得受不了，他才意识到赶紧回车里躲着。

“我一直想要拍到冰雹落下来的画面，它带来的震撼是普通的下雨代替不了的，它更能告诉大家风暴中是怎样的。”苏镝坷说，冰雹，是他在等待的朋友，总算拍到了，既紧张又兴奋。

2022年，是苏镝坷第一次来广东追风，对这边的路网并不是特别熟悉，所以他们在选路线、行车策略上都是非常谨慎的。有一位朋友从湛江赶过来，打算跟苏镝坷一起追，他们得掉过头去接他。

但苏镝坷当时已经非常接近“暹芭”的核心区了，他打算先进风眼一次。在雷达上可以看到，他们待在荒野的一块空荡荡的区域，这是一片相对安静、没有风的地方。

这，就是“风眼”。

他们在“暹芭”台风眼里来回穿越了五次，获得了气压、风速、湿度等数据，并拍摄到台风眼内的高清影像素材。

“暹芭”的速度比他们想象中要慢很多，“我们一直都能追到，来回进出，反复测量”。

对更多在北方追台风的苏镝坷来说，华南的台风也带来不一样的感受，从体感上，华东的台风有时会叠加冷空气，吹上去会感觉冷一点点，华南的台风确实会暖和很多。此外，华南的台风整体的强度还是比华东台风强一些的。

我也曾被台风支配恐惧

苏镝坷的很多老师、同学都知道，学校里有位追风的人，在拍关于风暴的片子。

大学期间，他的摄影主题多是气象。他很庆幸选择了摄影专业，“这样就能有完全正当的理由去跟自然进行亲密的接触”。

他将自己拍摄的视频发到网上，还结合视频讲解各种气象知识，赢得诸多网友的关注。在B站，他的粉丝达27万，被称为“科普大神”。

他很喜欢一部1996年的科幻电影《龙卷风》，第一次看的时候，他只觉得很酷，“但随着不断进入这个领域，对影片的认识会更加全面，也会建立起一种责任感”。

而纪录电影《龙卷风走廊》是促使他选择摄影专业的一大原因。片中的追风团队用非常专业的定制车辆和定制气候测量装置，从龙卷风中心捕捉镜头和珍贵数据。而苏镝坷发现，中国实际追风的人极少，精通专业摄影的更是绝无仅有，他想填补这一空白。

苏镝坷小时候挺怕打雷、刮风和下雨，跟现在完全是两码事。

2001年，他出生于四川成都，读初中时随家人来到浙江杭州。他仍记得十年前被台风“海葵”带来的恐惧支配的场景：风穿过建筑物，发出非常恍惚的呼啸声，苏镝坷吓得彻夜未眠。

他总结，台风最初带给他的恐惧，来自它的未知性。这反倒激发了他的好奇心：“现在为什么我这么愿意去靠近它？或者不停地探索这份未知？也是好奇心的驱使。”

很多时候，风暴会跟你做一场游戏——它在数据上和现实中所呈现的有一定差距。“这时你会像被戏耍了一样”，这促使他重新思考所学的东西到底对不对，为什么跟他想象的完全不一样，为什么会“翻车”……苏镝坷相信，这也是驱动科学家们去探索天空中的奥秘的原因之一。

“我们拍的是严肃的科普内容”

追风圈子里的一部分人，喜欢在屏幕上看着各种气象数据进行“云追风”；另一部分则喜欢亲身进入天气事件核心区域，苏镝坷是后者。

在国内，实地追风者是非常稀少的，有追击天气系统经历的不到百人，他算是这部分人中比较有经验的了。其他人会因为各种原因没法到现场去拍摄风暴、进行测量，“既然我有这个条件，那我当然有责任、有义务去做这件事”。

苏镝坷在做的，不仅是拍摄极端天气下的极致画面，更为收集宝贵的气象资料。

这些资料，或许能救更多人，或是提醒人们做好准备，迎接新的风暴。

如苏镝坷所说，人在风暴面前，就像树林里的草一样渺小。对追风者而言，见证风毁是追风途中最深刻的一课。

2021年5月14日，一场龙卷风突袭苏州市盛泽镇，造成该地区局部电力设施和多处房屋受损，大量人员伤亡。苏镝坷与伙伴们连夜赶路，一早便到达现场，用无人机拍下了受灾情况。

对于龙卷风的判定和研究，恰恰需要对灾后现场环境的调查。他说，到得越早，就越能记录灾害的最真实情况。

他们采集到的第一手风毁记录，后来被送至佛山龙卷风研究所。他们提供给该所一些从各个角度俯瞰灾难现场痕迹的散图，以及一张拼图。拼图是将方圆三四公里内，龙卷风在行进路线上的破坏轨迹收在了一张图内。“之后如果有研究需要，可以直接在地理交互系统中做测量。”苏镝坷认为，这张拼图既有艺术性也有它的科学性。

父母当然会担心他的安全问题。苏镝坷也说，假如自己孩子去追风，相信所有负责任的家长肯定最开始都会觉得“这基本是不可理喻”。因为无论是台风还是强流，本身灾难性是非常大的，这样去追风，不就等于是追“疯”吗？

“实际上，我们比其他人更知道在那种环境下如何去保障自己的安全，我会做大量的预案以求心中有数，会通过各种预报资料去推测可能遇到的情况，会跟风暴保持合理的距离，不要太莽撞。”苏镝坷说，一旦能确保自己的安全，会发现有不少乐趣。

也有人认为，他们是一群所谓的“不惜生命追台风、追热度的人”。苏镝坷说，他们拍的都是严肃性的科普内容，想让更多人去看到自然的力量，并且通过更多维度的方式去展现这种变幻莫测的天气。

看看天空，也是在“追风”

苏镝坷更偏向纪实的风格。他不会对画面做过多或过于浓重的后期修饰，让观众看到天气事件会带来怎样的客观影响，让大家明白，台风来袭时绝非儿戏，它不是茶余饭后的谈资，而是真真切切的自然灾害。

他曾看到过一段有误导性的视频：视频中，将国外的超级单体雷暴的延迟摄影天空画面，嫁接在国内地面的城市上。“超级单体雷暴是旋转的，台风也是旋转的，可它们不是一回事。”苏镝坷说。他一直在努力用镜头记录下真正的台风、强对流天气，不能通过刻意的后期修饰来处理，“天气跟我们都息息相关，又不应该过多去干预它”。

早在19世纪时，一生都在追雪花的“雪花人”农夫威利说：“我带着相机，跪在湿湿的草地上，拍下大自然精致的点点滴滴。我这样做，可以帮助许多人看到他们自己无法看到的美丽事物，他们每天还是有牛奶喝，其他农夫会保证这一点。不过，我想，我为他们做的，是同样重要的事情。”

如今，苏镝坷已被保研本校，他还有更多的时间来做“追风”这件热爱的事情。

12月10日，他拍摄的纪录电影《风暴之下》在B站上线，可以说是他对过往五年追风历程的一种总结。有网友说，“就像在看灾难电影”；也有人感叹：“这简直就是《星际穿越》里的场景！”

苏镝坷说，观众在片中能发现“我们在风暴面前，真的非常渺小”。而他记录“追风者”故事的纪录片也在拍摄当中。

“如果可以，希望以后我能一直做这件事。”虽然，苏镝坷并不鼓励大家跟他一样去冒险。

实际上，哪怕抬头看看天空，也是在“追风”；多关注一下天上的东西，兴许就会打开新的世界。

广州城中村里的“10后”雄狮少年

2023年正月，石牌董氏龙狮队又恢复了往年的繁忙。

董氏第三代醒狮传承人董文汉给我们滑屏翻看他的手机相册。“醒狮拜年”“醒狮演出”“龙狮文化交流”，正月里董氏龙狮队的行程紧凑。

而与往年不同的是，在2023年石牌村“醒狮拜年”的活动上，出现了更多“10后”队员的身影。

醒狮多灵动基本功就多扎实

在广州天河区石牌村董氏宗祠，明黄色的狮子随着紧凑的鼓点腾挪，狮头下的人纵身一跃，狮背垂下，浑身细软的狮毛在风中抖擞。队员们不断重复练习，为近期的表演做准备。

董炜健13岁，是中非混血儿，5年前他加入了狮队。在董氏祠堂里，他身穿醒狮服，手上打着镲，配合着师兄们表演的节奏。

董炜健记得，3岁时，村里的狮队上门拜年自己还吓了一跳。后来，他才发现，原来是有人在里面舞动，他便对醒狮产生了好奇。对醒狮的兴趣获得了家人的支持，上小学时，母亲给他报名加入了石牌董氏龙狮队。

“训练时，师傅要求严格，每个动作都要做到标准才会满意。动作不标准，有时会被罚做俯卧撑。”董炜健说，学好醒狮并不容易，马步、麒麟步、左弓步、右弓步，每一个动作都需要日复一日地训练。

在师傅董文汉看来，醒狮时，你看到的狮子有多灵动，醒狮人的基本功就有多扎实。入行第一年，他让徒弟们反复练习扎马步这一类的基本功。

石牌董氏龙狮队在训练

“能吃苦、肯坚持”也成了董文汉收徒弟的标准。

今年，董炜健、董志森、冼嘉颢、池浩勤等狮团里的“10后”小队员，首次在醒狮拜年中亮相。

尽管练习辛苦，但村民都夸赞“这头狮子好有趣！”“这头狮子好精神！”。小队员们告诉我们，他们从醒狮中体味到成就感。

家乡的记忆

师傅董文汉35岁，董氏第三代醒狮传承人。从现在的小队员身上，他仿佛看到小时候的自己。

董文汉告诉我们，当初学醒狮纯粹是兴趣。“小时候，一听到祠堂响起锣鼓声，心里就怦怦跳。”不过，那时为了让他专心学业，妈妈曾把他反锁在家里，不让他去练习，“但锣鼓声越响，我心跳得就越厉害”。他干脆把家里门锁拆了，偷跑去了祠堂。

转眼间，这个曾经偷跑去学醒狮的小男孩，已经成了师傅。

在石牌村，每当临近节庆，不少已经工作或是放寒暑假的年轻人、小朋友都会聚到董氏祠堂，利用节假日和晚上休息的时间，练习醒狮。池浩勤和哥哥都在狮队学习，池浩勤告诉我们，周围不少都是兄弟带兄弟，同学带同学加入醒狮队。

在董文汉看来，醒狮不仅让孩子们强身健体，更让很多孩子性格变得开朗起来。“像炜健一开始还比较内向，现在人大胆开朗了很多。”董文汉说。

而对于小队员们来说，醒狮的乐趣还不止这些。

用采青时逗来的利是，买一个喜欢的篮球；醒狮活动之后，小队员们捡没放完的鞭炮，一个个点燃，在石板路上炸得“砰砰”响；练完功，回家路上，孩子们探讨着用牛奶泡面，味道独特。

石牌村位于广州市天河区，周围高楼林立，是广州最大、历史最久的城中村之一。在有着700多年历史的城中村里，仍有人对传统文化和习俗不断坚守。

董文汉希望醒狮技艺能够传承下去，也希望节庆舞龙醒狮的传统，日后成为孩子们对家乡的记忆。

冠军冰场的“冠军”梦

冰刀切着冰面快速滑行的声音传来。

透明的板墙圈出偌大的椭圆冰面，亮堂得如一面镜子，在音乐伴奏下，镜上的翩跹者或直立旋转，或轻盈滑行，或空中转体。

北京朝阳大悦城冠军冰场，不少花滑小孩在此逐梦。到了上冰时间，他们各自分组，在教练的带领下反复练习。

日复一日的花滑生活，可能要经历成千上万次的摔倒，也会经历各种训

李子烨在训练

练伤痛。很多人深知，这一路要克服无数困难，还要有强大的心理素质，才能坚持“学出来”。

除夕，他们中的很多人没有休息，照旧准点到了冰场，开始了新一天的训练。

数年如一日的训练

1月30日中午12点，冰上训练结束后，樊女士带着一双儿女收拾东西转场，他们要从朝阳大悦城赶到顺义，开始下午的体能训练，等到晚上6点半再回来上冰。

姐弟俩训练时，樊女士就在场外休息区静静等待。

女儿李子烨刚满16岁，学了8年花滑，如今在冰上轻盈得如一只飞燕，自在滑翔。提起学花滑的原因，樊女士说，可能是因为她的丈夫在大学时是足球队员，所以儿女们对运动都十分感兴趣，学了轮滑后，李子烨自己提出想学花滑，没想到一学就坚持到了现在。

李子一从小看着姐姐滑，在国外时，妈妈还会带着他们一块去看比赛，耳濡目染的李子一也喜欢上了花滑，索性也去学了。

除了花滑，姐弟俩一周还会上几节小提琴和舞蹈课，学的是芭蕾，每节课一个半小时。

在樊女士眼里，女儿学花滑很“上瘾”，有时受伤了在家里休息，女儿会说除了看书自己不知道干吗，花滑已经融入了所有生活。

一旦穿上冰鞋，跟着音乐的节奏舞起，花滑就很难再滑出自己的人生轨迹，对于7岁的茉莉亦是如此。

1月28日，商场刚刚开门，田然带着女儿茉莉赶到冰场开始了一天的训练。茉莉学花滑两年多，平常一周训练三四天，到了寒假，集中进行10天训练。

这些天，茉莉每天都从上午10点一直训练到下午1点半，先是一小时的陆上体能训练，跳绳、压腿……然后才是上冰。

“滑的时候注意抬头，别老低着。”田然坐在女儿粉色的拉杆箱上，为她绑上护膝，套上白色冰鞋，嘴里不忘叮嘱。

在冰场，几乎所有的孩子都有一个拉杆箱，内里堆着冰鞋、护具，侧面的网兜竖着保温杯，囤着小袋的零食。茉莉的拉杆箱画着长长的绿枝条，上面攀着《疯狂动物城》里的“闪电”——那只温驯可爱的树懒。

田然说，茉莉看《冰雪奇缘》时，喜欢上在冰面滑冰的艾莎公主，一颗种子就此埋下。有一次，他带着女儿茉莉逛街时，偶然看到了商场的冰场，冰场里哥哥姐姐们轻盈滑行的身影让茉莉十分好奇。

本以为小孩子的兴趣只是一时，过段时间就忘了，没想到等到4岁生日过后时，女儿的愿望还是学花滑，田然着手为她找教练。一开始只是让女儿过过瘾，在冰场时间久了，全家人都感受到花滑“原来是这么一项很美的运动”，便有了让小孩系统学习的想法。

不易的花滑路

作为一项力量、速度与舞蹈相结合的运动，花滑不仅对身体协调性有要求，而且除了完成规定动作，还要有音乐认知和美感表达，学起来并不容易。

最近一年，茉莉的变化带给田然很多惊喜，有时他忽然就发现，小孩有了“质”的飞跃，进步很快，“好像一下就长大了，从一个幼童变成了儿童”。

不过，其间遇到瓶颈时，茉莉也有过放弃的想法，“比如学两周跳或者一个很难的转法时，可能会摔倒上千次”。但田然很坚持，告诉茉莉既然开始了就要有心理准备，学习途中肯定会遇到很多困难，甚至痛苦和绝望。

“只要开始了，就不要轻易放弃。”田然一再强调。

学习燕式平衡时，茉莉要做到一只脚在冰场滑行，另一只要抬得非常高，做出像燕子在飞翔一样的动作。田然说，外人看起来好像很容易，但上了冰场就不是那么回事。田然感慨，这对于一个7岁的孩子来说，并不容易做到，尤其是要克服心理上的畏惧。

田然笑称茉莉是“比赛型选手”。2021年，茉莉第一次滑冰考级，父女俩签了一个“对赌协议”。因为新冠疫情，考级变成了录像线上考试，每一遍录像200块钱，田然做好了女儿要考三次的心理预期。不过，他和茉莉约定，如果她能够一次成功，剩下的钱都作为奖励给茉莉。让他意外的是，最后女儿真的是一次通过，这让田然想起还是“很骄傲”。

田然觉得，学花滑的小孩不仅要克服恐惧、懒惰等情绪，还要有强大的心理素质，才能长久学习。

冰上的时间一眨眼就过去，花滑儿童变为少年，在克服各种困难后，成长发育也会给他们带来了新的挑战。

李子烨目前身高160厘米，体重控制在90斤以下。樊女士说，很多学花滑的孩子都会控制身形，但即使像女儿这样严格控制，一些跳跃动作也很难像小时候那样完美完成。

樊女士在家会准备两种餐食，让小孩多吃高蛋白的食物，一般都是牛肉、羊肉，再就是蔬菜水果牛奶。女儿的自制力很强，每天都会自己上秤看体重，有一天和朋友吃完饭回家已经快晚上11点，李子烨觉得自己吃多了一点，立马换上运动服下楼跑步，回来一身全湿透了。

学习花滑过程中，最难的就是跳跃部分，首先从半周到一周、一周半两周半，然后三周最后甚至到四周。要是动作掌握不了，孩子回家时也会和樊女士诉苦想放弃，不过她也惊讶，女儿和儿子都只是嘴上说说，还从来没有行动上退却过。

高速滑行时，脚踝受伤扭脚，摔到腰背的都有，樊女士说，“你想想在冰上要做三周的转体，受伤的概率太大了。”

她也有“绝望”的时候，“走不下去的感觉”，女孩逐渐长大随着身体变化，平衡能力和柔韧性不如小时候，很多原来的动作技术没那么好做。这时候，很考验意志。

随着身体发育，力量和起跳的高度、远度会受到直接影响。樊女士直言，每个人都面对一样的伤痛、身体上的发育、成长，就看能不能扛得住。

学花滑的过程，也是自我成长的过程

除夕这天，李子烨和弟弟还要照常训练，大年初一休息一天，初二继续上冰。

樊女士给女儿和儿子制订了一个作息表，严格执行。北京环球影城开了后，小孩们也会和她抱怨，别的小孩都去了，家里有赠票都没让去。

“像哈利·波特的那些衣服女款男款都有，但我不敢和教练请假，平常周末要是休息一天，都要补作业。”樊女士说。

小孩学花滑时需要家长全程陪同，这也考验着家长的时间和精力，而且即便投入了很多，也不见得一定会有一个好的结果，这是很多家长在采访中经常会提及的。

樊女士就经历过这样的心理挣扎。李子烨小时候拿过很多奖，随着慢慢长大，也经历过低谷时刻，“差不多两三年才走出来”。这也让樊女士开始反思，是不是从前的自己爱的是有光环的女儿，如果小孩平庸，家长能不能无条件包容。

她渐渐理解，这项运动最重要的就是自己喜欢和享受，不必看重结果。

一路陪小孩走来，她也感慨，这就是一个家长和小孩都成长的过程。

李子烨还是梦想着成为一名花滑女单，她入围了上一届全国冬运会，不过比赛因为新冠疫情取消了。姐弟俩也有喜欢的运动员，每天在家都会看花滑的比赛视频，讨论技术细节。

“即便摔了，还是要马上爬起来继续，所以没有时间去思考放弃。”想起儿女的成长点滴，樊女士很心疼，但她也骄傲，他们从没有放弃过，而是征服了一个又一个的困难，“所有的辛苦都值了”。

自从小孩学花滑后，田然习惯在社交平台上更新茉莉的动态——滑冰日常，过了考级，学习心得……因为新冠疫情工作暂停后，他开始全职陪伴茉莉。

以前他经常在国外工作，没太多时间陪女儿，如今他觉得工作事情可以先放一放，算是对孩子的一种弥补。女儿上冰时，他站在挡板前，和其他陪练的家长一样，时不时喊上几句纠正孩子的动作。

2021年田然的生日也是在冰场度过的，不过，他很享受陪小孩在冰场训练的过程，“看着一点一滴，尤其是新学一个动作最后练成时，是很自豪的”。田然觉得，要求孩子做事要坚持，大人是最好的老师，一定要给小孩做好表率，在冰场他也看到，正是由于父母的这种陪伴，很多学花滑的孩子才能真正练出来。

至于未来，田然没预设过。他觉得，北京冬奥会马上要开了，国家又提出了“带动3亿人上冰雪”，作为家长来说全力支持首先是一件很有意义的事。

田然也明白，真正能到金字塔尖的孩子是凤毛麟角的，他只希望茉莉在学习花滑的过程中，经过成百上千甚至上万次的磨炼，在以后面对人生道路上的各种难题时，会有更坚强的意志去解决。这种“体育精神”，比任何结果都重要。

北京“老炮儿”的冰球梦

比赛进行中。偌大的洁白冰场，一粒黑色冰球快速滑行，飞撞到四周板墙时，发出“砰”的一声闷响。

身穿黑白两色队服的球员在场上不断争夺，滑行、蹬冰、压步转弯……所有动作都在高速进行中。全副装具下，不注意看很难发现，他们平均年龄超过了60岁。

42年前，这群北京“老炮儿”中绝大多数是什刹海业余体校冰球班的学生。1979年，冰球队解散，少年们各奔东西。2015年，北京成功申办2022冬奥会，他们的冰球梦再度燃起，组建了一支名为“1979”的冰球队。

人都没变，只是多了皱纹，体力大不如从前。不过，他们活跃在球场并不图什么，那些年少时的梦想能一直延续，就是最开心的事儿。

43号后卫，归队！

2022年1月8日晚，比赛开始前半小时，61岁的吉铫宗穿好装具一个人先上了场。

他尝试像正式比赛那样做加速动作，场边的人为他捏把汗，吉铫宗的腿受过伤，加上岁数大了，20多分钟的训练时间里，重重摔了两次。

吉铫宗是43号后卫，两三周前才归队，目前正在恢复训练中。

那天，吉铫宗照常开车送小孩上学，北京交通电台里正在播放冬奥新闻，听到主持人准备介绍一支“特别的冰球队”时，一下来了精神。

他曾是什刹海业余体校冰球班的学生，一听这支队伍叫“1979冰球

1979冰球队当年在什刹海业余体校冰球班时合影

队”，队员多是什刹海体育学校毕业的，平均年龄60岁以上，吉铫宗觉得，这群人好像离自己“越来越近”。

几分钟的节目介绍了冰球队的一些队员，其中一些人他都有印象，多年前的记忆对上了，送完小孩后，吉铫宗立马拿起手机搜球队资料。

找到球队训练场地——北京奥众冰上运动中心后，等到周六他带着小孩去了训练场。工作人员告诉他，球员都是晚上训练，吉铫宗留下联系方式准备离去。

环顾四周，他突然发现一张贴在玻璃门上的老照片，那是当年所有球员的合影，其中就有他自己，“那就是了！”，吉铫宗久久不能平静。

回到家刚上电梯时，吉铫宗接到队员打来的电话，每周三、周六的晚上，他们都会聚在一起训练，他难掩激动，立马和队友们约好了见面时间。

归队时间近了，吉铫宗这一晚上没睡好觉。

“一点都没变，除了老了点！”等到周六见面时，他发现好多当年的同学、师兄都在，还给他找来护具、头盔和冰鞋等。

吉铫宗没料到，自己就这样找到失散40多年的同学队友们。

少年时代的冰球岁月

球队每到周三、周六都会上冰场训练。

从晚上8点半到11点半，结束后聊聊天，回家时就到凌晨一两点了，队友们喜欢聚一聚，再谈起从前。

冰球队目前40多名球员大多是从前冰球班的学生。20世纪70年代末，什

球队每到周三、周六都会进行训练

刹海冰球班持续招生已近十年，培养了一批又一批冰球运动员，为北京队、国家队输送了不少后备人才。

“为什么叫‘1979冰球队’？首先，我们这个队是1979年解散的；其次，我们也想告诉大家，北京曾经有过这么一段冰球发展史。”冰球队队长梅春晖告诉我们。

梅春晖的第一双冰鞋是母亲从苏联带回来的花样刀。1973年，在父母的指导下，他很快就能在冰面上自由滑行，学滑冰的第二年，他通过了冰球班的面试，从此和冰球结缘。

那时的冰球学习条件并不好，很多人的冰鞋都是师兄传下来的，梅春晖说，冰刀和冰鞋都要分开买，一双鞋就要一个家庭一个多月的工资。

没有室内冰场，队员们只能在短暂的冬季上冰，每次训练结束后需要自己扫冰，如遇冰雪则须先扫净冰雪，才能飞驰夺球，挥汗挥杆。

一场冰球比赛对体力、耐力有极高的要求

天然冰场融化以后，漫长的陆地训练接踵而至，有体能的也有专项技术的，目的是锻炼球员的耐力、爆发力与对抗能力。

1979年，北京市取消了冰球项目，冰球班的发展被按下了暂停键，包括梅春晖在内的学员们各奔东西，有的参加工作，有的参军入伍，还有的读书升学，当时正值高考恢复的第三年。

投身工作，照顾家庭，此后学员们与多数人的生活轨迹大同小异，加上冰球场地不多，他们接触冰球的机会几乎为零。

不过，有关冰球的记忆一直深刻。

梅春晖记得，当时训练渴了打开自来水龙头直饮，也从不闹肚子；每年的训练先从颐和园后湖开始，常有小伙伴掉进冰窟里，爬上来后接着滑冰；在东北集训时，睡在临时借的、长短不一又不暖和的被褥里，大家却因训练太累倒头睡去……

保证不受伤，再多打几年

一晃30多年过去，工作与家庭的压力小了，少年时代的冰球梦总会时不时苏醒，2014年底，四五个常年保持联系的同学有了重组冰球队的念头。

2015年，北京成功申办2022冬奥会，冰场资源逐渐丰富，从前的冰球学员们无不跃跃欲试，重新上冰打球的愿望强烈。

这一年，什刹海冰球班的9名球员在五棵松冰场集结，正式组建队伍，取名“1979冰球队”，简单明了。

重组过程很顺利，场馆是守门员周云杰投资建的，这些年他一直在努力推动冰球运动和青少年冰球培训在中国的发展。即便“个别身体亚健康的”队员，最初家人不愿意让来，经过一段时间冰球训练后，“咳痰腰疼腿疼都没了，他老婆比他还高兴。”梅春晖说。

冰球比赛时，场上每队6个队员，每个人注意力都要高度集中，60米长的球场，稍不注意两三秒，球就从眼前滑走，对专注力与体力的要求非常高。

这一兼具野性与激情的对抗性运动让不少球员意识到，自己有时眼睛到了手脚不到，心有余而力不足。

和足球队不同，作为冰球队后卫，每个来回都要全力冲刺，这对于61岁的吉铫宗来说难度不小，每次训练他都会觉得身体吃力，为了尽快回到场上，他一有空就带着冰鞋去其他冰场练习。

这些力量的要求并不阻碍他们驰骋冰场。1979冰球队遵循对抗性较弱的女子冰球规则，他们一直觉得，毕竟岁数大了，只有保证不受伤，才能多打几年。

打多久不设限，可能直到体力玩不了的时候。在队员眼里，只要不受伤，只要身体允许，冰球就是个常青的运动，赢不赢已经无所谓，重要的是在参与的同时，也向大众普及了这项运动。

“我们算老吗？完全不啊！”梅春晖强调。

广州冰场“老友记”

在广州冰河湾真冰场有这样一群人，他们热爱滑冰，并且坚持滑了十几年。广州冰河湾真冰场，是广州市第一家综合性真冰滑冰场，也是国内第一家商业真冰溜冰场。在终年无雪的广州，这群人却在冰上运动的陪伴下成长。

冰场的工作人员给他们建了一个微信群，叫“冰上神秘人”。他们曾互不相识，各有故事，但因为热爱，聚到一起，成为一群冰上“老友”。

冰上“民间高手”

采访时，冰场工作人员李韦宏告诉我们，冰场有几大“民间高手”。

抬腿、勾脚、旋转……1月初，在广州冰河湾真冰场，贺柳春一套连贯

贺柳春在冰场练习

的冰上旋转动作完成后，引来不少人驻足围观。

早前，贺柳春滑冰的视频被路人上传到了网上，收获了几十万的点赞。你很难猜到，这个身手矫健的“民间高手”已经53岁了。

贺柳春是冰场的“老人”。

“在冰上有种‘飞’一样的感觉。”贺柳春记得，他第一次滑真冰是2007年，有轮滑基础的他很快掌握了滑冰要领，而在冰上的速度，让他感觉前所未有的快感，“从此就没停下来”。

贺柳春一开始请了冰场的教练，之后慢慢自己练习各个动作。因为早年有武术功底，他还把一些武术动作和滑冰结合了起来。贺柳春家住番禺，只要时间允许，他都会坚持每周来冰场练习。

57岁的罗凌还记得，她是被儿子“逼”上冰场的。2005年9月，冰场刚搬到正佳广场不久，她带着9岁的儿子来报名学滑冰。

“没有人陪我，我就不学！”罗凌至今还记得，9岁的儿子站在冰场外给自己“放了狠话”。这场母子之间的“较量”，最终以罗凌陪着儿子上冰收场。但也是从那次开始，罗凌爱上了这项运动。

罗凌曾自认为并不擅长体育运动，但却在冰上找到了自信。双足旋转、三字跳跃、华尔兹跳、前燕式平衡、后外内半圆弧线……罗凌“解锁”了一个个滑冰动作，还在2008年通过了亚洲滑联一级自由滑考试。

每次梁文来滑冰，冰场总响起小提琴声。在梁文看来，滑冰和拉琴都是自己的热爱，而艺术滑让两者完美结合。他手机上还保存着2006年自己在亚洲冰上邀请赛的得奖照片，那是他滑冰历程中的高光时刻。

冰上“神秘人”

来冰场的人，都曾各怀心事，各有故事。

贺柳春滑冰的最初目的是解压。他记得2000年，他还是一个装修项目的包工头。十几万元的工程款已经先支付给了工人，却碰上“老板跑路”的事情。

“当时打击很大”，刚来广州打拼，突然面对十几万元的亏损，贺柳春被压得喘不过气。他看到周围的年轻人都去滑冰，自己也去试了一下。滑一场冰，出一身汗。压力得到释放，面临的困境也迎来了转机。

如今，他滑了7年旱冰、15年真冰。滑冰不仅是贺柳春解压的方式，也是他保持年轻的秘诀，“冰场年轻人多，感觉自己也年轻了”。

同样觉得自己“冻龄”的还有梁文。当有人问梁文的年龄，他总是跟别人说自己今年“38”岁。他解释，每个人有身体年龄、心理年龄和生理年龄。而他觉得，自己的身体年龄和心理年龄都正值壮年。这份底气，是常年的体育锻炼带给他的。

贺柳春告诉我们，他们有一个“冰上神秘人”群。群里一共43人，除了部分工作人员外，多是在冰场滑了十几年的老顾客。他们互相欣赏、鼓励，时常在群里分享一些滑冰技巧或是自己的滑冰视频。

虽然他们生活没有太多交集，但是他们知道，在终年无雪的广州，有一群人，跟自己一样对这项“冷”运动，一直热爱。

“滑到70岁”

在冰场的17年，罗凌交到了不同年龄段的朋友，小到十几岁，大到七十几岁。不同年龄段的朋友，让她的生活变得丰富。

“在冰场还有比我年龄大的。”罗凌曾常见到一位70多岁的冰友来滑冰，一次滑完冰，她提醒罗凌，上了年纪，应该减少跳跃的动作了。罗凌听了感觉很暖心，她不再计较自己动作是否标准，做燕式时腿有没有伸直……反而更享受在冰上的快乐，她也想滑到70岁。

有时，罗凌也成为别人的“知心姐姐”。她曾劝说过一心要孩子滑出成绩的“鸡娃”母亲，让孩子找到冰上的乐趣；安慰过感情碰壁的年轻女孩；也为在冰场表白不成功的男生感到遗憾。

在她看来，冰场像一个小世界，17年的冰场故事，像一部纪录片在脑海浮现。她说自己是片子的记录者和旁观者。其实，她也早已悄然成为片中风景。装饰着别人的梦。

罗凌的儿子，当年“逼”着妈妈上冰场的男孩已经长大，滑球刀成了他的爱好。他们既是母子，也像是冰上老友。

有时跟儿子在冰场偶遇，罗凌会把自己花滑的朋友介绍给儿子认识，儿子则向他的小伙伴介绍，“这是我妈妈”。

“你妈妈好酷啊！”

球友常羡慕地感叹，儿子也为有这样的母亲感到自豪。

2022年北京冬奥会的临近，使广东冰雪运动的氛围不断升温。

李韦宏说，冰河湾几大民间高手的“地位”已被撼动，近些年，不少小选手的技艺已经非常娴熟。9岁的李梓灵，已经有3年冰龄，她滑起冰来，就像一个冰上的精灵，旋转、跳跃，动作灵巧，一气呵成。

滑冰是小姑娘课后的开心时刻，她想一直滑下去。

近些年，广东越来越多的冰雪运动场馆供市民选择，人们冰雪运动的热情也越来越高。老广的冰上故事，还将不断上演。

部分广州滑友们合影

贺柳春和梁文

追星星的人

入冬后，广东雨天减少，晴天变多。也到了观测流星的有利季节。

浩瀚夜空，流星划过，总带着几分浪漫。

但成为一个追星星的人，却要熬过漫漫长夜，熬过寒冷、孤独……

在双子座流星雨的活跃期，我们跟着这群人一起去追星星，体验他们的生活。热爱，是他们经常跟我们提到的高频词，因为有它，这个过程中的艰难都可以忽略不计。

《追星星的人》海报

星星掉下来了

你会发现，成年后的一些爱好总能在童年生活中有迹可循。至少对于我们的采访对象——天文爱好者沈权智、黄山、陈俊锛他们来说，是这样的。

沈权智家住广州番禺，现在家附近仍有成片的农田。他记得小时候，常看到天上有星星一闪而过。

“婆婆告诉我，是星星掉下来了！”沈权智要跑出去捡，婆婆安抚他白天再出门找。天亮了，他一直没找到天上掉下来的那颗星星，但从此喜欢上了看星空，生怕错过下次星星掉下来的机会。

黄山对星空最早记忆，是小学去佛山顺德外婆家。晚上，他一个人跑去池塘边的公厕，路上很黑，他有些害怕。但一抬头，漫天繁星赶走了恐惧。他一边抬头看星星，一边往回走，一会儿就到家了。

在邻居眼里，陈俊锛是个“怪”小孩。帮家里忙完农活儿，他总喜欢一个人站在巷子口看星星。有几次，小伙伴们曾尝试加入，但看了一会总会丢下一句“星星都一样，有什么好看的！”，巷口又只剩他了。

“每颗星星都不一样，它们有自己的名字。”陈俊锛对星空的启蒙得益于家里“通胜”上的“四季星图”，他把它们撕下来，对照着星空：原来这个是天蝎座、那个是狮子座……这个小男孩仿佛打开了一扇探索星空奥秘的大门，30年过去了，陈俊锛对星空仍然痴迷。

2001年，一群天文发烧友成立了广东南十字星会，沈权智、黄山、陈俊锛陆续加入。在这里从不缺乏对天文狂热的人。

沈权智记得，2001年狮子座流星雨大爆发。他和一群天文爱好者，背着行李、扛着天文观测的器材，连夜登上了1400多米的韶关始兴观音栋。第二天早上起来，他们才发现就睡在了悬崖边。

路途艰险，他们却收获了至今难忘的流星雨。沈权智至今还记得，经过统计，他们最多一晚观测到的流星数量是3308颗。

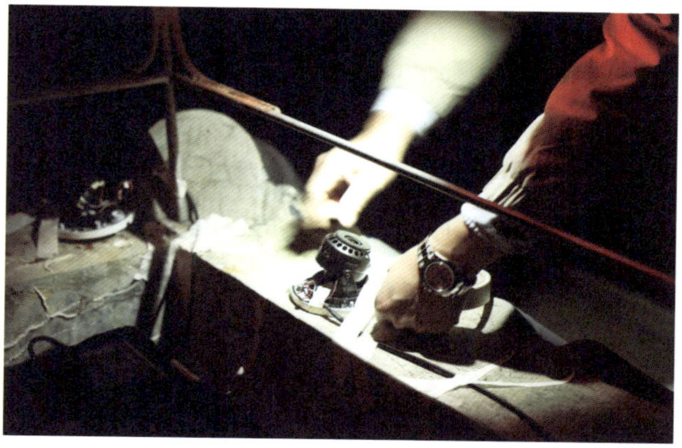

沈权智在架设临时流星监测设备

10年数据的意义

爱好和工作不同，没有人考核你的KPI，有些事，做起来可以“漫无目的”。

2011年，沈权智、黄山、陈俊锛萌生了想做一个广东流星监测网络的想法。他们想通过动态监测技术，监测广东及邻近地区空境内发生的流星、陨石等天文事件。

“当时看到国外有人在做，我们也想试一试”，但这个尝试并不顺利。

一开始他们在珠三角、粤东、粤西、粤北等地布了十几个点。为了节约成本，他们到处淘二手设备，再自己组装。尽管如此，一个站点的设备和维护费用还要近万元。

沈权智记得，在他们最困难的时候，一个朋友赞助了1.5万元。尽管这笔费用是雪中送炭，但对于整个项目的运行来说仍是杯水车薪。因为资金不继、偏远站点维护困难等问题，他们不得不撤并了部分站点。有的站点数据也被迫暂断。

“现在还有揭阳、茂名和广州3个区域站点在坚持运作。”黄山负责网络站点的运营告诉我们，目前至少有一个站点的数据稳定累积了10年。

“这些数据有意义吗？”

不少人会向他们提出这样的疑问。

“现在确实看不出数据的意义在哪里。”沈权智说，意义可能在未来。

或许未来有一天，有天文学家发现了新的流星群或者新的彗星回归轨迹，需要数据佐证时，至少是可以提供一些广东的数据给科学家做参考。这时，数据的意义就大了。

关于热爱

和很多励志的故事不同，他们遇到的困难，至今都没有解决。但这并不妨碍他们把这件事坚持下去。

“这是一件取悦自己的事情，只有开心和更开心的区别。”陈俊铮说，为了控制成本，他们正尝试自己开发软件和硬件：用只有主板的“树莓派”代替电脑，把整套设备缩小进一个14厘米的小盒子里；他还花1年的时间

沈权智和黄山在架设流星监测设备

开发了一个软件，保证系统在全高清的分辨率下以30帧每秒的速度“跑”起来。

早上起床，陈俊锛习惯用手机点开正在测试的监测软件。看到有流星“入网”后，又开启了美好的一天。

采访中，热爱是他们提到的高频词。和这群天文爱好者去追星星，不仅受天气影响，行程不确定性很高，而且要熬过漫漫长夜，熬过寒冷、疲惫、孤独……但在他们眼里，有了热爱，这一切都可以忽略不计。

“从准备去天文观测那一刻，我就觉得很开心了。”

沈权智说，遇到好天气，他们是不舍得睡觉的，冬夜，有人裹着厚厚的防寒衣，或者干脆架起帐篷，身子缩在棉被里。他们守在观测仪器前，等待相机一秒一秒曝光。一碗热腾腾的泡面，是寒风里对身心的慰藉。

还有人说，这是一项“烧钱”的爱好，黄山却不认同。

观测流星，性价比最高的方法是在光害等级低的户外，铺张垫子，躺在地上用肉眼观测；如果你连差旅费都不想花，可以加入国内的公众超新星搜寻项目、国外的SOHO项目等，根据图片数据，人工筛选和发现图片数据中的各类新出现的天体。

双子座流星雨活跃期，陈俊锛带着一家人去韶关新丰看星星。繁星之下，3岁的女儿开心极了。一直跟爸爸惊叹“好多星星啊！”。

虽然自己热爱天文，但是陈俊锛并没有强求女儿。他带女儿看博物馆、逛植物园，也带她看星星。他期望女儿广泛涉猎，最终也找到自己的热爱。这份热爱可以像天文之于他一样，为生活源源不断地供给快乐。

佛山“95后”男孩斩获国际天文摄影界“奥斯卡”冠军

近日，由英国格林尼治皇家天文台主办的2022年度天文摄影师大赛结果出炉。这是一项世界顶级天文赛事，被誉为天文摄影界的“奥斯卡”。在比赛中，广东佛山的天文摄影师梁伟棠，夺得恒星与星云组冠军。

梁伟棠是“95后”，在佛山读初中时开始对天文产生兴趣，之后，考入中山大学物理与天文学院。如今，他仍然从事天文观测、天文科普方向的工作，并怀揣热爱。

创作过程历经两年

问：可以给我介绍一下您的作品吗？

梁伟棠：这幅作品拍摄的是NGC7293（螺旋星云，亦称“上帝之眼”），是距离地球最近的行星状星云之一。这幅“上帝之眼”的超深度曝光作品，揭示了其核心绚丽的色彩和罕见的周围细节。

我很想增强在其他照片中从未见过的微弱但高反差的细节。我尽了最大的努力让图像能媲美哈勃太空望远镜拍摄的照片，并幸运地处理出来这个结果。核心以紫色和天蓝色为主，营造出一种空灵和梦幻的感觉。令人惊叹的橙色、红色和黄色的外部区域显示了宇宙的力量——所有的物质都在运动、碰撞和翻滚。

问：这个奖项被誉为天文摄影界的“奥斯卡”，可以讲一下你的参赛经

梁伟棠的获奖作品

历吗？

梁伟棠：没错，Astronomy Photographer of the Year（简称APY）是格林尼治皇家天文台举办的全球最权威、最大型的天文摄影比赛，在爱好者心中有很高的地位，每年都有数千爱好者投稿参赛。

我参加的组别是Stars and Nebulae（恒星与星云）组，俗称“深空组”，主要拍摄恒星从开始演化到大爆炸的一生，揭示多种多样的恒星、星云等宇宙奇观。

这个组别参赛者不限年龄，有很多“大牛”参赛。比如，有不少国外摄影师，他们用巨大的望远镜和几十年的拍摄与图像后期经验参赛。多年来，天文圈子内一直称呼“恒星与星云组”是“神仙打架”。

每年1—3月比赛开放报名投稿通道。这就要求作品要在前一年中完成拍摄，比赛的难度在于不仅要拍摄出高质量的照片，还要足够有新意，能兼顾科学性和艺术性。

问：感觉在这样的比赛中获奖很不容易，你是怎么创作出这幅冠军作品的呢？

梁伟棠：这幅作品是我在广东通过远程控制，使用位于智利的远程天文台拍的。如果从一开始计算的话，作品的整个创作过程历经了两年的时间。最终呈现出的效果是一步步来的。

2020年，我第一次用这套望远镜拍摄，当年拍出来之后，我解决了一个很核心的问题，就是基本的调色。天文摄影的后期调色不同于我们日常的图片处理，是一个比较复杂的过程，天文图像处理的常用工具就有几十种。

2021年，我在曝光时间和细节处理上都比之前更进了一个层次。

这个作品，之前也有很多人拍过。但是，我拍到了别人没拍到的东西，像外围这些细节。但它们有噪声，很暗。我要想办法既能保持这些东西的形态，又把噪声降下来，还要让它的观感颜色跟我原有的细节保持一致。这次，我又花了七八个月的时间。

后期要处理出让人耳目一新的效果，确实非常困难。很幸运，经过两个月不断地试验和调整，终于在周围极暗弱的星云信号、核心丰富的细节、整体丰富的颜色三者之间取得平衡，

作品全部都处理完是2022年2月，然后我就把它放起来了。等过了半个月我又拿出来看，感觉还是比较满意的，我才决定拿去投稿。

有点“治愈”的天文观测

问：得知获奖，当时是什么情景和心情？有什么感想和大家分享？

梁伟棠：当时的情景还是挺深刻的。记得是凌晨1点多，我还在工作。我手机收到了一封邮件。我点开发现是获奖通知，当时感觉是有点难以相信。因为很多能入围的作品，不少是行业前辈耗费多年心血拍出来的，已经很优秀了。

因为组委会要求要保密，我只跟一两个好朋友私下分享了这个事情，他们也很激动。

老实说这是我做深空摄影以来自己最满意的一个作品。尽管现在已经过

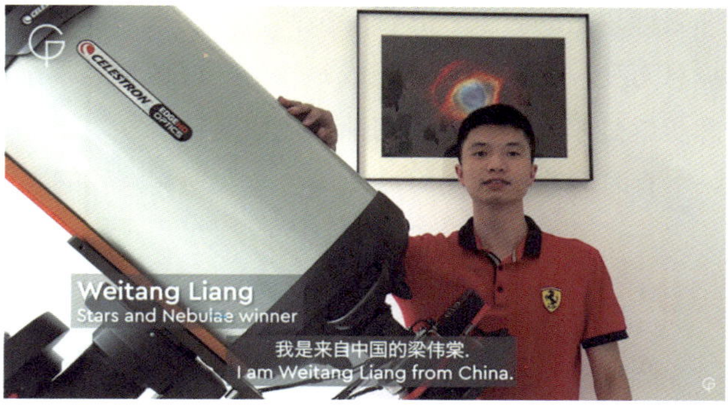

梁伟棠的获奖感言视频截图

去半年了，我依旧感觉它很不错。但也经常感觉，它可以完成得更好。

所以我现在还在拍这个星云。我累计更长时间的曝光，再加上这次后期处理的经验，我觉得应该有一个更完美的作品。这应该就是科学的魅力，追求极致。

问：你是怎么爱上天文的？

梁伟棠：在初中的时候，老师组织我们参加广东省的天文竞赛。那个时候我父亲特别支持，给我买了一台计算机化的望远镜。我就开始学习一些相关的基础知识，比如英语、天文、物理、数学等。

我很喜欢这种探索的过程。就像一些理科的公式，我也很少去死记硬背。因为当你真正理解，并自己推导出来，是很有成就感的。我觉得天文可以给我这种神秘又不断想探索的力量。

高中以后我开始接触深空摄影，之后我考入中山大学物理与天文学院。我开始正式系统学习专业的数学、物理、天文的相关知识。我现在主要从事天文观测、天文科普方向的工作。我很喜欢我现在做的事情。

问：天文观测给你的生活或者个人带来了什么？

梁伟棠：一方面是激发了我的探索精神，并且收获了很多挚友；另一方面我觉得对心智也是一种历练。

观测星空是一个很奇妙的感觉。因为不管你开心、伤心，还是愤怒。当你去仰望它的时候，它都会按照自己的规律在运行。这里面的物质，有的是瞬息万变，有的甚至“一成不变”。好像你看那个东西都不怎么动，但是它确实就是东升西落。一切都在代谢运转着。

有时候我心情不好，做一会天文观测，我的心情就能够平复下来。

想让更多人加入

问：近年来，国际天文摄影赛事中，出现了不少中国获奖者的身影，你怎么看待这件事情？

梁伟棠：确实是，就像这个比赛，相对来说，我们中国不少摄影师收获都比较大。这也说明近年来，随着我们经济的发展，我们国家在这一领域的水平提升了很多。

这次很多入围的人都还是学生。我在平时观测的时候也能感受到，很多大学生很有想象力和创造力，而且基础很好，进步很快。当然，我们在深空摄影这块，相对一些国外做了几十年的资深前辈，确实还有很大提升空间。

问：能讲一讲之后的一些规划吗？

梁伟棠：我觉得现在世界变化很快。我一般会给自己做一个3—5年的规划。

我希望自己能有更多更好的望远镜，去观测到更多有意思的事情。也希望凭借自己的专业水平，拍出更多与众不同的东西分享给大家。把自己的快乐分享给别人，让更多人看到这么美的星空。

我还在做天文科普的相关工作，我希望能通过自己的力量，让更多人对这一领域的认知得到提升。

第三辑 不被定义的生活

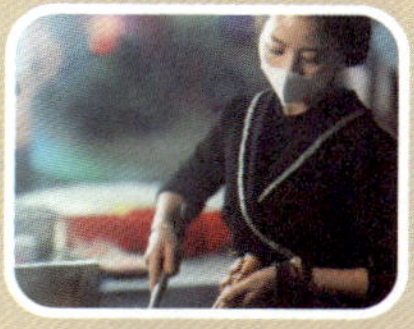

冠军妈妈足球队

她们是一群平均年龄41岁的妈妈；穿上球鞋后，她们又成为湛江一支女子足球队的队员。

就是这么一群过着平淡生活但满怀对足球热爱的妈妈，在2021年全运会群众组五人制足球女子乙组（老将组）比赛中，拿了金牌。这是本届全运会产生的首枚金牌，也是广东女子足球全运历史上的首金。

她们曾是专业女足运动员，退役后，结婚、生子。人到中年，工作忙碌、日子琐碎。6年前，当她们重回球场，足球不仅圆了妈妈们最初的梦想，更点亮了她们的生活。

她们是一群平均年龄41岁的妈妈；穿上球鞋后，她们又成为湛江一支女子足球队的队员

“41岁”重回球场

“盯住77号，传球！”

10月5日晚上7时，在湛江调顺文化楼体育场。一支女足在和男足激烈对战，女足场上队长谭华燕在场边布置战术。

女足队员们平均年龄41岁，她们都已结婚生子。平日各自工作，到了空闲时间，脱下工装、换上球鞋，她们便成了女足队员。“有人叫我们是‘妈妈足球队’。”谭华燕说。

这支“妈妈足球队”是6年前组建的。

行政队长汤静怡曾在湛江市队服役，18岁时，因为“爱美”“怕晒黑”，她选择了退役。脱下足球鞋，穿上高跟鞋，汤静怡成了一名美容师。

她47岁，是两个孩子的妈妈。之前每天的时间除了应付工作，就是照顾家庭。早上6时起床，晚上11时睡觉。大到儿子入学、中考，小到早起孩子们穿什么衣服，她总是事无巨细。

“有时候我坐在马桶上想，我一辈子就这么过了吗？”

对汤静怡来说，一天中，只有上厕所和洗澡的时间是自己的。她常在此时想起，年轻时驰骋在球场的自己。

在汤静怡周围，有不少姐妹跟她有着相似的人生轨迹。

谢文珍曾经也是湛江市队的球员。

2015年，她被诊断出患有划痕性荨麻疹。医生给她开了两个月的药，并且告诉她，身体频繁过敏跟免疫力低下有关。曾经做过运动员的她知道，自己一身毛病，跟常年不运动有关。

“我吃这么多药，还不如去锻炼身体。”改变并没有那么难。

那天，谢文珍抱着试试的心态，群发了一条微信给当年队里的姐妹们，叫大家出来踢场球。让她没想到的是，竟然有好几个人响应。

时隔十几年，她们又重新回到了球场。

“第一场球踢了没10分钟，我们就上气不接下气了。”至今，谢文珍还清晰记得，踢完那场球后，全身酸痛，“上下公交车都费劲”。

肌肉的酸痛，几天之后就恢复了；但在球场上奔跑的快乐，却激起了她们的运动热情。

“运动完出一身汗的感觉太好了。”谢文珍说，从此以后，她们约好一周至少踢两场球。尽管姐妹们从事着不同职业：保安、销售、文员、体育老师……但下班后，她们就是“妈妈足球队”的一员。

她们还给当时对战的球队命名为“最初队”，感谢他们让“妈妈足球队”重拾最初梦想。

夺冠

她们最初的梦想是什么呢？

汤静怡说，尽管已经退役，但在每一个运动员心里，都有一个冠军梦。

2021年全运会，这个梦想被点燃了。

“当时湛江足协的主席跟我说，推荐我们参加全运会。我一听很高兴，但更为难。”汤静怡算了算，一旦备战参赛，集训需要两个月，比赛要离家半个月，时间上很难协调。

但她转念一想：踢了这么久球，自己拿到的最好成绩是省运会冠军，“代表广东参赛，有可能拿全国冠军！”这个机会，让她动心了。

但要聚齐姐妹们参赛，并不是易事。

“汤队第一次打电话给我，我说肯定不行。”朱燕英是球队守门员，也是一位二胎妈妈。知道有参加全运会的机会时，她还在哺乳期，孩子刚满6个月，“宝宝太小，我产后也不适宜高强度训练”。

但过了一个星期，朱燕英却被说动了。“姐妹们又第二次找我，我想也支持大家圆梦吧！”

朱燕英说，圈子里女生做守门员的不多。而要参赛，一个球队要配备两名守门员。姐妹们又回头来问她，肯定是实在找不到合适的人了。

“这也是我肩上第一次背着‘广东’两个字参赛。”朱燕英是湛江人，由于被湖北队选中，退役前一直为湖北队效力。对她来说，这次比赛也与众不同。

为了能兼顾家庭，她在集训期间，让家人带着宝宝在球场附近的酒店安顿下来。每天训练完了，就跑回去喂奶。

“去参加全运会的时候，我就断奶了。”朱燕英至今跟我们提起给儿子提前断奶的事，还会觉得心有亏欠。她希望，儿子以后能理解她对足球的热爱。

做安保工作的庄美兰假期很少，她思量了很久，才心怀忐忑地跟队长请假：“没想到他们特别支持，还给我申请了带薪休假。”

庞开新是湛江赤坎区华联电脑城的销售员，赛前集训，她不得不经常提前离岗。同事们不仅毫无怨言，让她更感动的是，在参赛的十几天里，另外两名同事替她顶班，一直没有休息。

周围人的支持，成了她们在球场上奔跑的动力。最终，由“妈妈足球队”和4名湛江锐虎足球俱乐部的球员组成的湛江赤坎女足，在全运会群众组五人制足球女子乙组（老将组）比赛中，以5战全胜的佳绩夺得冠军。

姓名：谭华燕；年龄：39岁；职业：体育老师、足球运动员

姓名：汤静怡；年龄：47岁；职业：美容师、足球运动员

姓名：朱燕英；年龄：41岁；职业：教师、足球运动员

改变

“同事们都发朋友圈，说公司出了个冠军。”庞开新说，夺冠的消息很快传开了，自己也因此在电脑城小有名气；汤静怡也发现，跟她们约球的人多了，踢球时，不少球友称赞她们“为广东和湛江争了光”。

重回球场后，足球在悄然改变着她们。

谭华燕曾是广东省海印女子足球队队员，现在是“妈妈足球队”的场上队长。2006年退役后，她也退出了足球圈。她换过不少工作：服务员、售货员、楼盘销售经理……

重新回到球场，她把足球又列入了职业规划。她先是在2015年考取了D级教练证书；2018年，她成为国家一级足球裁判员；2019年，谭华燕被聘为广东省青少年校园足球精英指导员，成为一名小学的体育老师。

汤静怡和谢文珍也因为足球转了行。

现在，汤静怡开了一家体育公司，创建了足球俱乐部，自己的儿子也成为足球青训小队员。

参加完全运会，她收获了一批粉丝。儿子就是其中一个，之前儿子从来不觉得自己踢球厉害，看了比赛之后，现在妈妈就是他的偶像。

她现在不再是一个“保姆”一样的妈妈。对孩子管得少了，他们反而更独立了，很多家务事，不再依赖她。

姓名：庄美兰；年龄：39岁；职业：保安、足球运动员

姓名：庞开新；年龄：46岁；职业：电脑销售员、足球运动员

而让她更有成就感的是，在2021年中考中，俱乐部有5名青训队员，因为足球特长考上了省里的重点高中。“孩子们可以走专业道路，也可以把足球作为一项爱好。”她希望，在人生的每个阶段，这项运动能让学生们受益。

谢文珍身体频繁过敏的情况也不再出现。她现在是汤静怡俱乐部的一名教练。在2021年新队员招募的时候，她发现有不少女孩子报名，“她们说看了我们的比赛，发现女孩子踢球也很酷”。

改变还不止这些。广东省足协主席叶细权说，近年来，足球运动在社会各界积极开展。截至目前，在省足协注册的球员从7000多人增长至1.5万余人。他觉得，足球运动发展不只有专业足球、职业足球，而社会足球、青少年足球、乡村足球更是重要组成部分。

下午5时，湛江过了一天最晒的时候。在赤坎区体育中心球场，俱乐部的小队员们正在进行常规训练，孩子们在球场上恣意奔跑，“嘭嘭”的踢球声此起彼伏。

女孩张金巧，是两年前来练球的。虽然只有10岁，但脚法娴熟，停球、运球、过人、射门……一系列动作一气呵成。长期的训练，让她有一身小麦色的皮肤。

“教练说，踢球就不能怕晒黑。”这是教练汤静怡常跟学生们说的一句话。她坚信，孩子们会比自己走得更远。

后记：当时偶然看到的一条关于全运会的比赛消息，觉得很有兴趣，于是对这群妈妈进行了跟踪报道。这也是关于“妈妈足球队”的第一篇深度报道。之后，足球队的妈妈们被更多的媒体关注，还上了明星综艺。她们说，没想到重回赛场，追寻梦想后，自己的生活竟然变得如此丰富。如今，她们还在一起训练踢球，保持每周两赛两训的节奏。队长告诉我们，现在也有更多人加入了进来，一起备战第十五届全国运动会，希望能取得一个好成绩。

“被世界抛弃”后，轮椅篮球让我成为全村的骄傲

这是一群坐在轮椅上打篮球的姑娘。

林穗玲因为脊髓灰质炎下肢残疾；张雪梅因为骨肉瘤左腿截肢；张彤蕾因为脊椎炎双下肢残疾……但当他们坐上运动轮椅，拿起篮球，就拥有了一个共同的身份——广东省女子轮椅篮球队队员。

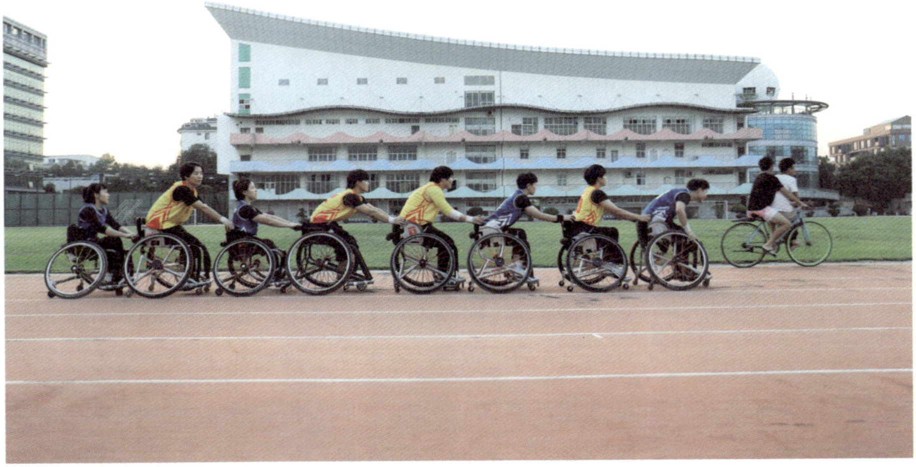

广州市残疾人体育运动中心，运动员在操场上追逐，在她们看来，轮椅篮球给了自己第二次生命

汗水和坚持让她们获得为国争光的机会，最终站上残奥会的领奖台。而运动也成为抚慰人心、催人向上的力量。让姑娘们在轮椅上的重生，更加有力。

12月3日，第30个国际残疾人日，让我们来听听轮篮姑娘们的故事。

梦想成真

“推轮椅、运球、上篮、得分。”12月初，在广州市残疾人体育运动中心球场，轮椅在运动中与地板发出“吱吱”的摩擦声，广东轮椅女子篮球队的队员们，结束了短暂的假期，又回到场馆开始备战亚运会。

2021年，是姑娘们的高光时刻。

广州市残疾人体育运动中心，运动员在球场上训练

运动员在日常训练中互相加油鼓劲

东京残奥会，中国女子轮椅篮球队夺得银牌，创造了历史最佳战绩；第十一届残运会上，广东轮椅女子篮球队卫冕冠军。

此次东京残奥会，由广州负责承担并协助组织中国国家女子轮椅篮球队训练和参赛。参赛的12名运动员中，有8名来自广东。

她们分别是张雪梅、林穗玲、黄晓连、邓明珠、陈文丽、陈妹二、吕桂娣、张彤蕾，主教练陈琦也来自广东。

此次残奥会，是姑娘们的圆梦之旅。

两年前，队长林穗玲在接受南方+记者采访时说，希望在东京奥运会能够摘块奖牌；张雪梅告诉我们，她想跟姐妹们一起取得球队的最好成绩。2021年，这些梦想都实现了。

汗水和坚持为她们的梦想助力。

练轮椅篮球，要先受得了“皮肉之苦”。比赛用的轮椅没有刹车，

“走”“停”全靠手。

“轮椅不是身体的一部分，它是冰冷的。”教练陈琦告诉我们，将金属材质的轮椅“玩”得像自己的腿一样灵活，是每个轮椅篮球运动员的必经之路。

摊开手，姑娘们的手掌上密布着老茧，摸上去发出“沙沙”的声音。这是轮椅和她们融为一体时留下的痕迹。

为了备战奥运，她们封闭训练了278天。

“剪头发都在训练基地里。”张雪梅说，长期的封闭训练，加上国外疫情的不确定，她和队友们有时会感到疲惫而迷茫。

陈琦心思细腻，总能察觉到队员的思想变化。

“人的一生很难得能为国家效力，我们要对得起我们胸口的国旗。”张雪梅说，教练的鼓励，总能让她们热血满满，感受到一名国家队运动员的使命。

采访时，对战美国队的比赛被队员们反复提起。

“上半场我们落后14分，中场休息，教练调整战术。告诉我们必须拿下！”最终，中国队以42∶41赢得比赛。林穗玲说，这场比赛，团体运动的魅力展现得淋漓尽致。

汗水和坚持让姑娘们梦想成真。

电视里参加残奥会的人

汗水换来了成绩，运动也改变着姑娘们。

接触轮椅篮球之前，体育运动似乎跟她们的生活无关。

从小上体育课，张彤蕾都是“场外人员”；无论是运动会还是球赛，她是永远的啦啦队。不少从小残疾的队员跟她的经历相似，她们已经习惯了这种边缘感。

而对于张雪梅来说，因病截肢，曾让她一度无法接受自己的身体。

截肢手术之后，她常把自己封闭在家里。她总是很敏感，走在路上，在意周围人的目光。害怕亲友对自己疏离。

接触轮椅篮球后，姑娘们的身心逐渐被治愈。

运动让张雪梅意识到自己的身体仍然强劲有力，她不仅平稳地度过5年的术后危险期，还重新找回了开朗和自信。

残奥会上的比赛，她的家人们都会围坐观看为她加油。她在残奥会担当闭幕式旗手的消息，在家乡增城小楼镇九益村也早已传开。“现在我是全村的骄傲。”张雪梅笑着说。

“每投进一个球我就很自信！”张彤蕾进入轮椅篮球队的第一年，开始尝试自己坐高铁回家；独立去商场购物。逛街时，如果遇到自己喜欢的东西在楼上，她不再扭头而去，而是尝试寻找无障碍设施或是求助陌生人帮忙。

采访的时候，她偷偷告诉我们，轮椅篮球还让她收获了爱情。“我们是姐弟恋，但运动让我看上去很年轻啊！”张彤蕾说，男朋友是她打球的时候认识的，这算是“意外收获”。

2008年，吕桂娣因为肌肉纤维瘤截肢。在家休养的时候，她第一次在电视上看了残奥会开幕式。

“我当时就跟我爸说，原来残疾人也能玩体育。”吕桂娣四处寻找成为

张雪梅手捧奖牌，太阳光折射照亮她的脸颊。两年前，她希望在东京残奥会上赢得奖牌，如今如愿以偿

运动员的机会，她练过赛艇、跳远，最后加入了轮椅篮球队。

2021年，她和队友们第一次站上残奥会的领奖台，也成为“电视里参加残奥会的人”。她想，也许电视机前有一个像她当年一样的女孩，她想告诉她或者她们：“勇敢一点，去面对一切，一切都会给你不一样的精彩！”

让更多人参与进来

2021年12月3日是第30个国际残障人日，主题是“建设包容、无障碍和可持续的后疫情世界”。

生活中，陈琦鼓励队员们敢于“找碴儿”，为建设无障碍世界贡献一点力量。

乘坐航班时，他会和队员们向航空公司提出无障碍服务申请；邻近运动中心的江夏地铁站无障碍出口不便，他们主动与广州地铁沟通，在靠近路边的出口设立了无障碍通道；常去的饭店，也在他们的建议下，把进门的部分楼梯改造成了方便轮椅出入的斜坡。

陈琦说，无障碍的世界不可能一蹴而就，是靠你我努力，点滴进步建立起来的。

林穗玲告诉我们，举办轮椅篮球联赛是她们下一个愿望。

目前，中国轮椅篮球队伍都是业余球队，只在比赛前有1—3个月时间的集训，全国范围内每年有一次全国锦标赛，每四年有一次全运会，然后就是各种国家队级别出战的国际性赛事。

陈琦也希望，联赛的出现，不仅能够让队员们得到更好的锻炼，让这种身心康复可以延续，也让更多残疾人参与进来。

他还有更长远的想法。

他告诉我们，在国外出现了一种新的理念，你可以将轮椅篮球的轮椅视作一种器械运动锻炼上肢。这样轮椅篮球不只是残疾人运动员参与，也能让更多的健全人融合、参与进来。

“说不定有一天，轮椅篮球也可以成为一项街头运动。”陈琦说。

每天的5公里跑，是球队常规的训练项目。“5公里，我爱你！”姑娘们喜欢编一些有趣的口号，一边训练一边给自己打气。

无论是残疾人或者健全人，生活总有陷入困境、无法前进的时刻，但即便曾经陷入绝望，你总有机会重返正面。阳光照耀在运动场，笑容挂在姑娘们脸上。她们不念过往，不畏将来，不负光阴，放肆奔跑。

后记：2008年的北京残奥会，中国轮椅篮球刚刚起步不久，和世界强队的水平差距较大。陈琦作为轮椅男篮的队长，最终只收获了倒数第二名的成绩。

巴黎残奥会中国体育代表团轮椅篮球队主教练陈琦在接受采访时说：“但是后来（2008年）我就想，都是生而为人，为什么我们就做不好，我（对女篮队员）说当我进国家队那一天，我要带你们上领奖台。”

陈琦没有食言，现如今身为轮椅女篮主教练的他，带领队员们在东京和巴黎分别获得了银牌和铜牌的成绩，连续两次登上了领奖台。

在后续的采访中，这些轮椅篮球的姑娘们告诉我们，因为成绩的不断提高，她们也更加自信，还收获了一批自己粉丝。

看不见的他们，被看见

今天，我们要讲的是一支乐队的故事。

这支乐队是由一群视障人士组成的，乐队成员都曾是广州市启明学校的学生。毕业后，他们还保留着寒暑假聚在一起演出的习惯。

他们在圈子内已经有一些名气，演出海报张贴出来，总能有上百个粉丝前来捧场。海报上不会刻意标注“视障人士”，不少观众都是冲着他们的音乐而来。

在做乐队介绍的时候，队长罗伟俊总会强调。他们不单是一个乐队，而是一个社团。他们站在台上，希望更多喜欢音乐的残疾人跟他们聚到一起。在音乐的感召下，尝试走出黑暗，走上舞台，被更多人看见。

我们不是一个“乐队”

心灵音乐社常驻的演出队员有5个人，他们分别是：队长、主唱兼吉他手罗伟俊，键盘手郑浩钊、关惠仪，鼓手刘海洋，贝斯手乡家谦。

这是一支从盲校走出来的乐队。

“我们有人从幼儿园开始就认识了。”关惠仪告诉我们，他们之前都在广州市启明学校读书。在学校里，他们除了学习知识和生活技能外，还在音乐老师的指导下，打开了音乐世界的大门。

刘海洋也是在这里发现，自己还能玩音乐。他记得初中的时候，第一次在台下听到心灵音乐社的师兄师姐们演唱《风吹麦浪》《奔跑》，“当时对我冲击挺大的，我也想试一下”。

刘海洋的想法获得了妈妈的支持。刘海洋的老家在韶关翁源，身为老师的母亲格外重视教育，从小便把他送到广州的盲校学习。知道刘海洋对音乐感兴趣，妈妈还让他去少年宫学架子鼓。

他也逐渐体味到音乐的乐趣。“鼓棒敲在鼓面上，感受到一种张力。”不断练习，让他在比赛中屡屡获奖。也是因为这个爱好，让他大学时选择了音乐专业。刘海洋一直牢记母亲去世前跟他说的话，“要努力去更大的平台”。如今，手里的鼓棒，给他指明了方向。

罗伟俊是音乐社团较早毕业的一批学生，“在学校玩音乐那么开心，出来社会了我们还能一起玩吗？”，带着这样的想法，罗伟俊和社团成员们组成了现在的乐队。

但每次演出开场介绍乐队时，罗伟俊总会强调，他们不单是一个“乐队”，而是一个“社团”。希望他们站在舞台上，把所有喜欢音乐的残疾人都带出来，被更多的人看见。如今，心灵音乐社已经有几十名成员。

乐队在演出

最迷茫的时候

“要不你们别采访我们了。”8月第一次见面时，关惠仪跟我们说。

她说，他们几个人都正处在升学、就业的“尴尬”时期，“有点迷茫”。他们也并没有像大家预想的励志故事一样，取得了多么耀眼的成绩。

关惠仪告诉我们，她工作找得并不顺利。

她一直心仪的公司并没有录取她，而是选择了另外一个视障女孩。在白云区的出租屋里，关惠仪给我们拿出了两页刻满盲文的纸，“这是我做的思维导图，我很用心的”。她一边用手摸着纸上的盲文，一边跟我们述说着自己的不甘心。

没有被心仪的公司录取，她开始重新找工作。

关惠仪毕业于广州中医药大学中医针灸推拿专业。她曾去面试一家养生馆，店员对她能够自由出行表示惊讶，但又担心日后工作需要特殊照顾，婉拒了她；还有招残疾人的岗位，因为要录入工单，但她完全看不到字，也只能作罢。

郑浩钊和关惠仪一样，也是2022年的应届毕业生。他也还没有思考好，毕业是应该找一份稳定的工作还是出去闯一闯。好在，他平时有一些兼职编曲的工作，作为一个过渡期。

乡家谦是团队里年龄最小的。2022年高考失利，没有考上理想的大学。乐队的哥哥姐姐们都鼓励他再战一年。

“这个时候，只要我们有音乐，好像一切的烦恼都没有了。”

关于未来

每到寒假和暑假，心灵音乐社的队员们都会聚在一起演出，聊一聊近况。

一场演出结束已经是夜里11时。深夜，他们聊起了梦想。

郑浩钊想成为一名优秀的键盘手，在这个领域能闯出点名堂；乡家谦希望2023年“二战”能考上大学；罗伟俊希望早点拥有自己的原创歌曲和自己做音乐的“地头”；刘海洋说，以后想给袁娅维打鼓；关惠仪说，“想找一份好工作，赚多点钱”。讲完后，大家都笑了。

迷茫的时候，能为实现梦想做点什么呢？

2022年11月，郑浩钊、罗伟俊和之前少年宫的老师叶鸿伟一起，成立了音乐工作室。他们终究没法让年轻的心“安分”下来，决定自己创业试一试。在招生的宣传文案上，他们特意标注了：可教视障人士、残障人士。

关惠仪找到了一家市中心按摩店的工作，主要为周围的上班族服务。前两天下班，她告诉我们，之前心仪的公司又招人了。她很珍惜这次面试的机会，但也很紧张，因为很多优秀的视障人士也进入了面试。她要尽可能做充分的准备。

12月3日，国际残疾人日，刘海洋参与录制的第一张爵士乐专辑，全网发售。晚上他在朋友圈写道：“这一天发售专辑，意义非凡。”

这几天，刘海洋放寒假回到了广州，他们几个人又聚在一起了。

他们发了一段唱歌的短视频，是《你的答案》高潮部分，“勇敢的向前走，黎明的那道光会越过黑暗，打破一切恐惧，我能找到答案。哪怕要你逆着光，就驱散黑暗，丢弃所有的负担，不再孤单……”。

79 岁爷爷学车记

2021年9月，79岁的刘少美，通过驾照考试，成了一名新手司机。

提到学车的理由，“自由”是刘少美提到的高频词。他说，慢慢变老让他感到生活受限。面对新事物，周围的人包括他自己，开始怀疑：我能行吗？不少老年人的世界也因此被不断缩小……

但却有这样一群“不服老”的他们，决定为生活做一点改变，比如，去学车。2020年11月，驾考的年龄限制被取消。驾校里面多了不少“银发族”。据统计，2021年我国60岁以上的驾驶人数达到1714万人，与2020年相比增加了290万人。

生日礼物

“我拿到驾照了！”2021年9月的一天，刘少美把刚拿到的驾驶证照片

刘少美在模拟练车

传到了家人群。一时间，群里“沸腾”了。

“外孙、外孙女都在群里发微信表情，给我点赞！“刘少美跟我们讲起当时的场景，脸上带着几分得意。

不过，他坦言，对于学车的事情，家人的态度不反对，但也不太支持。尤其是他拿到驾照后，孩子们赞美之余，纷纷打来电话，叮嘱他尽量少开车。为了争取自由的“驾驶权”，他不得不一遍遍地向家人保证，自己开车会格外小心。

考驾照，对于79岁的刘少美来说，并不是一时冲动，更像是梦想成真。刘少美说，年轻时忙工作、忙孩子，等到生活条件好了，自己时间也充裕的时候，却发现学车超龄了。

不会开车，退休之后的刘少美觉得很不自由。

“去哪里都要麻烦别人接送。”有时候几个老友约着去郊游，但因为自己不会开车，他不得不麻烦家人或者朋友。刘少美曾经还去驾校打听过几次学车的事，都因为年龄问题吃了“闭门羹”。

“那是11月20日。”刘少美和老伴儿清晰记得，2020年，他们在电视上看到，驾考的年龄限制被取消的时间，“我终于能学车了！”，消息公布的第二天，他就跟老伴儿去考察驾校了。

2020年底，按照规定，刘少美通过了体检以及记忆力、判断力、反应力等能力测试后，他选择了一所离家较近的驾校，正式开始学车。

“算是79岁的生日礼物吧。”刘少美说，报名成功后，正巧赶上自己的生日，驾校的工作人员还给自己发来了生日问候。

路试第一次就挂科了

从学车开始，刘少美就成了驾校的“明星”。

“刘爷爷，你科目一怎么过的？”“在路上开车会不会紧张？”

在驾校，学车的年轻人，都习惯称刘少美为“刘爷爷”。他学车时，时不时有一些学员上前拍照，他们对刘爷爷的学车之路充满了好奇。

“理论知识不难，做题时想着‘以人为本’的原则，不少题就迎刃而解了。”刘少美很乐意把考试的经验分享给别人，他发现，像“遇到行人要避让”“行人过马路时要减速或避让行人”这些类型的题目，都可以套用这条原则，“考试不是目的，更要理解题目背后的用意”。

顺利通过理论考试，路试却让刘少美犯了难。

“我科目三第一次就挂科了。”刘少美的考试路段在广汕公路，那里车流多、路况复杂。第一次考试因为太紧张，他忘了打灯，接连出现了几次错误操作后，考试没有通过。

考完试，刘少美第一时间给老伴儿打了电话。回家后，老两口儿总结经验，刘少美觉得考试没通过一方面是自己对线路不熟，另一方面是心态没调整好。

“调整座椅、靠背；检查灯杆……”为了熟悉线路，刘少美把科目三考试步骤一条条默写下来，写满了3页纸。有一次练车时，他想起自己曾经的抗癌经历，突然觉得豁然开朗。

十几年前，刘少美被诊断为肺癌。术后化疗，身体反应很大，“那时候每次吃饭都吐，但为了保证体力，我还是强迫自己把饭吃下去。”刘少美说，自己在癌症面前都挺了过来，还怕开车吗？

刘少美在教练车上练习

刘少美的老伴儿在训练场陪他一起练习

再次约考，刘少美顺利通过。9月13日，他拿到了C2自动挡汽车驾驶证，成为一名新手“老司机”。

为自己活着

79岁的爷爷拿到了驾照的消息，迅速在驾考圈里传开了。刘少美的教练徐文涛说，现在驾校有15名60岁以上的老年人正在学车备考。还有一位82岁的爷爷也报了名。

在徐文涛看来，教老年人并没有想象中的那么难。尽管老年人不如年轻人接受能力强、反应快，但是很多老年人都很自律而且勤奋，他觉得“勤能补拙”。

学车时，刘少美的老伴儿唐奶奶是他的“陪练”。唐奶奶也是一位“老司机”，她在69岁时考取了驾照。只要是练车的日子，老两口儿都会6点起床，做好早上和中午的饭，8点钟准时来到训练场练车。

2020年，驾考年龄限制被取消后，驾校里面多了不少“银发族”。据统计，2021年，我国60岁以上的驾驶人数达到1714万人，比2020年增加了290万人，驾驶不再是年轻人的特权。

学会开车后，刘少美感受到更便利了，生活圈也扩大了。

“去花都广场、去大超市，我们现在都是自己开车去。”2021年初，唐奶奶脊柱摔伤，恢复后行动受限，也开不了车了。刘爷爷说，拿了驾照后，他随时可以给老伴儿做司机，带着她到处转转。

尽管他开得不快，停入车位有时要花上十几分钟。但他相信，自己车技熟练后，不只是个“老司机”，还会是个好司机。

结束采访后，刘爷爷给我们发来一条长微信，讲述自己学车的初衷。他说，变老不意味着日复一日、年复一年地等待死亡。要多动动多充实自己，为自己活着。所以说打打乒乓球、上上网、理理财、手机里跟朋友们聊聊天，学习开开车。不仅锻炼了身体，也让生活更充实。

刘爷爷还有更长远的计划。他在电视里看到有房车，也想开一辆带着老伴儿到处旅行，哪里风景好，就在哪里停下来。

也许不久的将来，我们能听到他们旅行的故事。

后记：在整理书稿到这篇文章的时候，我点开了刘爷爷的微信。我们的聊天记录停留在了3年前，想问问他们有没有去房车旅行。我点开他的朋友圈，但他并没有更新朋友圈的习惯，头像似乎也没换，还是之前的风景照。我拿起手机，又放了下来，决定还是不打扰他们的生活了。其实，“是否去房车旅行了”这个答案也并不重要了吧。我想对于能在79岁学车的刘爷爷来说，在报道之后的日子，也定会对生活抱有热爱和好奇心地生活着吧。翻看当时的聊天记录，他跟我说，到了他现在的年纪，更应多动一动充实一下自己，为自己活着。生活充实不仅为自己减病减灾，也为后辈们减轻了负担。

66岁奶奶盛装逛漫展

在广州一场漫展中，66岁的赵翠萍穿着公主裙，带着外孙女逛展的视频引发网友关注。我们联系到赵翠萍，她告诉我们，平时她很喜欢尝试新事物，尽管年龄每年都在增长，但自己心态依然年轻。

“本来是带外孙女去参加的，没想到女儿也给我订了一套。”赵翠萍说，参加漫展的公主裙是女儿买的。刚见到那套公主裙时，尽管觉得很好看，但碍于自己的年纪，她并不好意思穿。

“我女儿就鼓励我，说我打扮一下还是挺年轻的。”赵翠萍鼓起勇气，当她和外孙女穿着同款公主裙出现在漫展上时，引来了不少人围观拍照。

在去展区的电梯里，外孙女喊了赵翠萍一声“姥姥”，整个电梯的人都望向她。“感觉大家的眼神充满了不可思议，有人甚至说‘我还以为你们是母女’。”赵翠萍笑着向我们讲述几天前在漫展的经历，直呼好玩又新奇。

最让赵翠萍难忘的是，在展览上一个小伙子还邀请她跳了一支舞，“感觉回到了年轻的时候”。

年轻时，赵翠萍就是一个文艺爱好者。她告诉我们，自己在单位做了多年的文艺团团长，特别喜欢跳舞，乐器平时也爱摆弄一些。她的先生也从事文艺方面的工作，家里总少不了音乐声。

即使现在在女儿家带孩子，赵翠萍每周的文艺活动也从未停止。2018年，赵翠萍的女儿怀孕后，她就和先生成为“老漂族”来到深圳。

“刚开始我也是一直围着家里转，但是我觉得这样的生活不行，老年人也应该保持自己的爱好。”赵翠萍报名参加了深圳的一支老年模特队，经过训练获得了全国中老年模特大赛金奖。

赵翠萍说，不少周围的姐妹给子女带孩子后，都因为太忙，放弃了个人的爱好。但她的家人却对她的爱好很支持，只要她参加训练或者比赛，家人都会协调时间。在她看来，老年人更应该坚持自己的爱好。

带外孙女参加漫展的事情受到关注后，不少人问赵翠萍怎么保持这么好的状态。她说，尽管每年年龄都在增长，但她的心态依然年轻，对生活、对自我仍然抱有美好的期待，对新鲜事物也始终好奇。

她说，不管是6岁、16岁、26岁，还是66岁，希望大家都能随时穿上属于自己的公主裙。

赵翠萍参加漫展和老年模特队表演

一个听障女孩的逆袭之路

本科就读于清华大学，研究生毕业于英国谢菲尔德大学。这段耀眼的求学经历，来自听障女孩杨绿野。

杨绿野在网上晒自己的“求学经历”，帖子意外走红，被不少粉丝称为“励志姐姐”。然而，看似耀眼的求学经历，杨绿野无疑要比别人付出更多。

国际聋人日，我们跟听障女孩杨绿野聊了聊她的故事。

杨绿野

先天失聪，妈妈送我去了普通学校

杨绿野1990年出生在广州，两岁时，被确诊为先天性双耳感音神经性深度耳聋。

“我左耳损失107分贝，右耳损失110分贝。”杨绿野说，她属于语前失聪，这也意味着开口说话异常艰难。

但对于她的情况，杨绿野的家人并没有放弃。“很多像绿野一样的孩子，也可以很优秀。”杨绿野的父母给她佩戴了助听器，积极地带着她去做语言康复。学说话的时候，妈妈陈希红把女儿的手放在喉咙的位置，让她一点点“触摸”声音。

虽然，开口比正常的孩子慢，讲得没那么标准。但在家人的努力下，杨绿野终于叫出了“爸爸”“妈妈”，也逐渐开口说话。

小学时，杨绿野跟随父母来到深圳生活。在父母的坚持下，她进入了普通学校就读。一开始，因为听力障碍，有一些同学并不愿意带杨绿野一起玩，“我也逐渐意识到自己跟别人有些不同”。

杨绿野记得，那个时候，爸爸告诉她“听障人士佩戴助听器，就像视力不好的人戴眼镜一样”。妈妈也及时地跟老师沟通，把这个想法传递给了同学们。杨绿野逐渐融入集体，她也在父母乐观的性格下，成长为一个阳光开朗的女孩。

克服障碍实现清华梦

尽管听力有障碍，但杨绿野的求学经历，让不少人赞叹。

2006年，杨绿野被深圳中学和香港耀中国际学校同时录取。经过衡量，她选择到香港就读国际高中；2009年，19岁的杨绿野以优异的成绩被清华大学建筑学院录取；2016年底，杨绿野拿到奖学金，赴世界百强名校——英国谢菲尔德大学城市设计专业深造。

不少人说，杨绿野的求学经历精彩而耀眼。但对于有听力障碍的杨绿野

杨绿野（右二）和同学的合照

说，这意味着她要比别人付出更多努力。

杨绿野说，当时选择香港就读国际高中，一方面可以和在香港工作的父亲一起生活；另一方面，父母也希望给她更广阔的视野。但适应全英文的教学环境，对一直成绩优异的杨绿野来说，像是“当头一棒”。

“我陷入了听不懂又不敢开口说的尴尬。”杨绿野说，还好当时班级的心理老师不断疏导，她硬着头皮读完海量的英文文章，写完一篇篇论文。一个学期下来，她的英语口语也在支支吾吾中不断进步。

“当时我的数学成绩比较好，我就大胆在课上发言。”逼自己迈出了第一步，杨绿野也越发自信，最终经过不断地学习，考上了清华大学建筑系。

杨绿野开玩笑说，小时候别人问她理想的学校是哪个，她常轻松地脱口而出：“清华大学。”这个听障女孩没想到，有一天，她真的凭借自己的能力，一步步实现了梦想。

"在绿野草原上奔驰"

采访时，我们问她，有没有什么经验，想跟听障朋友们分享。

"厚脸皮，很关键。"杨绿野说，这个方法她屡试不爽。

她记得，大学的时候上大课，因为教室人太多。她主动跟讲课老师沟通，让老师佩戴自己助听器上的蓝牙连接设备讲课，这样设备能够降低环境噪声，让她通过助听器，更清晰地听到老师的声音。

留学时，因为航空公司工作人员工作失误，使她错过了航班。她克服语言障碍，积极与机场工作人员沟通，最终她成功改签了航班，并获得了赔偿。

"一些听障朋友，会因为不敢开口而放弃自己的一些权益。"杨绿野告诉我们，只有勇敢说出自己的诉求，才能为自己获得克服障碍的机会。

如今，杨绿野在香港一家外企工程公司工作。进入职场，她的思想更加成熟。尽管做了人工耳蜗手术，但她不得不承认，听力在日常的人际交往中仍是短板。

"比如同事之间，无意中讲一个笑话，大家哄堂大笑，我却不懂这里的笑点。"杨绿野说，她也曾为"融入"而苦恼。但最终还是选择停止这样的

杨绿野参加社会实践

“内耗”，“每个人都有能力的‘天花板’和不完美，不是吗？”。

最近，杨绿野在尝试做一名博主，把自己的经验和经历分享出来。她也积极关注无障碍相关事业。早在几年前，她的母亲陈希红就已把自己的育儿经历结集成书——《母亲的心是宁静的海》。

她和母亲都希望，用一个听障孩子的成长经历告诉社会：“在下一次面对残障孩子的时候，能少些顾虑，多些信心，更多的大门可以向他们打开。”

杨绿野属马。她告诉我们，她很喜欢自己的名字。她的名字是妈妈取的，妈妈希望她这匹小马，可以在绿野草原自在奔驰。

边抗癌边考研的308天

这是一个女孩抗癌考研的故事。

2月底，查考研成绩那天，陈琳琼查到分数是405分，她笑着笑着就哭了。

在过去的300多天里，这个女孩经历了失业、癌症、考研，3次化疗、33次放疗，以及出院后每天十几个小时的备考学习。

几句话概括完的事情，却是这个女孩一天一天努力挣扎着度过的。

不能吃隔夜的食物，不然肠胃会承受不了；因为治疗唾液腺被破坏，说话时要不断喝水；她情绪敏感，在乎网友的评论，接受采访、录制短视频都小心谨慎。治疗结束后，这些身体和心理的细微变化，都在不断地提醒着她曾是一个癌症患者。

然而，这件事情的另一面是，她结束了治疗，身体逐渐恢复；高分通过

陈琳琼在录制短视频

考研初试，回顾这一年，她感谢且佩服自己。

现在，她录短视频、回答病友问题、接受媒体采访，她想把这些痛苦、快乐的经历分享出来，她希望自己在逐渐自愈的同时，也可以治愈更多身处困境的人。

以下是陈琳琼的自述。

送你一朵小红花

那应该是我人生中最糟糕的一天。

2021年1月20日，我被确诊为鼻咽癌中期。在这之前的几天，我辞职并收到了广州一家心仪公司的offer。新的一年，看起来都在往好的方向发展。然而就在那一天，偏离了轨道。

我是1997年出生，之前我一直以为我很年轻，很健康。我喜欢自己长长的头发，我爱美，不时在网上分享我的美妆、穿搭视频。而那天之后，我换上了病号服，剪掉了长头发，开始与癌症抗争。

我的癌症是中期，治疗时医生也告诉我，鼻咽癌的治愈率比较高。但是治疗承受的痛苦，我现在还历历在目。

我进行了3次化疗和33次放疗，当时我口腔里长满了溃疡，每次饭前需要喝点麻药才能勉强吃下饭；听力也经常短暂性减弱，脖子开始不断溃烂。

起初进行化疗时，由于身体的不适我每天都会晕倒好几次。记得有一天早上，我在洗漱，突然晕倒在洗手间。妈妈被吓到了，很大声地喊医生，她太紧张了，她的声音大到我醒来看到那层几乎所有的医生护士都跑来了病房。

不仅如此，我的心理也异常地敏感，晚上经常失眠，需要靠药物来维持睡眠。甚至有时候在看过朋友圈之后，都会觉得为什么别人都过得那么幸福，只有我这么惨。因为怕妈妈担心，我常常在夜里偷偷溜出病房哭完再回来。

很幸运，那时候周围很多人陪着我，鼓励我，陪我一起走了过来。

家人和医护人员精心照顾，病友群大家相互鼓励，甚至病房里的保洁阿姨看到我哭，都会给我讲其他康复病人的故事安慰我。

治疗时，我遇到一个很漂亮，精神状态很好的姐姐，她看我情绪很沮丧，问我得了什么病。我把治疗的单子递给她看，她说了一句，“我情况比你糟糕多了，我的已经转移了”。我突然意识到，自己也应该像她一样，过得精彩起来。

那时《送你一朵小红花》电影刚上映不久，电影讲的也是抗癌家庭的故事，我最好的朋友送了我一朵小红花，她希望我能像电影里的主角一样，重新找回那个乐观热情的自己。至今那朵小红花我仍贴在我的背包上。

你当像鸟儿飞往你的山

我是从2月底开始决定考研的。

现在，不少人都会问我，为什么要一边抗癌一边考研，在身体那么不舒服的情况下，怎么做到的？

当时，医生跟我说，我自己也去查资料了解，鼻咽癌的治愈率比较高。尽管过程很痛苦，但我对自己还是挺有信心的。我在想之后的一段时间，我可能都需要在家休养，生病后才知道时间宝贵，我不想浪费，于是我想到了考研。

那个时候更像是自我疗愈。我想考心理学，治疗的时候我就买了书来看。治疗期间，我开始有一些抑郁倾向，也吃了一些药。看心理学方面的书，我也在更客观地了解自己的状态。

我还记得自己出院的时间是2021年5月25日，6月2日的时候，我就列了一个系统的备考计划。那之后，我开始调整状态，结合自己的身体状况，坚持每天7点起床，晚上11点多睡觉。这期间，基本就是在备考复习。

我已经很久没有这么规律地学习了。为了让自己静下心来，我还下了专

陈琳琼在配戴假发

注软件，控制自己不要刷手机。也是那个时候，注意力转移到考研上，我发现我没有胡思乱想了，之前失眠的情况也逐渐好转。

查成绩那天，我看到电脑屏幕弹出405分时，我先是震惊，然后激动、兴奋。之后哭了。可能想到这一年确实挺苦的，感觉那一刻发泄出来了，也给自己有了一个交代。

我希望通过自己的努力，无论以后读研究生也好，出去工作也好，都可以好好珍惜自己的每一天。我想以后做一个心理咨询师，我希望自己的这些经历，可以更理解别人，也帮助别人。

现在我身体在逐渐康复，我在接纳并治疗留给我的一些后遗症，并想办法跟它们和平相处。我长了头发，如果你在路上碰到我，也许不会想到我曾经得过癌症。

2021年终于结束了，这一年太苦太长了，但我很感谢我自己，也很佩服我自己。希望我可以永远记住这个23岁。

也希望看到这篇文章的你，在遇到困难的事情时，可以想到有个女生抗癌成功还考了研，那你一定也可以。你当像鸟儿飞往你的山。

我，参加了50场婚礼，成了一名职业伴娘

“00后”女孩谢宇科作为伴娘，参加过50多场婚礼。她是一名职业伴娘。

谢宇科大二的时候接触到职业伴娘这个工作。大学毕业后，她正式进入这个行业，除了全职做职业伴娘外，她还成立了一家租赁伴娘伴郎的公司。“新职业”也让这个女孩受到社会关注，她的故事还被拍成纪录片。

临近毕业季，谢宇科给我们讲了她的创业故事，或许能给你带来一些信心与启发。

以下是谢宇科的自述。

不想欠人情，租个伴娘

我已经给陌生人做了50多次伴娘了。对，我是职业伴娘。

很多人听到我的职业，被问到最多的是，“不是做伴娘不能超过3次吗？不怕嫁不出去吗？”，每次我都要不断地解释。

但我更想说的是，做了50多次伴娘后，我在里面找到了创业的机会和痛点。我成立了自己的公司，还给更多的人提供了就业的机会。

我是2019年第一次做职业伴娘的。职业伴娘的要求，身高最好在1.55米到1.7米之间。性格要开朗大方，在现场能调动气氛。业务能力方面，肯定要对婚礼流程熟悉，婚礼上协助控场，不能耽误了吉时。

当然，还会有新娘要求，伴娘颜值不能太高。毕竟结婚那天，新娘想要

自己是最美的。

请职业伴娘、伴郎，很重要的一个原因是现在很多人不想欠人情。有的人结婚晚，或者好朋友天南海北，时间不凑巧等各方面原因。与其找朋友做伴娘欠人情，现在更多人觉得花钱请一个职业伴娘更省心。

职业伴娘参加过婚礼的次数很多，更有经验。比如知道接亲环节的游戏，玩什么拍照好看，玩什么更能活跃气氛。亲友致辞的时候如果新娘太紧张，我们也能配合提示，告诉她们该说什么内容合适。

当然，大多数参加婚礼的时候，我们的身份是保密的。在婚礼上，有人问起，我们都会说是新郎和新娘的朋友。

带薪吃席

职业伴娘的角色，更像婚礼管家或是助理。

我们一般会提前到婚礼举办地，跟新娘先熟悉一下。有的新娘会有婚前焦虑，跟亲人朋友不好开口的，我们也会听她们倾诉，帮她们疏解一下；还遇到有新娘婚礼前一晚，写不出婚礼致辞，我们也会给一些文案作为参考。

有时，你还要处理一些婚礼的突发情况。像之前的一场，婚礼前夜新娘的头纱还没拿，而且人赶过去已经来不及，服装店马上要关门了，最后我想到了打网约车，让司机帮忙送过来，就解决了这个问题。总之多一个人就多点办法解决问题，确保让婚礼顺利进行。

还有人会关心做职业伴娘收入怎么样。不得不说，做职业伴娘收入还不错。

我第一次参加婚礼，那时我还是学生，工资加红包收入一共是2600元。而且婚礼期间还包吃包住，甚至还可能免费旅游。还可以在婚礼过程中拿很多红包。对我来说就是边玩边赚钱，还可以体验当地的风俗。

我们现在租伴郎伴娘一场婚礼是四五百元起，有的人对经验、身高、才艺等有要求，也会出现梯度收费，要求越高，收费就越贵。

谢宇科在试穿伴娘服

当然，这背后我们也确实付出了辛苦。参加一场婚礼，经常要帮新娘布置婚房到凌晨、早上五六点就要起床是常事。一天的工作时间要十几个小时，强度也比较高。参加完一场婚礼，最大的感觉就是累。

看准前景就有“超车”机会

参加婚礼，我也见证了很多人的幸福时刻。

有的新娘婚礼很豪华，新娘的头饰是全金的还镶满了红宝石，裙褂都是用金线缝的。还有的婚礼很温馨，我见到一场婚礼上，新娘的奶奶把自己的手镯送给了孙女，希望她能够幸福一辈子，当时新娘哭，我们也情不自禁地跟着流眼泪。也有的新人看上去没那么般配，比如有一场婚礼，新郎比新娘大20多岁，而且其貌不扬，但婚礼上我们看到新郎

谢宇科在网约车上化妆

对新娘很照顾，吃饭都是先给新娘夹菜。

参加那么多场婚礼，最大的感受就是，每个人的境遇都不同，珍惜自己当下拥有的吧。

在大学时，我做职业伴娘都是兼职的形式。后来大学毕业的时候，我手里已经有一部分伴娘和新人的资源。我便开始自己创业。现在我们公司已经对接了几千场婚礼。

有人觉得职业伴娘、伴郎是青春饭，其实之后你可以转型做婚礼管家、婚礼化妆师、伴娘培训等。我觉得都有发展空间。

现在，这个行业还在发展初期。我们也在做一些事情，希望能够带动这个行业朝着更规范的方向发展。

对于未来的事情，就让它顺其自然。可能我20岁的想法和30岁的想法又有很大不同，所以我觉得最重要的是做好当下的事情。现在又到毕业季了，我想跟大家分享的是，虽然有些工作起点比较低，但是你看准了前景，就有“超车”的机会。

对了，要问以后我的婚礼怎么办，我应该会在我们公司请12个伴娘吧。热闹。

我在村小教街舞

潮州一乡村小学老师教学生们跳街舞的视频在网络上受到关注。不少网友给孩子们的舞姿点赞，也对这支团队充满好奇。我们联系到了潮州市潮安区金石镇实验学校的音乐老师黄建权，听他讲了这支锁舞小分队的故事。

唯一的专职音乐老师

黄建权是“95后”，大学学的是音乐教育，现在是学校唯一的专职音乐老师。2021年10月，金石镇实验学校由3所乡村小学整合并入而成。同年，黄建权进入该校教音乐。

“我觉得音乐带给我很多，我也想让更多的孩子感受到这份快乐。”他告诉我们，初中时，他看到电影《YES MAN》中，男主在窗台弹吉他救助轻生者的画面深受触动。

街舞队孩子们的合影

“音乐原来这么神奇，我也萌生了学吉他的想法。”当时，他跑遍了老家饶平县的县城，终于找到一张吉他兴趣班的海报。从此音乐成了他生活中不可或缺的一部分，他也凭借音乐特长考上大学，“我之前并不是大家眼里的模范生，但音乐带给我很多改变”。

他告诉我们，当他遇到困难，甚至自我怀疑的时候，弹几首歌，跳一段舞，仿佛心中有一束光照进来，问题也总能找到解决的办法。

少年时代的经历，促使黄建权选择到乡村小学做一名音乐老师。“我希望老家的孩子们，可以有更多的机会接触音乐，体会到它的魅力。”

能像城里的孩子们一样

2021年12月，学校开始开展课后托管服务。“他有舞蹈特长，我就安排他教孩子们跳舞。”校长林凤钊告诉我们，乡村的孩子学习艺术的机会有限，而黄建权的加入，像给孩子们打开了一扇窗，“他们可以像城里的孩子们一样，有更多接触艺术的机会”。

尽管学校刚成立，舞蹈教学的条件有限。但在黄建权看来，有了热爱这

黄建权和孩子们

些都迎刃而解。

没有正规的舞蹈室，黄建权就和老师们把体育器材室收拾好，再镶上镜子；舞蹈室的地面不是地板或地胶，孩子们在水泥地上跳得也很起劲；学生没有舞蹈基础，就刻苦训练。“有一个家长说，孩子睡着了，手还在比画着练习。”这让黄建权感动又欣慰。

他们的努力也带来了收获。2022年6月，锁舞小分队在学校文艺会演上亮相，收获了师生们的好评；在2022年潮州市中小学校优秀艺术团队交流展示活动中，他们获得了舞蹈类二等奖，“这是我和孩子们第一次获奖”。

在黄建权看来，舞蹈带给孩子们的收获还远不止这些：上体育课，孩子们侧平举，舞队的孩子举得都很直，也能坚持很久；不少之前内向的孩子，加入舞队后，话慢慢变多，也交了不少朋友；舞队成立，黄建权还和孩子们签了“口头承诺”，“一旦开始就不能放弃”。

种下一颗种子

让黄建权没想到的是，锁舞小分队成立半年多，逐渐在网络上受到关注。面对热度，黄建权觉得很开心，也备受鼓舞。

他跟我们讲了不少之后的想法。他希望自己能把对艺术的热爱传递给更多的孩子，让学校甚至乡镇的文艺氛围活跃起来；之前，他向体育老师卢铮羽学习，把古诗词融入舞蹈里，收效不错。他琢磨把潮汕歌谣或者潮汕英歌舞的元素也融入进去。

黄建权告诉我们，他也有自己的“私心”。他期望孩子们学会跳舞，大家有共同话题，“我们可以像朋友一样切磋舞技”。在他看来，这是很让人憧憬的画面。

在黄建权的社交平台上，他曾分享一位歌唱家说的话“不要把艺术教育当特长，它是人生的必修课”。黄建权说，他并不确定，音乐的启蒙，能给孩子们的将来带来多大的影响。但是，他要在孩子们的心里种下这颗种子。

在广州上完大学，我回到了老家种苹果

9月的毕节，已是秋高气爽。在贵州省威宁彝族回族苗族自治县（以下简称“威宁县”）现代高效农业产业示范园区苹果种植基地，红彤彤的苹果挂满枝头。

苹果熟了，当地农业产业公司的总经理王鹏也迎来一年最忙碌的时候。他和同事们每天都要接上百通电话，多是关于苹果销售的。

王鹏工作的果园

王鹏是威宁县人，当初他从老家考到广州读书，毕业后又选择回到了老家工作。

他坦言，刚开始回老家时，心理有落差。但是自从逐渐走上苹果产业种植的这条路，公司在东西部协作帮扶下，生意红火。“威宁苹果”的品牌也越来越响。王鹏告诉我们，如今再谈回乡他自信满满，他相信在中国的乡村，能闯出自己的一番事业。

还是想要闯一闯

王鹏是“85后”，2007年，他从老家威宁县草海镇同心村考到华南农业大学园艺学专业。2011年，大学毕业后，他选择回到了家乡，成为一名公职人员。

“回老家工作更多是遵照了父母的意愿。”采访时，王鹏坦言，当初自己想着好不容易考到了大城市，毕业一心想留下来。但想到老家的父母也需要照顾，思来想去，他选择了回老家。刚工作时，王鹏在网上看到同学们的动态，他们出入漂亮的写字楼，在繁华都市打拼奋斗，“心理很有落差”。

王鹏的落差事实存在。贵州省毕节市威宁县曾是国家级深度贫困县。当地的纳雍县、威宁县、赫章县是毕节最后3个摘帽贫困县，当地一度有“纳威赫，去不得”的说法。

2015年7月，毕节市出台了相关政策，鼓励农技人员到农村领办创办山地高效生态农业发展项目。王鹏看到相关政策后心动了，“我觉得自己还年轻，还是想要闯一闯”。

王鹏递交了申请，他瞄准了家乡的苹果产业。王鹏告诉我们，自己学的是相关专业，家乡很适合种苹果。

威宁县地处云贵高原乌蒙山腹地，县城年日照时间1812小时，被气象学界命名为“阳光城”。它是全国为数不多的兼具低纬度、高海拔、强日照、大温差的地区，属于全国“西南冷凉高地苹果适宜区”，也是贵州省唯一的

王鹏正在修剪苹果树

优质苹果生态适宜区。

他还记得那年，他第一次站在公司的苹果基地时，正是春耕时节。在几千亩的果园里，上百名果农在田间忙碌。苹果树的花是淡粉色，春光明媚，欣欣向荣。

“打脸”的现实

“当时我们公司的苹果在当地的口碑一直很好。”王鹏告诉我们，他所在威宁县乌蒙绿色产业有限责任公司是当地的龙头企业，带头人杨华是种植技术专家，在苹果种植管护技术研究和应用推广有30年的经验。当地不少客户会专门找来“杨华”种的苹果。

2018年，苹果丰收，王鹏踌躇满志，他带着基地的苹果来参加广博会。王鹏本以为会收获不少订单，现实却让王鹏很“打脸”。“有人说我们苹果包装太土了”“还有客户问我们，9.6米的货车，一天能发几车？我只能很不好意思地说，我们四五天才能发一车”。

市场上客户的真实反馈，每一句都戳中了威宁苹果产业的“痛点”。丁力是威宁自治县委常委、副县长，也是广东省粤黔协作工作队毕节工作组威宁小组（以下简称“威宁小组”）组长。

采访时，他给我们翻出手机的聊天记录，展示当时威宁苹果的包装照片：不仅品牌不突出，包装美观度不够，而且包装材质更经不起长时间运输。同时，因为物流基础薄弱，苹果的物流成本和供应能力方面都存在障碍。

从广州回来之后，王鹏深刻认识到了企业在市场和供应链上存在的差距。为了修改包装，王鹏在威宁小组的帮助下，多次到广州考察。之后对公司品牌、产品包装进行了升级。

2021年以来，威宁小组累计投入财政帮扶资金1770万元用于完善苹果生产基地基础设施、苹果分选设备以及建设文旅观光项目；另外，投入财政资金100万元用于威宁苹果产业推广。

焕然一新的“威宁苹果”走出了贵州，它的广告还走进了广州地铁、广州白云机场和贵阳龙洞堡机场，大幅提升了威宁苹果知名度、美誉度和影响力。

2021年，王鹏又一次来到广州参加广博会。他记得当自家的产品一亮相，便吸引了不少客户，也有很多同行跟他要联系方式想要参观学习。而因为有了自己的生产基地和自动分选设备，王鹏可以自信地告诉客户：“9.6米的货车，我们现在一天可以发几车。”

找到自己的事业

2020年11月23日，威宁县正式退出贫困县序列。产业兴旺，也带动乡村兴旺。

威宁县村民马稳珍是王鹏公司的员工，因为近些年家乡农业产业的发展，让她在家附近也有了就业机会。因为家里有孩子要上小学，老人又需要照顾，她在5年前选择回到了家乡。

王鹏说，在他们基地，和马稳珍有类似情况的还有六七个人。现在他们的孩子已经从小学上到了初中。员工们有时会这样说：“（在这工作）还是挺方便，能照顾老人照顾小孩，还是挺方便。”

乡亲们的称赞往往就是这么简单而淳朴，但在王鹏心里多了一份踏实和欣慰。

秋天来了，又到了丰收的季节。9月初，在广州江南市场，贵州省毕节市自治县人民政府主办了“2023威宁特色农产品宣传推介暨威宁苹果上市发布会”。

推介活动吸引了粤海、广垦、蕃薯藤、广报电商、厚助农业、清涟农业等50多家粤港澳大湾区颇具实力的知名采购商参加。

9月下旬，我们再和王鹏联系的时候，他告诉我们，推介会效果明显。现在，他和四五个同事每天都要接上百通电话，多数都是苹果销售的相关事情，而现在基地的苹果已经“供不应求”。

丁力告诉我们，在广州市协作办的支持下，近年来，威宁的农业发展呈现出乘风破浪、阔步前行的良好态势。他们也希望在推动威宁原生态农产品产业“试水”真正的大市场，蹚出一条可持续的市场化之路。

如今，王鹏不再后悔没有留在大城市，而是很庆幸自己回到家乡，找到自己愿意为之努力的事业。

他跟我们讲到，小时候，家里条件不好，很少有水果吃。而家里的后院就有两棵苹果树，每到六七月份，苹果树刚挂果，就都被小伙伴们摘下来吃光了。他笑称，如今，他终于实现了苹果自由。

他还说，小时候放了学就要去田里帮家人干活儿。尽管生活辛苦，但是在田里捕鱼、抓牛蛙、追蜻蜓，秋天看着自家田里的土豆丰收，这些都成了他的快乐回忆。也许，在那个时候，就在他心里种下了一份乡土情结。

“90后”爸爸带女儿上了一所“全国幼儿园”

8月29日，钭皓倍载着女儿兜兜回到东莞的家里，9月1日，女儿即将上小学，他们两年多的旅行告一段落。2020年4月，钭皓倍带着女儿骑行4000多公里从东莞到达了西藏。他在网上分享自己的旅行经历，也因此受到人们关注。

这之后，他没有选择让女儿继续上幼儿园，两年来，他们一起游历祖

钭皓倍和女儿

国山水，体验风土人情。他常开玩笑说，带女儿去上的是一所“全国幼儿园”。

旅行确实给兜兜带来不一样的体验。采访时，兜兜告诉我们，在西藏的羊湖坐滑翔伞时，她张嘴尝了云的味道：“云是没味道的，像空气一样；摸上去不冷也不热，就像温水；伸手一抓，云就在手里……没了。”兜兜一时想不到合适的词语形容，钭皓倍告诉她，“你可以说，从指缝间溜走了”。

这是钭皓倍和女儿旅途中的日常。女儿常有问不完的问题，钭皓倍总是耐心地讲给她听。

看到这对父女的旅行生活，很多人留言羡慕。钭皓倍说，在他看来，世界上每个人都有自己的生活方式，他和女儿的生活方式，也只是一种可能。如果真要分享心得，“多陪伴”应该就是他最大的感悟。

旅行也让钭皓倍成长。他并不避讳跟人分享自己曾经的“窘境”。在短视频平台，钭皓倍有163万粉丝。他将讲述自己曾经迷茫、身处困境经历的短视频设置为“置顶”。他也曾因没有给女儿一个完整的家庭，感到内疚。

钭皓倍说，两年来，除了和女儿宝贵的亲子回忆之外，对自己未来的笃定，成了他最大的收获：“希望在自己的人生里，做你觉得正确并让你开心的事。”当然，在钭皓倍的生活里，努力做一个好父亲，是其中一件。

以下是他的讲述。

带女儿骑行4000公里去西藏

我是钭皓倍，带女儿旅行这件事，是从骑车载着她去西藏开始的。

我之前是做服装生意的。2020年的时候，因为新冠疫情影响，有一段时间“闲”了下来。

我是一名骑行爱好者，曾独自骑车去过拉萨，有长途骑行经验，一直想在30岁前带女儿再去一次。2020年4月我们出发了，我带着小朋友从东莞骑着单车到了西藏，骑了71天，4000多公里，也因为这件事情让很多人认识了我们父女。

一路上我们遇到了不少困难，像车坏了、差点找不到地方住等等；但我们也收获了不少人的关心，比如有骑友主动帮我们修车，被藏民朋友“收留”。更重要的收获是一路上和女儿看过的风景和开心时刻。

我们沿途发布的视频，得到非常多的关注，后面干脆就成了一名亲子旅行博主。我会接一些旅拍的广告，支撑整个旅途的费用。所以这两年多的时间，我和女儿多在路上。考虑到旅途的安全和方便，2021年开始，我带着女儿开始自驾旅行。

这两年，带着她快走遍了中国。我们去了很多地方，中国的东南西北，34个省级行政区，我们差不多去了30个。在山水间，会教她一些历史文化、故事以及各方面的知识。

虽然没有让小朋友上幼儿园，但我经常开玩笑说，带她去上的是一所“全国幼儿园”。我觉得小朋友的眼界也是蛮重要的。

带着她在全国各地体验不一样的风土人情，看不一样的风景。她看到的东西，认识到的东西，会比一般的小朋友稍微丰富一点，我觉得这样的童年也是蛮好的选择。

云的味道

旅途中，我带着女儿做了很多尝试。比如，去爬一些高海拔的雪山，像爬四姑娘山大峰、到冈仁波齐转山；还有玩动力伞、滑翔伞，在我女儿的强烈要求下，2022年8月初，带她去跳伞；等等。

兜兜她还蛮爱冒险的。我觉得像我们这一代的父母，想法会比较开放一些。她想去做，愿意去尝试，我都会支持她。

我不是一个教条主义的人，也不会说害怕危险就让她止步不前。因为你总不能因为有危险就永远坐在那里，我觉得人可以勇敢一些，做一些自己想做的事情。

记得当时她想在西藏羊卓雍措体验滑翔伞。那里有一些在世界上海拔较高的滑翔伞飞行体验项目，我们预约的时候教练的时间都满了，我就带她去了库拉岗日徒步。当天云层比较厚，我们就住在山下，准备第二天再爬。

结果晚上，有一个教练说时间空出来了。我就问兜兜，是想留下来爬雪山，还是回去羊湖玩滑翔伞。那天，我开了三四百公里路，满足了她玩滑翔伞的愿望。看到她起飞的那一刻，我忽然感觉女儿长大了。没想到，她还能告诉你们云是什么味道，云抓起来是什么感觉。

去了这么多地方，有不少人问我有没有比较难忘的地方。

小朋友最喜欢的是西沙群岛。因为她觉得在海里面游泳、捡贝壳很好玩。但我觉得，很多亲子瞬间会更让人难忘一点。比如说，你带小朋友去爬山她展现出的坚韧，带她跳伞时她的勇敢。

她可以在几千米的高空一跃而下。去接受这种挑战，我开始还不太愿意，我还不敢去挑战自己。但她有这个勇气。我觉得这些瞬间，是比风景更难忘的一些东西吧。

旅行的意义

在路上旅行，偶尔也会有感觉坚持不下去的时候，这时我们就回家休整一段时间。看到好玩的地方，再出去。

一边旅行一边运营自媒体，有时会觉得很疲惫。主要现在都靠我自己，我一个人要照顾小朋友、做攻略、拍摄、剪辑、开车。经常等女儿睡着了，我才开始熬夜剪视频。

有人劝我不如找一个团队来运营自媒体，我没有同意，因为怕旅行变了味。

我坚持下去的动力是因为热爱吧。真的很喜欢这样带着女儿去看外面的世界，喜欢这样每天陪着她，做一些跟平常不一样的事情，让她有一个不一样的童年。

9月1日，兜兜就要上一年级了。8月29日，我们回到了东莞，这两年的旅行生活就此告一段落。

有人问我，会不会担心兜兜没上幼儿园，上小学后不适应群体生活。其实完全不会。因为她社交能力挺强的，性格阳光、外向，也喜欢分享，每次出去玩很容易交到一些朋友。我想开学之后，她应该很快就能和同学融入一起。

兜兜上学后，我就继续做个“奶爸”。早上送她去上学，晚上接她放学。她上课，我工作。等她放学了，我可以给她做一桌美食，或者给她辅导传说中有点让人头痛的、可能还会跟她吵架的作业。

以后，还是会利用寒假、暑假，再带女儿去更多的地方。去国外看看，又或者是实现一些我们之前约定的目标，比如10年后，想带她去攀登珠峰；或是她20岁后，带她去完成攀登世界七个大洲的最高峰，去南、北极两个极

钭皓倍带女儿骑行去西藏

点探险。总之生命不息，折腾不止。

等有一天她上完小学，到了初中，开始慢慢嫌弃我这“糟老头子”的时候。她可能会说：“爸爸，我要跟朋友一起玩。”慢慢，她长大了，她有自己的意识了，我就可以放手了。

我觉得这两年陪她的这些记忆也好，以后我陪她长大的时光也好。哪怕有一天我不在了，我觉得兜兜会特别怀念有这样一个爸爸。这是我觉得特别有意义的事情。

钭皓倍给6岁的兜兜写下的信

寄托了新的希望

亲爱的兜兜小朋友，你好：

不知不觉你就6岁啦！爸爸带着你旅行两年啦！回望来时的路，记得我们刚出发的模样吗？4岁的你坐在后面的拖车上，对这个世界充满好奇。蓦然回首，我们已经走了好远好远，这所“全国幼儿园”你也快要毕业了。爸爸也带你快完成了我们小学之前走遍全国的目标，带你见识到了我们祖国的美景，更吃到了全国各地的美食，见到了不一样的人和生活。

爸爸不知道小小的你长大后会记

钭皓倍和女儿在珠海

住多少，但希望每天陪着你探索中国的过程，是你以后回望童年里特别的存在。也希望你知道，这个世界很大，有各种模样，除了城市的高楼大厦，还有草原、雪山、沙漠、大海、戈壁……而我们在自然面前很渺小，就像小小的沙砾，所以要敬畏自然，更要去爱护自然、亲近自然。

还记得小小的你爬上的第一座雪山四姑娘大峰吗？缺氧和高原反应让每一步都像千斤重一样移动困难，但雪山也大方接纳了不放弃的你，也在告诉你没有比人更高的山。还记得带你第一次“飞翔”的感觉吗？在海拔5000多米的鲁日朗观景台勇敢地向前冲，翱翔在羊湖上的天空，连远处的雪山和晚霞都为你绽放，为你的勇气喝彩。还记得路上那些帮助我们的人吗？雨夜里收留我们的藏民，那些拿零食给你的朋友们，又或者是我们带着投影仪在大凉山，在江西去看“太阳村”的小朋友，一路上那么多人分享他们的爱，也带你分享我们的爱。

希望这些坚韧、勇敢、善良都能成为你的性格底色，去做一个追光的女孩。但追光可不是一件容易的事，所以上学后记得要好好学习，你才可以完成自己的目标追求，去做自己喜欢的事，实现自己的人生价值。

好啦！六岁的兜兜，有太多太多想和你说的话，但最后只有一句：“健康快乐，按时长大！”人生就是一场漫长的旅途，记住那些我们立下的目标，一步一步继续往前走吧！

我在野外搭个家

4月的广州，天气多变。好不容易逮到一个好天气，黎文带上他的露营装备，出发了。一场风格露营就像搬家一样，帐篷、炊具、桌子、椅子、灯……甚至还有黑胶唱机。他要去野外搭一个家。

在黎文看来，碰上这么麻烦的事情，缘于一次顿悟。2020年春天，因为新冠疫情，原本的国外旅行被搁置，他和妻子来到广州郊外，进行了一场风格露营。一早醒来，他们被湖边的美景震撼，呆坐了4个小时。

也是从那个时候开始，他们发现，之前一直试图去很远的地方寻找美景，其实很多美好的东西，就在你的身边。

以下是黎文的自述。

黎文

黎文在野外做饭

大型真人乐高游戏

1998年，我第一次体验露营。那个时候我大学刚毕业，参加了一个探险队，在西藏待了半年。

当时没觉得特别享受，因为基本上经过的地方都是无人区。没有民宿、没有招待所，除了露营，没有其他地方可以住，只能住帐篷，条件很艰苦。

但从那以后，我开始喜欢上（露营）这个活动。因为它可以让一个人的主观能动性发挥到最大。每一次露营都是一个不可预计的冒险，可能是大的，也可能是小的。

你设想一下，当我们到一个地方，你不知道会遇到什么情况，有可能很好，也有可能不太好。

像有一次我去惠州的海边，我所有露营的东西都搭好了，突然台风来了，全掀翻了。我跟我的狗笨笨一起往车里跑。它成了落水狗，我成了落汤鸡。哈哈，然后我们就躲在车里瑟瑟发抖。

露营时，你需要面对很多超出日常生活经验的事情，而把这种不确定性变成确定，就是一件很开心的事，这是会上瘾的。

这种感觉就像是在一片荒野里，它突然变成了我的家，这里有我熟悉的家具，有我熟悉的房子。而露营的过程就像是成年人的大型真人实景乐高游戏。

小时候没钱玩乐高，到了这把年纪，我就可以把房子、桌子、灯……一手一脚地把“家”搭起来，我会觉得这个小小的空间是属于我的。野外不再是一个纯粹的自然环境，而是一个我跟自然结合在一起的新空间。这整个过程会让我很开心。

试想，当你18岁成年了之后，你工作了数十年之后，你突然间发现有这样一个活动，可以让你找回童年时的那种开心，该是多么美好的一件事。

我们家的顿悟时刻

其实我是一个很怕麻烦的人，但露营恰恰又是一件很麻烦的事。你看这个视频里面，我做一次这样的风格露营，就跟搬家没什么区别。

而喜欢上这样一种行为，是需要一次顿悟的。

很久之前，看朋友旅游的照片，他说在从化有一个小村子，邻近水库，他形容那里为广州的“小瑞士”。我就很感兴趣，一直想去。大概在2020年的春天，有天天气很好，我和我太太就出发了。

一开始，去到那里，感觉好像也没什么特别之处。等我们把所有的装备、帐篷搭好之后，天已经黑了。那时候就感觉很累。我就想，唉，我们为什么要做这样的事情？在家里待着不好吗？

记得那天刚好是新月，我们抬头一看，满天的星星。就像你看3D电影那种感觉，星空像一个三维的锅一样罩住我们，有远有近。

当时方圆十几公里都没有人，没有灯，都是星光。只有我们两夫妻在露营，很舒服。我们好久没在离广州那么近的地方看到满天星斗了，这种感受可能去西藏、青海才会有。当时觉得这一趟也算值了。

第二天一早，我们就准备收拾东西回家。

当时，我们帐篷正对着的是一面水库，太阳出来的那一瞬间，水面变得湛蓝。那天天很蓝，透明度很高，眼前的一切让我们瞬间觉得，不想走了。那就再坐一坐吧。

于是，我们什么事情都没干，就傻傻的、呆呆的，两个人就那么坐着。坐在那里看那一面湖水，不说话，不听音乐，也不看书，在那发呆坐了4个小时。

我从大学毕业到社会工作有20多年了，好像都没有那么平静过。我们在那里一直待到天黑，才舍得走。不过起来才发现坐得腰疼，哈哈，这也促使我们升级了装备，换了一把舒服的椅子。

那次露营算是我们家的顿悟时刻，我们在一个固定的地方跟大自然产生感应。日出日落，中午傍晚，我们感受到同一个地方不一样的风、不一样的光线、不一样的生物。

很多美好的地方就在你身边

之前，大部分人旅行都会选择去远方。包括我自己，要么出国旅行，或者去很偏远的地方。后来想一想，我们花了大量的时间在路途上，真正在某一个地方待的时间是很短的，也基本没有太多的时间跟空间去感受自然、感受自我。

很多美好就在你身边。以前你绝对不会去发现它。也许新冠疫情也给了我们另外一个机会去了解身边的人、身边的事、身边的地方。

露营的时候，你可以安安静静地坐在那发呆。有时候还可以听一些音乐，看一下书。看累了，就睡一会儿。

你可以带上很多个性化的东西。比如，我喜欢黑胶唱片，露营时我会带上一张，这个也是很麻烦的事情。但如果在一个万籁俱静的自然里，听音乐，还是黑胶唱片，那是很多事情都代替不了的。

如今，露营似乎也在慢慢变成一种风潮。确实也是这样。你看一到周末，方便一点、安静一点的地方就有很多露营的人。我想大家都是有自己的顿悟时刻，只是每一个人都不一样。

不过，在这我要倡导一下无痕露营。作为一名露营达人，我也有自己的自媒体，但我很少在网上号召大家去哪里，或者公布具体的露营地点。很多朋友也有这样的默契，也是怕一些地方被破坏。

去到野外，你一定要保护它。无论那里是商业营地或是野营地。不要因为你付了钱或者其他原因，你就觉得自己可以破坏那个地方。自然是很宝贵的不可再生资源。

比如我到可以生火的地方，我带的炉具，都配备有防火布，不会伤害到地表。露营结束时，我会把自己的垃圾带走，有条件时会把别人的垃圾也带走。大自然是一个很宝贵的资源，你不能破坏它，破坏了就没有了。

今后，也希望通过露营去发现广州周边更多漂亮的地方，也可以让自己更加健康快乐，也让家人有更多的机会去接触自然。

黎文在给帐篷装上灯

深圳"90后"情侣：我们把房车改成家

到深圳一年后，张希和女友决定放弃租房。他们买了一辆二手房车，根据自己的想法进行了改造，然后住了进去。

以车为家的生活方式，让他们受到了不少关注。张希告诉我们，在网上常有人跟他们咨询入住体验，他总是很谨慎地讲清利弊。

住进房车你可以缩短通勤时间、省下房租、享受推开窗户总有不同的风景；但你也要面临房车夏天闷热、常出小毛病、车位难找这些问题。

张希说，买房车和改造房车他们花了16万元，正好是他们5年的房租。所以，他和女友定了一个5年规划。也许之后结婚生子，他们会搬出房车，说不定换一辆更大的。

每个人都可以选择自己的生活方式，你很难界定它们的好坏。但采访

张希和女朋友改造的房车

时，从这对情侣流露出对现状的满足和对未来的期待中不难看出，当下他们选择的生活方式，给了他们更多的幸福感和向前的动力。

以下由张希的讲述整理。

深圳，我们来了

我叫张希，29岁，是湖北十堰人。我女朋友叫胡安媛，是海南人。我们俩相识两年半，安媛是一个比较有事业心的人，想在职场上发光发热。我也渴望有机会再提升一下自己，所以我们就决定来一线城市闯闯。

选择深圳，一是因为深圳离海南比较近，气候、生活习惯也比较相似；二是因为那句“来了就是深圳人”。

来深圳之后，我们发现工作和生活节奏都变快了。我在一家公司做品牌策划，我女朋友在金融行业工作。工作日的时候，两个人基本白天忙工作，晚上回家后还要再忙一会儿。基本到了周末，我们才有比较多的自己的时间。

之前我们租住在深圳的一个城中村里面。上班大概要提前两小时起床，每个月房租要2000多元。我们想，在深圳长期发展就必须认真想想住房问题。所以当我们了解有住房车这样的生活方式之后，我们就想，能不能让住房车代替租房生活？

有了这个想法之后，我们就开始做调研。大概花了有一年吧，我们把房车的优点和缺点都了解了。后来觉得我们还可以接受。于是我们就在网上买了一辆二手房车，花了13万元。

之前，我们调研了解到，房车的布局是有一些缺陷的。比如，空间小、动线不合理、水电位不够等，所以我们开始自己动手改车。

我们自己画图，然后花了150元钱在网上做了3D效果图；拆车报价要1万元，为了省人工费，我们就自己拆。

改装途中遇到了很多困难。房车装修尺寸需要非常精准，差一厘米都可能导致柜子或者桌面无法安装，空间如何利用需要规划得非常清楚仔细。

我们改造一共用了两个月，买车加上改装花销一共是16万元。

房车总面积共8平方米，我们装上了灯、防潮垫、电视、空调、马桶……看着房车一点点变成我们喜欢的样子，感觉再多困难也都迎刃而解了，我们在深圳有家了，很期待未来一起生活的样子。

如果好奇，请先去租车体验一下

当我们真正住进房车后，不少没预料到的问题就出现了。比如，夏天房车闷热，我们周末没有去郊区的话，车上的高温是无法待人的，车上的食物和化妆品也非常容易变质；用水用电的问题；还有市区好的房车停车位非常难找。

我们之前也有发一些短视频，不少网友问我们经验。我们都是很谨慎地给建议，怕误导别人。

因为如果你只是对这种生活方式好奇，我建议可以去租几天房车先感受一下。想尝试的话，必须做好充足的调研，要有心理准备去处理很多小问题。

因为对于以房车代替租房的人们来说，还是以住为主，所以还是要考虑到舒适性等问题。住房车是一种全新的生活方式，在心血来潮之后，每个人必须认真想想可能会经历的东西。

当然，我们现在住在房车里，感觉好处也很明显。第一个，我们有了一个完全属于自己的私人空间，它是属于我们的家；第二个，居住成本减少，我们现在的停车费是400块一个月；第三个，还大大缩短了通勤时间。

之前，我们租住在城中村里面，总觉得那里只是睡觉的地方。而我们现在的房车，别人看上去，有一种“居无定所”的感觉，但我觉得在我们心里，这是我们的家，我们觉得这里很温暖，也让我们的心很安定。

适合我们的生活方式

现在，我们家窗外的风景是移动的。我们周末可选择的地方很多，远一点的去过广州、佛山。

有时不想走太远，周末就去深圳风景好的地方逛一逛，深圳大鹏是我们常去的地方。上周天气比较热，我们就去了龙岗区的梧桐山。那里面非常凉快，晚上的温度只有27摄氏度。空调都不用开，吹着晚风很舒服。

对于我们选择住在房车里面，家人的态度还是很支持的。我女朋友的父母，知道这个事之后就很开心，说让我们有空把车开回去带他们出去玩。我们也很期待，能和家人长途旅行。

我们自己做了一个5年的规划。为什么是5年？因为我们当时算过，只有到第5年的时候，我们买车和改造的成本才能抵消掉这些年的房租。这也与我们的工作规划时间一样。

5年后，我们再根据结婚生孩子等变化进行调整。我们会评估，到时是否还适合在房车上生活，还是需要换一辆更大的房车。这些都是未知的，我们目前做的，就是过好这个5年规划。

最近，我们的事情在网上有一些热度之后，我也看到很多不同的声音。

有人对我们的生活很羡慕，有人也觉得我们四处漂泊。但目前来看，当下这种生活方式，我们觉得对我们来说很适合。我们觉得无比幸运，虽然房车很小，但在这个奋斗的城市，我们有了一块自己的小小天地。

张希和女友在房车里生活

41岁女外卖员因笑容治愈走红网络

“我接到了一个单子，商家竟然打赏了20元！”珠海女外卖员唐业容因商家打赏笑得合不拢嘴的视频刷屏网络。不少网友留言表示被她的笑容和乐观的性格治愈。

1月31日，唐业容正准备从老家回珠海复工。她告诉我们，新的一年，她的愿望是还完债务，同时能够弥补年轻时的遗憾，上大学。

跑单还债

第一年做外卖员的唐业容火了。

唐业容记得，那是2022年底的一个单子。她接单之后，意外收到了20元打赏，“那是我跑单以来，单价最高的一个”。她很开心，于是拍下来发到了网上，没想到在网络上受到了很多网友的关注。

“有粉丝问我每天都那么开心吗？其实我的生活也有不少愁事。”唐业

唐业容在送外卖

容告诉我们，她是投资失败才来送外卖的。

早年，唐业容跟随亲戚来到深圳，在一家汽车企业从事车间工作，最多曾管理过200多人。后来，她辞职做销售，然后和丈夫开始创业。但创业之路并不顺利，最终两人投资失败，还欠下了30多万元外债。

2022年，经老乡介绍，唐业容的丈夫饶先生开始跑起了外卖。跑了一个月之后，唐业容觉得丈夫的收入不错，时间也比较自由，因此决定自己也尝试一下。

刚转行，唐业容做得并不顺利。路不熟，她常找不对商家和顾客小区位置，刚开始她时常半个小时才跑完一单；车技差，她不知道摔倒了多少次，最严重的一次，她在家休息了一个星期。

“熬过来就好了。”在唐业容看来，每行都有一个适应期，坚持下来就能挺过这个阶段。干活儿就有收入，让唐业容感觉生活很有盼头。在珠海的街巷中穿梭，她把这比喻成“像是旅游一样”。

唐业容和丈夫

每年学一点东西

工作之余，唐业容还不断学习“新技能”。

“拍视频”是她2022年给自己定的学习目标。她的短视频平台上多是记录她送外卖的经历，如今她已经有了几万粉丝。

“很多网友留言说我的笑容很治愈。”唐业容意识到，自己这份乐观、开朗的性格，也可以影响不少人。

有粉丝留言，说自己大学毕业很迷茫。唐业容常用自身的经历宽慰别人。在这个过程中，她也收获了成就感和向上的动力。而她现在的状态，对孩子也产生了很多正面影响。

“之前我儿子学习成绩排倒数，现在他在年级排到了前八名。”唐业容感觉，自己的人生像是触底反弹了，现在每天都是上坡路。

当然，41岁的她，也有年龄焦虑。她告诉我们，自从跑外卖之后，她给自己定了一个准则：“八小时之内求生存，八小时之外求发展。”

春节，她们一家人坐在一起开了一个家庭会议，定了2023年各自的新年目标。

她的儿子说想考上老家市里的实验中学，女儿要继续保持住年级第一，她和老公打算今年努力工作还清债务。唐业容还申请了外卖平台免费上大学的名额，她计划早点拿到大专毕业证，弥补没上过大学的遗憾。

1月31日，唐业容和老公就要返回珠海复工了。新的一年开始了。

48 岁女环卫工转行兽装师：第一次找到人生热爱

48岁前，黄英波做过许多工作：药店销售员、临时工、环卫工……直到2023年，她接触到儿子做兽装的朋友，也因为一份给儿子的生日礼物，误打误撞成了一名兽装师。

对于这份年轻人居多的行业，黄英波说出了自己喜爱的原因。

她是粉丝眼中“不扫兴的母亲”，她说在这个行业她看到了不被家长理解的孩子，她也通过一件件作品改变了一些家长的想法，让更多人看到了亲子关系的多种可能。从中，48岁的黄英波也找到了自己的价值和热爱。

以下根据黄英波自述整理。

黄英波在试戴自己的兽装

送孩子的生日礼物

做兽装的起因是我想给儿子准备一份生日礼物。

我儿子有一个做兽装的朋友，他过暑假来我们家玩。当时我身体也不太好，辞了老家的工作，想着跟他学一下。正好儿子的生日快到了，可以送给儿子做生日礼物。

当时掏空心思想送孩子一件生日礼物，也是想弥补一下孩子。我之前生病住了两次院，这两次生病住院的钱都是我儿子拿的，一共两万多元。孩子刚出社会赚钱不容易，我作为母亲没怎么帮他，反而给孩子带来这样的负担，也是挺愧疚的，所以想着在孩子生日给他个惊喜。

我之前对兽装师这个行业一点也不了解。我来珠海之前在老家的工作是环卫工人，做了十几年。在之前我还做过药店销售、卖过早餐、打过零工。刚开始学做兽装，可以说是零基础。尤其对我这种快50岁的人来说，真的挺难的。

比如说，我做兽头的时候，我对动物脸颊毛的走向不是很清楚，一开始总是缝错；我做的第一个尾巴，刚开始根本固定不到腰上，总是在两边甩来甩去；再有就是设计方面，对我来说完全是一个盲区，一点也不懂。

我就一点一点上网学习，或者问孩子的朋友。我大概花了半个多月的时间吧，做好了一个头套，一对爪子和尾巴。

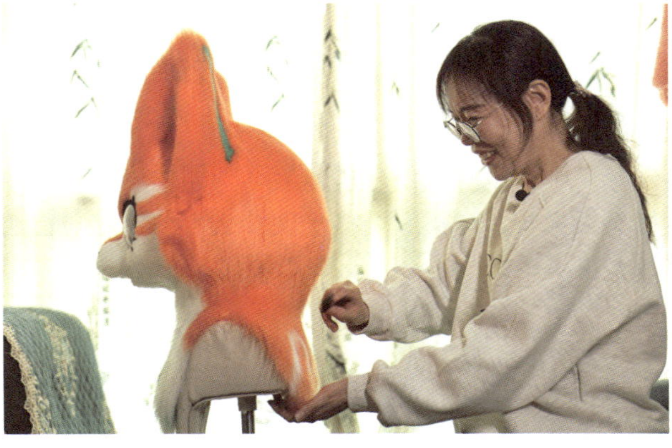

黄英波在给作品梳毛

结果还是闹了乌龙。那天，儿子试戴了一下，发现头的尺寸做小了。为了不辜负我的心血，他硬生生卡进去戴了一下给我看。后来，我把视频发到网上，竟然有人留言说喜欢，我就把这个头套给出了。

后来，我又做了几个，结果都是因为各种各样的小状况，儿子戴着不合适。到现在，儿子生日礼物迟迟没有做成，结果我却成了一名兽装师。

找到热爱，就去做吧！

进入这个行业，我发现很多人穿兽装，是自己情绪的释放。

现在年轻人说自己是“社恐”“i人”，但当他们穿上自己喜欢的兽装出现在“兽聚”的时候，有人会跟他们拍照“集邮”。物以类聚，跟自己相同频道的人待在一起，他们就会觉得开心。

但有不少粉丝跟我交流说，他们不敢让家长知道自己在玩这个。

一方面是家长觉得这个事情比较耽误学习；还有因为这个兽装价格比较贵，即使是他们自己做兼职赚钱买的，不少家长也会觉得这是在乱花钱。

我挺不理解这些家长的想法的。我们年轻的时候，不是也喜欢追星，也追求自己喜欢的东西吗？现在的年轻人工作、学习的压力都挺大的，有一个爱好能够宣泄一下情绪，我觉得挺好的。

作为家长，都希望自己的孩子成龙成凤。但是每个人不一样，有的人这方面行，有的人那方面行。比方说，我有一个朋友的孩子，他读书不好，后来学的厨师。现在一个月也能赚一万多元，还给我朋友做饭吃。这不是也很好吗？

我们家长不能把自己的想法强加在孩子身上，现在流行做“不扫兴的父母”。你想，如果一个孩子做什么事情，连自己的父母都不支持了，还指望这个世界上有谁能陪他站在一起呢？

后来，我把我做兽装的短视频发出来，不少人在网上喊我“陀妈”，忽然感觉我又多了一份责任。

黄英波的作品

我记得一个20多岁的男孩给我留言说，他以前一直想买一套兽装，现在他工作了，有能力“养”自己的“崽崽”了。但父母很不理解，后来他把我拍的视频发给他的父母，现在他的爸爸竟然能开车送他去漫展。

听到这些话，我真的触动非常大。我想这是一种价值观和获得感吧。

一开始做兽装师，我老公以为我是闹着玩的。他觉得我应该找一份“正常”的工作，像以前一样去打工，做一个保洁员或者销售员什么的。但是我觉得现在这份工作让我觉得很快乐。

我很喜欢跟年轻人在一起交流，我觉得我的思维都活跃了。

我感觉，我48岁第一次找到了人生的热爱。我现在做事情非常有激情，甚至有时候做到凌晨两三点，一抬眼，时间就过了。这个作息都跟年轻人一样了。

我也想告诉孩子们，找到自己热爱的事情就放手去做吧！只要是你心中有热爱的东西，就没有困难能阻碍你。

东莞“炒粉姐”火出圈：穿着精致是生活态度

在东莞大朗镇水口新综合市场，一炒粉摊位老板火爆出圈。精致妆容、时尚打扮，与她利落地颠勺、爆炒、盛盘的炒粉动作形成反差。不少网友称她为“炒粉姐”。

唐欣（化名），34岁，湖北人，在广东生活了近20年。唐欣说，以前在老家很羡慕别人能外出打工，但等到自己真正步入社会讨生活时，她才发现这里面的艰辛。

唐欣做过很多行业，美发、美容、美甲，到现在和家人经营炒粉摊。她告诉我们，2019年是最难熬的一年，她刚生完孩子，白天经营美甲店，一边用脚摇着婴儿车哄孩子，手还要稳住给客人做美甲；晚上，继续推着孩子到丈夫的炒粉摊帮忙。

“那个时候经常哭，感觉自己的生活为什么这么难。”面对生活的不易，唐欣觉得“熬”和“坚持”是她能找到的答案。她也是这样让自己看到生活希望。

2021年3月，丈夫受了伤，唐欣开始在摊位上炒粉。“一开始炒得很慢，”唐欣说，她为了练习炒粉，肩膀累得都抬不起来，“白天给客人做美甲时，手都是抖的。”

有一次，在摊位前炒粉时，她被客人拍下来发到网上。因为穿着打扮和炒粉工作的巨大反差，那条视频获得了300多万的浏览量，甚至有不少人慕名而来吃炒粉。看到网络流量能带来生意，唐欣开始学着一边炒粉一边拍视频、做直播。

逐渐，唐欣火成了网络上的“炒粉姐”。她告诉我们，她收获了不少人的点赞，也要消化网友“炒作”“作秀”“摆拍”的质疑。但是，在现实世界中，流量的确让她的炒粉摊有“做不完的生意”。

“为什么要穿这么时尚去炒粉？”面对更多人的好奇，唐欣干脆把回应发在了短视频平台的个性签名上：“既然选择不了生活，那就把生活过得精致。”

我们联系到“炒粉姐”唐欣，跟她聊了聊她的故事。

问：当时是怎么开始做炒粉这个工作的呢？

“炒粉姐”：原本我是开美甲店的，白天做完美甲，晚上10点多下班后会去老公的炒粉摊帮忙。炒粉摊开了四年多了，但2021年3月，我老公手得了腱鞘炎，为了能够让他养伤，我开始接替炒粉的活儿。也是那个时候我开始学炒粉这门技术，前前后后三个月左右的时间才能说熟练了一些。

别看炒粉很快，但怎么炒得好吃，怎么炒得效率高，这里面还是有门道的，这些都是需要用心去钻研才能掌握。毕竟每一个人的炒法和习惯都不同，每天练习，然后改良，慢慢地我就掌握了适合自己的炒法。

我之前还有在做美甲店，我老公受伤后也想过请师傅。迄今为止，招过5个师傅，有的师傅只做了一天就不做了，都说一整晚炒七八个小时太累了。但按照我们现在的收入，再多招一个师傅或者给师傅加钱，成本就又增加了。所以没办法，就只能自己加油干。

问：能给我们讲讲你一天的工作吗？

“炒粉姐”：我每天是下午4点半开始准备材料，下午5点往楼下搬各种食材，然后把摊位布置好，就正式开始营业了。我一般是一边炒粉一边开直播，顺便跟粉丝互动。

营业时间一般是从下午5点到次日凌晨1点，然后就是收拾摊位、清洁，有时候忙完基本是夜里两三点。

实不相瞒，可能是由于我长期每天七八个小时的高强度工作，所以我的手部也出现了一点问题，现在经常需要扎针。我现在也打算调整一下状态，让自己有时间休息一下。

问：网上的评论你有看吗？有不少网友点赞，也有不少网友好奇为什么炒粉也打扮这么精致？是不是炒作新手段？你如何看待这些留言。

“炒粉姐”：已经看习惯了，怎么说呢，穿着是因为受本来的职业影响比较大。我本来就是做美甲、美容的，不允许自己是邋遢的形象。

另外，穿着与工作能力是不挂钩的。不能干的人即使穿着再便利、轻巧，依旧不能干；能干的人，穿长裙高跟鞋依旧能手脚麻利地干活儿。

而且广东这里温度一直很高，夏装的衣服也好洗；冬天的话穿围裙洗围裙也不是难事。所以说穿什么是一种向上的态度，对做事情是不影响的。

问：为什么会想到一边炒粉一边做短视频和直播呢？

“炒粉姐”：一方面是之前有客人发了我的视频流量不错，我想着做一下自媒体应该也会给摊位带来客人；另一方面，网上一直都有人在质疑在“摆拍”，我就想，那我干脆就直播七八个小时给他们看好了。我一般是晚上6点开播，12点结束。我出摊就直播。有哪一个人能因为“作秀”而日复一日、坚持一边站着一边炒粉这么长时间呢？

问：受到关注后给你的生活带来什么影响？

“炒粉姐”：客流量会多一点吧。有时候感慨网络真的很强大，社交平台和网络给了我们许多机会。即使说炒粉的生意利润不是很高，但它至少让我们的生活和孩子的读书问题有依靠。

有些人也会特地开车过来光顾我的生意，这也让我更努力地工作。印象比较深刻的一次，是有一个人，似乎处于低谷期，一些原因导致他的工厂开不下去了，几十年的心血似乎一下就没有了。

他说，看了我的视频后给了他很大的鼓舞，想着要重新开始创业，没有自暴自弃。那时候我就在想，人活着的意义或许不仅仅在于自己，你所传达出的正能量是可以影响到别人的。所以说，每一个人都应该努力地生活，朝自己向往的方向努力。多记录和分享生活的美好，我觉得是挺好的事。

问： 你刚才说努力生活，朝自己向往的方向努力。那你向往的生活是什么样子？

“炒粉姐”： 不愁吃喝吧，能吃饱穿暖就好了，普通人期待的生活不就是这样吗？现在两个孩子都在老家由奶奶带着读书，为了不让孩子们成为留守儿童，为了让孩子们的未来不止有进厂打工和摆地摊的选择，我就会想再努力一些。

像我们这样的人有千千万万，从一开始的一无所有到现在的咬牙坚持。大家都是一样的努力、一样的累，不过是想让孩子们未来的机会多一点，可以改变他们的未来。

后记：如今，“炒粉姐”的生意也越做越大，开了小店。她说广东从不缺奋斗的人，她还要继续努力，用自己的双手打拼出更广阔的世界。

东莞“炒粉姐”在炒粉

“全网最快乐”环卫工赵福银的开心指南

2023年4月，深圳环卫工人赵福银火了，他在街头跳舞的视频被人无意间拍到传上了网。不少网友留言说，“隔着屏幕都能感受到开心”，还有不少网友留言，“好奇他的开心秘诀是什么？”。

4月底，我们来到了深圳，问了问被誉为全网“最快乐环卫工人”的“开心指南”。

赵福银49岁，是深圳环卫的一名洒水车工人。赵福银爱笑，在车队是众所周知的事儿，但很难搞清，他到底在乐什么？

让赵福银开心的事情有很多，练舞就是其中一件。

2020年，赵福银在家刷短视频，无意间看到有人在跳曳步舞，自己也跟着短视频学习起来。

工作时，在给洒水车加水的空当，赵福银便下车练舞。收车之后，停车场附近有个小公园，也是赵福银常常练舞的地方。跳完舞，出一身汗，工作驾车的疲劳，或是生活上一些烦心事就都没了。

孩子们对赵福银跳舞的事情很支持。女儿知道他跳曳步舞很费鞋子，“一年要坏3双鞋，女儿说都给我承包了”，讲到女儿的贴心，赵福银咯咯地笑了起来。

有人觉得做环卫工作很枯燥，但赵福银不这么认为。

比如用洒水车把路面上的泥冲干净，看着自己的劳动成果，会心情舒畅；洒水车很高，视线也好，坐在驾驶位总能看到这个城市更好的风景；在深圳工作，最不缺的就是年轻同事，工作中他的小徒弟唐代豪是1999年出生的，赵福银觉得跟他一起玩，自己都变年轻了。

赵福银一边带着笑容，一边跟我们细数这些细节。其实，他并非没有愁事。

赵福银1997年来到深圳打拼，在这座高速发展的城市，他惋惜自己错过了很多机遇。

刚来深圳时，他租住在城中村白石洲。房东曾想低价卖给他一套房，但是他因为自己手头比较紧，拒绝了。

后来他跑货车拉货，攒了些钱。有老乡说可以投资买房，再转租出去。当时，赵福银一打听，房价7000元一平方米，他有些动心。

但恰巧赵福银的岳父生病了，他们夫妻俩想了想还是把手头的钱汇回了老家。赵福银跟我们讲，岳父生病时，他们每个月都往老家寄两三千元的生活费。“三年下来，邮局的汇款单有一本书那么厚。”

回看跟他同期来深圳的老乡，不少人心思活络或是抓住了机遇，已经成了老板，衣食无忧。

两年前，他把自己攒的20万元钱给儿子在重庆老家开了一家密室逃脱游戏店。但店没有做起来，钱也都赔了进去。赵福银一晚上没睡着觉，第二天去跳了一会曳步舞，“出了一身汗，这事就过去了，我反倒开始安慰起我儿

赵福银在工作

子来”。

在他看来有人过得比你好，也有人过得比你差。但这山望着那山高，总跟别人比，自己就会不快乐。“我老婆说我是穷开心”，赵福银笑了，带着点自嘲。

赵福银下班的时候，从包里掏出两个苹果和一个火龙果塞给我们吃。他说出门的时候，老婆总是在他包里装各种零食。他笑了笑，有点难为情。他跟我们坐在草地上，从包里又掏出了一个梨，用袖子擦了擦，送进嘴里。

他接上刚才的话题，反问道：“我能靠自己赚钱，家庭和睦、身体健康，又有什么不开心呢？”

面对近期突如其来的关注和流量，赵福银坦言，他本打算拒绝采访。他给在深圳工作的外侄打电话拿主意，外侄鼓励他，应该把自己这种乐观的精神分享给别人。

在他看来，乐观开朗、喜欢蹦蹦跳跳本就是自己的性格。在大量媒体报道之后，他仍不觉得自己有什么特别。

不过，他最近把报道过他的报纸、跟记者们的合影和去街道参加座谈会的照片剪辑做成了一条短视频，发到了网上。

他把背景音乐的歌词用大字打在最顶上：“生活虽然普普通通，但也要乐在其中；生活虽然行色匆匆，要学会面带笑容……”

第四辑 普通人的不平凡

这所村小凭一根绳子拿下85枚世界金牌

2019年夏天，在挪威跳绳世界杯赛上，来自广州的花都代表队共获得85枚金牌。对于跳绳的启蒙，队员们是从上七星小学开始的。

七星小学是一所村小，位于花都区花东镇七星村。因邻近白云机场，每隔一两分钟，就有一架飞机从学校的上空飞过。

进入跳绳队之前，很多孩子从没想过能坐飞机，飞到村外的世界。入队后，因为打比赛，不少孩子成了家里唯一坐过飞机的人。

七星小学跳绳队的队员们在训练

一根绳子，不仅让孩子们“跳”出了成绩，更让他们“跳”进了更广阔的世界。

村小里的跳绳队

“哒哒哒……”早上6点，七星小学的训练室里，孩子们开始了一天的训练。他们双腿交替，像两个高速运转的马达，脚尖像雨点一样密集地落在地板上，速度很快，似乎看不见绳子。

广东的夏天闷热，训练室里两台空调“呼呼”地吹，棚顶的风扇“吱吱”地转，训练不到半小时，孩子们的上衣就湿透了。每天，一早一晚两次训练，跳绳队员们会多备两套衣服上学。

七星小学跳绳队是2013年成立的。当时，七星小学重建教学楼，场地受限。恰逢花都区教育局开始推广跳绳项目，赖宣治跟校长商量：不如开展最不占地方的跳绳吧。

赖宣治出生于广东茂名农村，大学毕业后，想在广州找份好工作。他通过花都区教育局教师招聘，被分到七星小学。没想到，他成为学校建校以来，第一个有本科学历的专业体育老师。赖宣治心里憋着一股劲儿，“一定要把跳绳队带好”。

看似简单的跳绳，要跳出成绩并不容易，大家都不看好，只有外来务工人员为了给孩子找个地方“看管”，才愿意让孩子跟他跳绳。但自己不会跳，学生们也没基础，怎么办？

赖宣治近乎“疯狂”地研究国内外跳绳跳法，他发现，弓着腰比直着腰跳得快，正抬腿比后踢腿跳得快。根据自己的研究，他改良了半蹲式跳法。

研究好跳法，赖宣治又开始在绳子上下功夫。传统的绳子比较粗，阻力也大，赖宣治要找一条跳得更快的绳子。

有一次，赖宣治的摩托车坏了，送修时，摩托车的刹车线引起了他的注意。这根直径约1.5毫米的银灰色钢丝线，软硬、粗细适中，是做跳绳的好材料。

这一改变很快就在孩子们身上得到了证明，以前30秒只能跳70下，现在一下子就破百了。成绩也给孩子们带来了动力，他们坚持每天训练4小时，节假日也不休息。

就这样坚持训练，不到一年时间，七星小学跳绳队在区里比赛夺得了冠军。2014年，在全国跳绳比赛中，七星小学跳绳队的半蹲跳法惊艳全场，拿了超过40枚奖牌。

从单选题到多选题

拿了全国冠军，赖宣治的“野心”更大了。他想带孩子们拿亚洲冠军、世界冠军。但有一件事却突然让他意识到，有一些东西比金牌更重要。

在赖宣治印象里，张茂雪是他见过性格最内向的学生了。每次训练，小女孩都躲在柱子后面。“问她话只会点头、摇头，多说她几句就掉眼泪。”赖宣治说，一年多，这个女孩没主动跟他讲过一句话。

2014年，在全国跳绳比赛中，张茂雪一个人拿了十几枚金牌。“她冲过来把金牌全挂在了我脖子上，竟然开口说话了。”张茂雪冲赖宣治咧嘴一笑，说了一句“谢谢教练，我很开心！”。

“当时我就流眼泪了。”

赖宣治看到，跳绳让孩子们性格变得自信、开朗，甚至转变了他们的生活轨迹。

岑泽忠19岁才小学毕业。“我身份证上的年龄比实际大五岁。”他说，父母把他年纪改大了，希望他早点出去打工。

他是七星小学跳绳队的第一批队员。小学五年级之前，他留守在老家贵州安顺上学，要帮家里放牛、挑牛粪、翻地、收玉米，和这些粗重的农活儿比起来，他觉得跳绳更轻松。

岑泽忠有兴趣又能吃苦，不仅跳绳成绩不错，学习成绩也提高了。让他

七星小学跳绳队的队员们在训练

想不到的是，看他出国比赛、拿金牌，父母不再要求他早点出去打工。如今，他是一家跳绳俱乐部的教练，一个月有七八千元的收入。

“以前，我的人生都是单选题。”岑泽忠说，老家很多同龄人跟他堂兄一样，小学毕业后外出打工，但跳绳给了他更多的选择。

改变还不止这些。

更多家长反映，跳绳让孩子多了一项爱好，训练也让他们更自律，课余沉迷手机游戏的时间少了。

赖宣治说，刚入校的时候，他听人说，七星小学是一所“流放学校”，排名在区里倒数。学生不到150人，操场长满了草，教学楼也是危楼。而现在，学生生源增加了三倍，盖了新教学楼、新操场，学生整体成绩也越来越好。

新教学楼中间，“绳以育德”几个字镀成了金色，格外耀眼。

之前，赖宣治不好意思跟别人说，自己是乡村体育老师。现在，对于这份职业，他很自豪。

想做跳绳教练，去教山里的孩子

在七星小学跳绳队，孩子们被问到有什么梦想时，很多人都说想做跳绳教练。

2019年，花都区两所高中，首次把跳绳项目纳入初升高体育特长生招生项目。

2019年，罗健邦以体育特长生的身份，考上了省一级中学——秀全中学。他想通过三年的努力，考上心仪的大学，以后做一名跳绳教练。

孔荧莹2019年才小学毕业，她想做跳绳教练的原因很简单："我以后想去教山里的孩子，希望跳绳给他们带来自信。"

孔荧莹老家在肇庆封开县罗董镇，"我以前就是留守儿童"，她是从书里知道这个的。小学前，父母不在身边，孔荧莹都是由爷爷奶奶照顾，她小时候很自卑，直到加入跳绳队，才有了信心。

在七星小学上空，每隔一两分钟，就会有一架飞机飞过。尽管对飞机已经司空见惯，但孔荧莹从没想过，有一天自己能坐上飞机，"我这么差，怎么配坐飞机呢"。

加入跳绳队的第二年，一次去江苏表演赛的机会，让孔荧莹坐上了飞机。

如今，时常去各地参赛的孔荧莹，是家里唯一一个坐过飞机、出过国的人，她很自信地向亲友们讲述外面的世界。

看着孩子们的变化，赖宣治好像看到了学生时代的自己。那时，他因为打架被学校开除，辗转几所学校之后，老师发现了他的篮球特长。

"我投球得分，全场都给我欢呼。"体育让赖宣治逐渐找到了自信，考上了理想的大学。

在2020年东京奥运会上，"交互绳"已经被列入表演项目。"也许将来，跳绳能被奥运会纳入正式比赛，那么，未来的奥运冠军可能会在这批孩子中产生。"赖宣治说。

未来怎样，对于孩子们来说，还有很多种可能。

暑假，孔荧莹在作文本里写下这样一段话：想对小时候的我说"谢谢你坚持不懈的精神，让我变成现在的我"。我也想对以后的我说："以后也要坚持，不辜负小时候的自己，加油！"

他听不见，
却帮近40万聋人“看见”声音

27岁的石城川是一名重度听障者，同时也是音书科技的CEO。在华南理工大学创新创业孵化基地，他和创业团队的伙伴，为听障人士打造了一个听力言语康复服务平台。

他们研发的音书App，通过语音技术，帮助听障人士与人聊天、接打电话、视频聊天，言语康复、“看见”声音。

人生道路固定了

“听不见之后，我的人生道路好像就固定了。”

石城川是音书科技的CEO，他和团队通过语音技术、图像识别等人工智能技术，帮助听障人士实现与健听人的无障碍沟通。对于创业的事，石城川把它归结为“使命”。

11岁那年，因患脑膜炎，石城川双耳失聪，听力都在120分贝以上，属于重度耳聋。

年幼失聪，石城川体会到一名听障人士的不便。

“有时候，我一天一句话都不说。”石城川说，同学跟他讲话，他听不懂；他跟别人讲话，掌握不好声音和语调，又经常出洋相。为避免尴尬，他选择了“闭嘴”，“我到大学的时候，近乎丧失了语言功能，我说的话，别人已经很难听懂了”。

好在，石城川在老师的帮助下，掌握了一套自己的学习方法。

“我靠老师的板书还有教材，基本能掌握知识点。”2011年高考，他超了四川省理科一本线41分，考入暨南大学应用数学系。进入大学，他便开始寻思着，怎么能用自己的专业为听障群体做点事。

大二时，谷歌眼镜发布，石城川受到启发：“智能眼镜能不能帮助听障人士？”毕业后，石城川进入一家软件公司做工程师。一开始，他希望能够说服公司开展这个项目，将自己的想法变成现实。

但因为与公司的战略规划不符，他的方案并未被采纳。“不如创业？”最终石城川选择了离职，和大学好友陈国强、彭驷庆一起开起了公司。

“看”得见的声音

“是他的坚持，让我们走到现在。”

陈国强说，三个人初出茅庐，创业确实走了一些弯路。一开始，团队开始“智能眼镜”的项目研发，想让听障人士戴上眼镜，通过语音识别，“看见”声音。一年的时间，眼镜的原型做出来了，但要投入市场仍存在不少问题。

“技术成熟还需要一段时间。”石城川带领团队及时调整了方案，转做市场更成熟的手机软件，但此时，团队的资金已捉襟见肘。

“我们做好了跟亲友借钱的打算。”陈国强说，他跟石城川开玩笑，自己结婚的钱都快没有了。“到时我帮你去借！”一句玩笑，陈国强看到了石城川成事的决心。

尽管“缺钱”，但石城川懂得“取之有道”。

陈国强说，公司成立之后，有不少软件开发的外包服务找来，给的报酬也可观，有时候自己也会心动。

“我都拒绝了。”石城川说，不少创业公司，因为没坚持住最初的梦想，创业途中想赚点“快钱”，往往最后就会偏离轨道。

2017年初，音书App正式上线。通过语音识别功能，听障人士可以“看见”别人说的话，可以接打电话、视频聊天。石城川是第一个用户，他用软件的语音电话功能，给爸妈、弟弟都打了一遍电话。家人讲话的内容，变成文字呈现在手机屏幕上。

“城川能打电话了！”石城川说，这是他听不见之后，第一次跟家人电话交流，他们既惊讶又惊喜。

最终，石城川等来了看好他们“梦想”的几笔融资。2017年，公司获得顺德创新创业基金会30万元资金。“科大讯飞也投资了我们，占了我们3%股权。”这让石城川实现梦想更有底气。

跑下去

创业三年，石城川的公司已经从3个人发展到12个人，音书也有近40万用户。他们的创业项目，让不少听障人士的生活悄然改变。

“我第一次去给儿子开了家长会！”王美霞42岁，7岁的时候因为一次事故双耳失聪。因为别人说话她常“听不懂”，直到儿子上初中，她都没有去开过家长会。

“孩子的学校什么样？”王美霞在心里琢磨了无数次。直到2018年9月，孩子初三开学，第一次坐在了孩子的教室里。家长会上，音书软件把老师讲的内容，实时在手机上翻译了出来，她还“听”到老师叫她上台领儿子的奖状。“开心死了！”王美霞说。

改变也同样发生在石城川身上。“交流”始终是石城川创业中的最大困难。石城川说，曾经因为怕错，他很少跟人开口说话。但现在自己作为一个团队的带头人，他必须跳出以前的舒适圈。

“有空就跟着软件的言语训练功能，练习说话，一次两个小时。”石城川每天早上八九点就到公司，晚上十一二点才下班。尽管工作忙碌，但“学说话”是他必须完成的功课。

几个月前，石城川去参加老同学的婚礼，同学跟他说：“以前你说话我都要靠猜，现在你讲的我都能听懂了！”得到这样的肯定，石城川备受鼓舞。

当然，在石城川身上，还有不少东西没变。

石城川虽是公司的CEO，还被2019福布斯中国征集为30岁以下精英，但工作时他还是运动鞋、休闲装、双肩包的学生打扮。他大学时很喜欢跑步，每天都跑8000米，现在虽然跑得少了，但长跑还是他选择放松的一种方式。

陈国强在大学的时候，遇到烦心事，就喜欢跟在石城川后面跑几圈，跑完烦恼也没了。他说，也许从那时候开始决定，他会跟石城川在创业的这条跑道上，一直跑下去。

后记：如今，当时采访的三人仍在一起创业，而且公司的规模也越做越大。石城川告诉我们，如今公司已经成长为一家国家高新技术企业，致力于利用人工智能技术改善听力言语障碍群体的沟通现状。

现在，公司通过为学校、政务服务中心、医院、银行、博物馆、图书馆等公共服务机构提供无障碍沟通解决方案，帮助听障人士更好地融入社会生活。同时，音书科技还上线了音书App、音书手翻小程序，为百万听障用户搭建起服务平台，并研发音书手表等产品帮助他们更高效地与外界交流。

目前，音书科技已经服务了超过100家公共服务机构和100万听障用户，音书业已成为听障人士与外界对话的重要纽带。

一名罕见病少年的求学路

刚满18岁的叶林林坐在轮椅上，一直以来，他上学、放学的路几乎是由奶奶推着前行。到了学校，则由父亲叶南华、老师或者同学帮忙将其背上楼梯。

上学的路是如此，叶林林走上高考“舞台”、考取大学，甚至是一步步迈过生活轨迹的过程也都是如此——少不了自己的努力，家人、师长、同学的陪伴。

这名来自广东韶关的男孩患有杜氏肌肉营养不良症（Duchenne Muscular Dystrophy，DMD）。这是一种属于X连锁隐性遗传病，被称为“罕见病中的常见病”。患者一般在3岁至5岁出现肌肉萎缩等症状，若不及时干预治疗，

叶林林曾到北京游玩

患者通常在12岁前失去行走能力。

因患病，叶林林肌肉萎缩，从一开始走路脚后跟无法着地到之后无法行走，其服用相关治疗药物将近10年，每天需要服用20粒药以控制病情。但他一直保有自己的大学梦，在2022年高考取得了579分的不错成绩，并顺利被广州大学录取。

一个人生的转折点

7月底，叶南华在接受采访时，谈及儿子即将读大学，他语气坚定："无论如何，都要让林林读完大学！"

叶林林在10岁时被确诊为DMD。在读小学一年级时，他告诉父亲自己跑步时总是班级的最后一名。后来，叶南华发现儿子打不开家里的门锁。"当时我以为是因为家里的门锁比较老旧，林林力气不够，所以才打不开。"叶

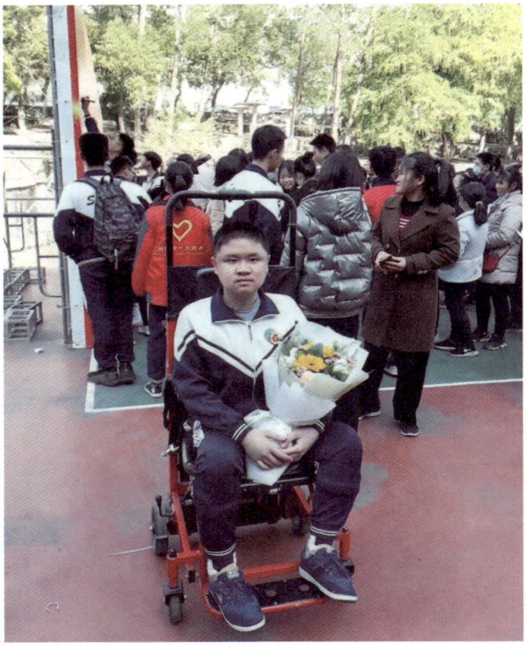

叶林林在高中"成人礼"上怀抱花束

南华回忆道。

一开始，家人从未想象叶林林会患上DMD，直到一些症状慢慢开始出现。

在叶林林读小学二年级时，叶南华接到其前妻叶林林母亲的电话，“我发现林林上楼梯时一摆一摆的，像鸭子走路一样”。于是，叶林林母亲带着儿子去医院问诊，医生确诊叶林林患有DMD。

尽管诊疗单已放在眼前，但家人仍难以相信叶林林患上罕见病。彼时叶南华对这种病一无所知，直到进一步了解DMD的严重性。“罕见病怎么会出现在我的孩子身上？”叶南华感到恐慌与痛心。

接受儿子患上罕见病是一个漫长的问诊过程，亦是一个漫长的“内心斗争”过程。“我和孩子妈妈一直不愿相信，也不死心。”叶南华说。在叶林林刚确诊的那段时间，一家人辗转于多家医院，但都得到与一开始确诊时相同的结果。

叶南华认为自己是不善于向孩子表达情感的，但他将对孩子的爱具体为一次次行动：他悄悄计划着和儿子去各地旅游，带着儿子去看更广阔的世界——父子俩一起登顶丹霞山，眺望湛蓝大海，来到天安门，也一起远望过长城的蜿蜒起伏。“我们一路旅游，都有很多人关心和帮助，一直很感谢他们。”叶南华说。

一颗有理想且坚定的心

叶林林现在基本行走不了，除非在有辅助的支架和鞋时，才能勉强在家中走几步，久坐对于他的心肺功能也有不好的影响。然而，身体疾痛并没有消磨他的意志，反而让他更加刻苦努力。“在学习上，不管遇到什么困难，都要努力坚持下去。”他说。

为及时照顾叶林林，家人在其高中学校附近租了一个屋子，每天由年近70岁的奶奶推着叶林林上下学。叶南华也逐渐发现儿子的成长，“他学会了乐观和坦然，高中三年他的注意力都在学习上面”。

“科学家霍金的经历激励着我，我相信我也可以实现理想。”2022年高考，叶林林取得了579分的不错成绩。根据分数和自身情况，在和家人商量后，他选择填报广州大学的计算机专业。

对于即将到来的大学生活，叶林林有着不少的期许：“想多体验丰富有趣的大学生活，能认识很多朋友。”他也一直怀着感恩之心对待家人、师长和朋友，“很感谢我的家人，还有我同学在我行动有困难的时候背着我去很多地方”。

“继续加油，不要放弃！”2022年7月底，当叶林林知道自己的成绩能够被广州大学录取时，他又一次给自己作出承诺与期许。

一道道横在现实面前的关卡

儿子即将成为一名大学生，叶南华既喜又忧。

“喜”的是儿子的努力有了阶段性的成果，“忧”的则是担心即将前往外地读书的儿子没人照顾——“他的身体条件住宿方便吗？我自己希望能申请到在岗陪读”。

这些疑虑，是一位儿子患有罕见病的父亲的担忧，也是一位长期照顾DMD患者才更加深切了解的现实难处。对此，叶南华也向大学说明过儿子身体的实际情况，校方也表示会尽最大的关怀，帮助叶林林顺利完成大学学业。

据了解，对于DMD的治疗，目前尚未有治愈的手段。临床主要通过药物治疗、物理治疗、基因治疗以及干细胞治疗的手段对疾病进行控制。由于是“孤儿药”品种，该领域药物的开发相对较为迟滞，但近5年也陆续获批了数个新药品种，为患者提供了更多的临床药物选择。

“林林已经有一段时间没复查了。”叶南华告诉我们，因为家庭所在地市的医疗资源有限，以及一直给儿子问诊的医生也快退休了，一家人目前面临着继续求医问诊的难题。“林林早期有及时做康复治疗，在支架和矫正鞋的帮助下还是能在家里走几步。”叶南华说。

也有不少相似的家庭在网上留言寻求帮助。2022年6月底，有患者家属在中国政府网留言称，“我家孩子确诊DMD已有8个年头，8年来我们一直远赴他市给孩子看诊，康复更是举步维艰。部分城市的儿童医院有专业的DMD治疗医生及康复医师，但我们所在城市没有专业医生，去其他城市又不能享受当地的康复政策。希望为DMD患者开辟就医、康复的‘绿色通道’”。

数据显示，罕见病在人群中的患病率为3.5%—5.9%，中国的罕见病患者数量约为2000万人。像叶林林的家人一样，还有数万家庭等待着“医学奇迹”的出现，以期早日让DMD患者能够得到更好的治疗。

尽管仍有一道道横在现实面前的“关卡”，但叶南华仍希望能给予相似患病家庭一些慰藉与鼓舞，这些慰藉源于他的感同身受，“从‘难以接受’到‘接受’这个过程可能会很艰难，但我们要去克服它，要勇敢去面对它，尽力让孩子能多行走一天”。

叶林林也有自己的心声，他期望和自己一样的患者能努力试着迈过生命中的坎儿。“要乐观、开心一些，不要放弃自己，也不要放弃希望。”他说。

24岁当村支书什么体验?

一条“24岁女生当上村支书”的短视频在网上火了，两天时间视频点赞量近200万。发视频的女孩叫张桂芳，是河南省鹤壁市山城区三家村的党支部书记。2020年，村委会换届时，她高票当选。

在视频中，张桂芳调侃道，回村前朋友说村支书工资高、工作轻松，但回乡后她却发现村里负债百万元。她告诉我们，回村发展的路并没有想象的平顺，一开始自己也总是哭鼻子。

但是在她和村民的努力下，村里修了路、清理了河道、改变了村容村貌，村子发展也越来越好。

我们联系到张桂芳，听这个“95后”的村支书讲了讲她的故事。

张桂芳

一开始回村总哭鼻子

两年前，1997年出生的张桂芳，回到村里做起了村支书。

张桂芳任职的村子是河南省鹤壁市山城区三家村，村内常住人口400人左右，其中60岁以上的老人占80%。2020年村委会换届时，村支书人选成了难题。毕业于天津农学院的张桂芳当时在外工作，在村干部的动员下，她回到家乡参加换届选举。

“我不是他们第一个找的人，但我是被说动的那个。”张桂芳告诉我们，选举结果出来时，她很惊讶，自己竟然高票当选。她甚至有点想不明白，大家为什么会选她做村支书。

刚回村的张桂芳，工作起来并不顺利。她在视频里调侃，劝她回村工作的朋友说，“村支书工资高、工作轻松”，但她发现，村里没钱，还负债百万元。“一开始因为心理压力大，我总是哭鼻子。”

但同事都很照顾这个年轻的村支书，张桂芳说，同事里有的年纪已经60岁出头，但非常敬业，对年轻人的想法也非常支持。她也逐渐适应了这个角色。

在同事的鼓励下，张桂芳决定先从整治环境做起。她带着大家铺路、修水管、清理河道，建了村里的第一个图书馆、篮球场、公共厕所……

“我同事经常跟我说，大事小事到跟前就了了。”张桂芳说，现在自己不会哭鼻子了，不管什么事只要大家一块去做，问题总能被克服。

拍视频是想给村民找致富的路子

张桂芳说，2021年河南遭遇暴雨时，她感觉自己赢得了大家的信任，跟村民融在了一起。

“当时政府也发了不少物资，我也协调到了一些物资。”张桂芳说，发完物资，村民们开始自发捐钱。村里只有三四百人，有许多老人和孩子，他们挣钱很不容易，却捐了三四万元。

灾后村委号召大家自救，先把路通开。第一次广播，就有一百多人参加。有些人白天要出去打工，也回来参加了劳动。“可能很多村民看到大家空前的凝聚力，觉得村子越来越有希望。”

如何让乡村更有吸引力？张桂芳想到了彩绘墙。“村子变美了，就有了发展乡村旅游的机会。”张桂芳找来墙绘师，给村里的房子画上了涂鸦。这让村子获得了更多的关注，政府给予了资金支持，村里还有了游客。村里的债务也化解了大半。

对于拍短视频的事情，张桂芳说，最初的想法就是让更多人给村民们找致富的路子。

尽管这几年村子在不断变化，但村里还需要更多的好产业来支撑。这些天，她也一直在回复网友和各界的关注，她说以后会继续在网络平台更新自己和三家村的故事，也希望更多人能够加入乡村建设中来。

问：是基于什么原因，拍了这条短视频？

张桂芳：因为我希望有更多的人关注到这个村子，为我们出主意，我也想将我和三家村的故事分享给大家。其实我们村的地理位置、用地指标等条件，都没有太多优势。短视频属于轻资产，我们想通过这个给村里招商引资。我们的账号定位以“三农”为主，看能不能给村里引来一些专业的种植商。

问：对你大学毕业回村做村支书的做法，家人是什么态度？

张桂芳：那时候家里人挺支持的，因为我父母本身很想让我回到鹤壁工作。因为我母亲是远嫁的，她不希望我离家太远。他们觉得我能够在身边就好。当选村支书之后，我爸妈很为我自豪。

问：回乡工作之后你感觉怎么样？

张桂芳：一开始我也会有不习惯，前两个月总是哭。不过后来适应了，感觉自己成长了很多。回乡之后我感觉自己的人生价值得到了更多的肯定。

张桂芳在工作

看到村民脸上的笑容多了一些，村民收入增长了一些，我还是有一些成就感的。就是感觉自己的人生很有意义，自己做的这些事情很有意义。每次回家，走在路上，看着自己带领大家装的太阳能路灯，看着村里点点滴滴的变化，都觉得留下来非常值得。

问：现在也有很多年轻人回到乡村，你对他们有什么建议吗？

张桂芳：我觉得谈不上建议，我个人的感受就是，现在乡村振兴的大背景下，乡村建设肯定会越来越好。通过媒体平台上我也看到了，在全国各地有很多年轻人返回家乡创业，我觉得这是一个非常好的势头，这个势头也会越来越猛。我相信有更多的年轻人会将自己的所想用到家乡的建设当中去，未来的乡村和城市距离会越来越小。

还有，就是一定要坚定自己的选择，一定要相信自己，可能在这个过程当中会有很多困难和挫折，但是只要你脚踏实地一点一点地往前推进，最后肯定会有一个好的结果，你不管是在哪个岗位上都会发光发热。

38 岁硕士妈妈重返职场

崔桂芝38岁。9年前，因为怀孕，她选择辞职做了全职妈妈。这9年间，她多次重回职场，又因为各种原因，多次回归到家庭。

2023年7月，她再次成为全职妈妈。在重新找工作的8个月的时间里，她浏览了300个职位，投了100多份简历，共收到两家公司的面试通知。

2024年3月的一天，因为当天投的20份简历又石沉大海。她随手发了一条分享近况的短视频到网上，单条视频播放量竟超过了1600万。“没想到这么多人知道我没找到工作了！”

许多人想试图了解这名“35岁+”全职妈妈找工作时的境遇，但崔桂芝却拒绝了媒体的采访和商家直播带货的需求。几天前，我们再次向崔桂芝发出了采访邀请。她考虑再三，最终答应了这次采访。

她告诉我们，之前面对如此大的流量，她整个人都蒙掉了，更不知道能说什么。

但这次采访前，她特意发视频问过粉丝们的意愿。不少人希望她能够把自己的经历分享出来，让更多人关注到就业市场中的“35岁门槛”，也让更多人能够考虑到这个群体的优势。同时，崔桂芝也希望自己的经历，可以给相同境遇的人们，带来一些鼓舞。

她也希望自己的女儿能看到，一个坚韧、努力的妈妈。

以下是根据崔桂芝的讲述整理。

一

我是崔桂芝，今年38岁，硕士毕业。我也曾是一名全职妈妈。2024年3月，因为找工作期间，投的简历大多石沉大海，我随手发了一条短视频，没想到获得了1600多万的播放量。我找不到工作的事儿，就这样被大家知道了。

9年前，因为怀孕，我第一次辞职做了全职妈妈。

我的第一份工作是在一家上市公司，工作了7年半。我从小到大的成长道路，都挺顺利的。小时候，我学习挺好的，也比较让家长省心。我顺利考上大学，毕业后就进入了云南一家上市公司。

到公司后，我从基层职员开始做起，职位不断地上升。7年多的时间里，我已经成为当时那家上市公司的中层。工作期间，我也很上进。工作之余，我还攻读了研究生，也顺利拿到了学历和学位。

就在一切都按部就班地进行时，我发现我怀孕了。那时候，我孕期反应比较大。我当时认为这跟我工作强度比较大有一定关系，于是我就把工作辞掉了。我是一个很有主见的人，辞职的事情是我自己做主的。

当时，我的同事和家人都很惊讶。但那时候我的想法是很坚定的，我就是想全心全意地孕育好这个孩子。从那时开始，我也第一次成为全职妈妈。

其实，在孩子成长的这些年间，我不是完全没出来工作，我是个闲不住的人，我甚至在孩子刚出生两个月的时候，跑去兼职教别人英语。孩子上幼儿园之后，我开始出来找全职的工作。我做过两份全职，一份两年多，另一份不满一年。

不过，那段时间，我基本是以家庭为中心。我和我先生两边的老人身体都不是特别好。他们长期生活在北方，一来到云南，不知道是不是因为海拔的原因，老人家身体一直不适应。所以，家里没人帮忙带孩子的时候，我就在换工作的空档期做一段时间全职妈妈。

我的工作经历，也就这样断断续续。这会儿家庭情况允许我出去工作了，我就赶紧去工作；但是家庭一有“风吹草动”，我可能就会回来，满足家庭的需求。

二

我上一次离职时间是2023年7月。我意识到当时自己的年龄，我已经不适合频繁换工作了，但因为公司总部要搬到北京，所以这份工作只能结束掉了。

那时，我37岁。也是从那时开始，我意识到，我这个年纪，工作可能不太好找了。

一方面，我的这个职位在市场上机会就比较少。我的老本行是在上市公司里独有的职位。但是在昆明，上市公司的圈子比较小，随着年纪的增长，我的职业道路也在收窄。

找工作时，我也会兼顾投相关的岗位。可能因为我相关工作经验缺乏，加上有不少公司会标明“35岁以下”“32岁以下”甚至“28岁以下”，我的简历多是石沉大海。

这也导致那段时间我的状态不是很好。我个人感觉，随着孩子慢慢长大，她不那么需要你的时候，我会觉得自己的价值感特别低。我的孩子现在上小学二年级了，一早把她送出去，下午再把她接回来。这中间的时间，我其实是很空虚的。

那段时间，我经常是迷茫、焦虑、受挫、躺平这几个状态反复循环。

有时候半夜两三点起来，突然很焦虑工作的事情，我就“刷刷刷”疯狂投一顿简历。这个状态能持续一段时间。如果收不到理想的回复，我就索性“躺平”一段时间。然后，隔一段时间，这样的状态再循环一次。

尽管我的家人都很爱我，不断宽慰我，但是我自己心里却很煎熬，也很在乎别人的眼光。

这中间，我女儿得了支原体肺炎，孩子前后病了一个月左右的时间。照顾好她之后，我也被传染了。我在床上躺了差不多一个月。

人总是在你生病时，体会到身体健康的宝贵。我那时候感觉起床上厕所，迈两条腿都没力气。当时，躺在床上我就想：只要我能坐起来，像正常人一样，有个健康的身体，我什么都不再怕了。

三

也是那场病之后，我整个人放下了。

我逼着自己一定要走出家门，多去尝试。我一边报名社区为失业人员提供的小儿推拿师的培训，一边开始投简历。也是这个时候，我在短视频平台上把自己的情况发了出去。没想到单条短视频的播放量有1600万。

尽管我整个人是蒙掉的，但我的心态是：别人知道你找不到工作，又怎样？感觉整个人心态打开了。我觉得，既然有人愿意看我的分享，那我就把找工作的经历分享给大家。也许就是这样不断地折腾着，机会就来了。

接到现在这家公司的面试通知，我感觉这个机会像是给我准备的一样。我之前接触过比较多的行业和工种，没想到跟这个职位需要的能力非常匹配。面试全程，老板也没有问过我年龄问题，或是怎么平衡家庭和工作。她更关注的是我过往的工作经历。

2024年3月19日，我正式办理了入职。如今，工作尽管辛苦，但让我感觉非常有成就感。我的工作被认可，家庭经济也得到了改善。目前，我最大的愿望是希望能通过试用期吧，也希望自己能把握住这个机会。

说句题外话，我找到工作都两个月了，但当时报的社区小儿推拿的培训班，至今还因为人没招满而无法开班。但我看评论区有不少姐妹们给我留言，说她们不知道从什么途径能够得知这类消息。我也有一个小建议，希望有关部门能够把这些好政策多推广一下，让大家的信息能够对称。

我记得那条视频一下火了的时候，有不少媒体找我，我都拒绝了。

因为那时候，我不知道我能给大家传递什么。经过这段时间的沉淀，我想说，希望社会能够给予“35岁以上”人群一个平等竞争的机会。尽管市场有它运行的规律，但是希望企业用人能够看到我们这个群体的优势，根据人的能力去筛选。

此外，我也想对正在找工作的全职妈妈们说，一定要想清楚自己想要什么，这个事特别重要。你想清楚这个事以后，你付出行动时就不会纠结；另外，一旦认准一件事情，千万不要轻易放弃和像我之前一样“躺平”。

孩子慢慢长大，我希望妈妈能够成为她的一个榜样。即使我没有非常成功的事业，但我也要成为一个很有韧性、很坚强、很努力的妈妈。我要做这样的一个人去给她看。

背着女儿送外卖

一个背着孩子送外卖的父亲在网络上受到关注。他戴着头盔，穿着外卖服，步履匆匆。背上绣着“岁岁平安”的红色背囊格外显眼，这里包裹着他两岁半的女儿“九月”。

故事的主人公叫邹传顺，生意失败后，为了维持生活，他选择背着女儿送外卖。我们联系到了邹传顺，听他讲了讲他的故事。

从老板到外卖员

邹传顺是2022年12月3日开始送外卖的，这个日子他记得格外清楚。

邹传顺说，2022年开始，自己的生意资金链断裂，欠了上百万元的债务。找到外卖员这份工作前，他已经几个月没有收入了。他曾经尝试找过多份工作，但都因自己的要求是带着女儿上班，最终都没有结果。最后，他现

邹传顺背着女儿送外卖

在就职的佛山南海区黄岐嘉州广场外卖站同意了他的要求。

“当时很高兴又有点难过。”高兴的是，终于开始有收入，总算松了口气。但是，跟自己过去的生活相比，邹传顺心里难免会有落差。

生意失败后，邹传顺把自己的车和老家的房子都卖了。租的房子从三室一厅的小区房换成了城中村的出租屋。女儿和儿子的生活质量也直线下降。

他停掉了女儿460元一罐的羊奶粉；上兴趣班的计划更是被搁浅。上个月给在老家读高中的儿子寄了600元生活费，自己又交了1000多元的房租。生活就要精打细算了。

但背着女儿送外卖，似乎成了邹传顺如今最合适的选择。

他跟我们细数了自己的家庭情况。因为之前做生意“步子迈得太大”，妻子跟自己发生矛盾离开了家，现在2岁半的小女儿由邹传顺独自照看。而他自己出生在单亲家庭，家里没有老人能过来搭把手。

“我们想让他把孩子放在站点，但孩子不愿意。”外卖站负责人张建告诉我们，同事们建议他工作时，孩子由站里的文员帮忙照看，还能跟站长的女儿一起玩。但女儿九月始终要黏着爸爸。

邹传顺的外卖箱，被九月的东西占了一多半。保温壶里装着500毫升牛奶，另一个保温盒里是玉米和鸡蛋。还有九月常换的衣服、尿片。早上10点半吃过早餐，邹传顺开始在外卖平台上线。要出发了，九月会跑在爸爸前面出门，拍着停在门外的电动车座椅催爸爸快点。

“爸爸，慢点开”

开始接单时，邹传顺会用背带把九月背在身上。走在街上，这对父女的回头率很高。

邹传顺说，因为背着女儿，他受到不少人的帮助。每天都有商家塞给女儿面包、糖果和各种小零食；点外卖的人也从未给过他差评；所在的站点把爬楼梯的单子尽可能给他调走，有的单子超时了也不会罚款。

陌生人的善意，让他觉得温暖。但同时，他又心生愧疚。“女儿跟我吃苦了。她想要的东西，也应该是我赚钱给她买”。

每天晚上送完餐，邹传顺都要给女儿热敷被背带勒红的小腿和膝盖；前两天，女儿想吃鸡腿，他带着女儿去买时，出了点小事故。尽管人没受伤，但女儿吓得够呛。“女儿现在常跟我说‘爸爸，慢点开’。”

尽管生活拮据，但邹传顺还是坚持在能力范围内，给女儿最好的。跑单再忙，他也尽可能在家做饭。保证女儿每天都有肉、蛋、奶，一周吃三次黄骨鱼。鱼肉做好了，他给女儿去好皮挑好刺。他自己则是辣椒青菜，配一碟米饭。

邹传顺说，送外卖的几个月，他自己瘦了十来斤。但女儿的身高、体重和同龄人相比属于中上水平，一直让他很有成就感。

邹传顺频繁跟我们提到“不甘心”，他还没有注销公司，还跟之前的客户有联系。他说早前自己做生意也是起起落落，他才35岁，还有翻身的机会，让自己的生活重新回轨道。

“没单了！没单了！”

下过雨的午后，凉风习习。听到爸爸说要下班了，九月也跟着欢呼起来。

她刚从背囊中醒过来，两只小手向上摊开，伸了个懒腰。邹传顺的电动车在路上疾驰，九月的小手在风中划过，又上下挥动，像一只雀跃的小鸟。她探起头，目光从父亲的后背越过，笑容灿烂。

邹传顺在送外卖的路上照顾女儿喝水

邹传顺在喂女儿吃饭

为父四十年最忧心：我死了，舟舟怎么办？

舟舟是唐氏综合征患者，2019年，他41岁了。作为舟舟的父亲，今天，也是胡厚培第41个父亲节。41年来，舟舟父子风雨前行，生活苦中有乐。

无论舟舟被视为“天才指挥家”，还是立于质疑旋涡之中，在父亲胡厚培眼里，舟舟都是自己始终要疼爱一辈子的孩子。眼下，年至耄耋的他，最担心的就是，自己不在了，舟舟怎么办。

爸爸眼中的“四大天王”

“肉大王，开饭了！”

一天中午，父亲胡厚培给舟舟的餐桌上“变”出了一海碗的红烧鸡肉。

“爸爸，祝你健康长寿！”

舟舟兴奋地攥着拳头，上下挥舞，从嘴里蹦出了两句话，表达自己的心

舟舟与父亲在吃饭

情和对爸爸的感谢。

胡厚培也被舟舟逗乐了。“我说他是‘四大天王’，他还不承认！肉大王、鼾大王、花生大王、饮料大王。”

说话的时候，胡厚培掰着手指头，脸凑到舟舟面前，把自己总结的特点细数给舟舟听，舟舟有时捂脸笑，有时也会戗回去“我不是！”。

舟舟41岁了，但因为唐氏综合征，生活仍需要人照顾。2006年，舟舟的母亲去世，父亲胡厚培开始一个人照顾舟舟。

如今，舟舟和父亲胡厚培住在深圳点亮生命残疾人艺术团的宿舍，父子二人相依为命。

1997年，纪录片《舟舟的世界》把他带入了大众的视野。一时之间，舟舟凭借着“天才指挥家”的身份被大家熟知，巅峰时期，一年有168场演出。

而随着名气的减退，舟舟的指挥事业步入低谷。三年前，舟舟被诊断出癌症，来到深圳治疗。胡厚培说，病情好转后，他们接受了深圳点亮生命残疾人艺术团的邀请，但演出情况并未好转，“今年到现在只演出了一场”。

演出减少，舟舟的收入也少了。“现在主要靠我的退休金，还有舟舟之前演出剩下的一点钱。”

尽管生活有些拮据，但胡厚培从不让舟舟亏嘴。“剧团的饭有时候舟舟

在一场艺术团同事办的生日会上，舟舟上台表演指挥

不爱吃，因为身体原因，有的菜他也不能吃。”胡厚培为了让舟舟好好吃饭，每顿都给儿子开小灶。

“红烧鸡块、炒排骨、土豆牛肉……”在没有厨房的宿舍里，胡厚培也能变出各种美味端到舟舟的餐桌上。

胡厚培给舟舟准备午饭。舟舟喜欢吃肉，胡厚培就把蔬菜搭配着肉一起炒，让舟舟能够营养均衡。

“你可以不喜欢舟舟，但不能歧视舟舟”

尽管演出少了，但父子俩对于接什么样的演出，仍有他们对音乐的坚持。

“没有乐队就不演出，交响乐、民乐、军乐团都行。”胡厚培说，作为一个乐队指挥，舟舟的光辉和台上的乐队是密不可分的，没有乐队就没有他。

但是，胡厚培不得不承认，正因为这个原因，让舟舟的演出机会也少了不少。

“请一个交响乐团演出，出场费起码要三万块。”胡厚培说，请舟舟去演出，这些都是演出商需要考虑的成本。有一些演出活动，考虑到舟舟的情况，就都搁置了。

但总有一些人，想再利用一下舟舟的名气“钻空子”。来深圳之前，舟舟在一家北京的民营残疾人艺术团，有时艺术团演出不请乐队，让舟舟跟着CD放的音乐，对着空气表演指挥。

胡厚培知道后，既气愤又无奈，后来他带舟舟离开了那个艺术团。他说，不想让儿子成为大家眼中一个只要站站台露露脸就可以的“过气名人”。

然而离开并没有阻止质疑的到来。“舟舟真的是指挥家吗？”“他会指挥吗？”

“他不是一个指挥家。过去，媒体和大众确实把舟舟捧得太高了。”胡厚培曾在武汉歌舞剧院担任低音提琴手，在他看来，指挥是一个乐队的灵魂。“他需要全面的音乐技能和渊博的知识储备，舟舟不具备这个，他不识字，谱子都看不懂，怎么能算指挥家呢？！”

但作为一个音乐人和舟舟最早的观众，胡厚培觉得舟舟绝对不是在瞎指挥。“他脑子里面是有音乐的，跟他合作的音乐家也说，他拍子卡得都是对的。而且，在舞台上，你能看出来他对音乐有自己的感受和理解。”

而作为一名父亲，他更希望大家能理性地看待舟舟。

“你可以不喜欢舟舟、不爱舟舟，但是不能歧视舟舟。”有时候看到一些刺耳的评论，胡厚培甚至有点不理解，为什么有人非要在这块跟舟舟较劲。

“他智力发育是不健全的，能做到这个样子，非常不容易！”胡厚培觉得。舟舟作为一个残疾人，能站在舞台上，也传递了他热爱音乐，热爱生活的精神，“这是超出音乐之外的东西”。

“最担心的是我死了他怎么办？”

舟舟现在的心理年龄相当于多少岁的孩子？这个是胡厚培经常被问到的问题，但他却不知道怎么回答。

跟儿子生活了这么多年，胡厚培觉得舟舟的心理年龄不能用一个具体的数字来衡量。

“他的心理年龄像一条斜线。一端是低于常人的智商，另一端，是高于不少人的道德品质。”

“舟舟很单纯、善良，是我们的‘团宠’。”深圳市点亮生命残疾人艺术团团长肖唐生说，一次市政的工人在艺术团外面修路，舟舟看到天气炎热，非要自己掏钱，给市政工人们买冰镇矿泉水喝，跟他们说辛苦了。

而随着年龄的增长，胡厚培也觉得，儿子“长大了”。

2019年初，胡厚培得了脑卒中，舟舟承包了父子俩在宿舍里的家务活儿，“我会洗碗、拖地、倒垃圾。”舟舟跟我们说，“我还要演出赚钱，照

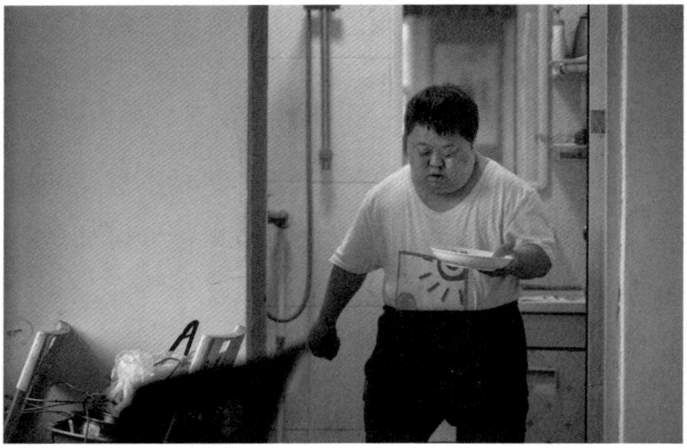

舟舟的自理能力比较差，但他会做一些刷碗擦桌子等简单的家务，来减轻爸爸的负担

顾爸爸。”

考虑到自己的身体状况，胡厚培也曾想带着舟舟回武汉老家，以后女儿可以代替自己照顾舟舟。“我不回去！”每当胡厚培跟舟舟提起，得到的答案都是拒绝。“他想留在残疾人艺术团，因为在残疾人中间，他算强的。他有一份自信，一份自尊。”

“小兔子，白又白，两只耳朵竖起来……”最近，艺术团的同事办生日会，舟舟穿上了正装，有人把自己养的兔子带来了，舟舟在排练室的台上跟小兔子玩了起来，平时说话都不太清晰的他，吐字清楚地哼起了儿歌。

胡厚培说，这首儿歌是舟舟10岁时跟邻居家的小朋友学的。当时，他们生活在武汉歌舞剧院的家属院里。“没想到一直留在了舟舟的记忆里。”

然而，不管是深圳还是武汉，最让胡厚培焦心的是：“我死了，他怎么办？”

“我今年都79岁了，我是要走在孩子前面的。”

胡厚培信命，他说自己遇到这样一个儿子，是命。但也正因为儿子有这个缺陷，作为父亲，他需要给他更多的爱。

“再给我十年时间吧，希望能在十年里把舟舟以后的生活都安排妥当，可以让他无忧无虑地过完这一生。”

寻觅15年，终与被拐儿子团聚

申军良终于找到了儿子申聪。

1岁的儿子被人贩子夺走后，他曾度日如年，也曾心怀绝望，但还是选择去攀登心中那座看起来高不可攀的山峦，支撑他的，是最朴素的父爱。

从济南到广东增城，这段认亲路申军良开了一天一夜。但寻找被拐儿子，他踏遍广州、深圳、河源、珠海……这段寻子之路申军良走了15年。

2020年3月7日，这位父亲的苦旅抵达了尽头。

要是这位警官步数多
说不定就是去做比对了

申军良只睡了几个钟头。从济南出发，开了20多个小时车，夜里，申军良终于下榻增城的一家酒店，却依旧无法入眠。

2020年3月7日，申军良赶到广州增城欲与儿子相认

“不好意思！”“感谢！”凌晨3点，申军良在酒店大堂里仍不住对来客寒暄，这其中有媒体，也有五湖四海的亲友。有人从河南开车而来，也有人闻讯从东莞赶来。

3月6日傍晚，广州市公安局发布通报：3月4日，广州增城警方在梅州寻找到了15年前在增城被拐的少年申某。其在深圳务工的养父母也被带回协助调查。

申军良知道这个好消息，比我们大多数人都早一些。春节前，增城公安的民警突然联系到申军良，告诉他，最近打算到家里看看。随后，民警来到申军良济南家中，再一次提取了DNA。

这位寻子父亲知道，只要再核查比对上，那就说明孩子找到了。受新冠疫情影响，整个春节期间申军良不能外出。每天，他守在手机前，不停刷新好友列表里公安民警的运动步数，“要是今天这位警官走得多，说不定就是去做比对了”。有一天，申军良发现这位警官走了一万步，心中大喜忙去咨询，却最终落了个空，警员去忙了其他案子。眼瞅着离儿子越来越近，焦虑却越发向申军良涌来。

3月4日下午三四点，一通电话让申军良高兴得差点跳起来，“警官说，可以来广州了。这一次，一定要把孩子带回去”。天蒙蒙亮，申军良早早起床，喜悦和焦急的心情交替出现在他眼中，时刻等待着公安的通知。“通知到了，就能见儿子了！”

在无数次绝望中
度过一生最好的15年

“一套换洗衣物、几桶泡面、半箱寻人启事……”出去找儿子，申军良行李箱里就这几样。简单的行李，像极了他这15年的寻子人生。

2005年1月4日，广州增城，申军良在工厂上班，妻子小莉独自在家带孩子。邻居周容平等人闯进申军良家，把申聪抢走。后经张维平、“梅姨”之手卖出，最终卖了13000元。申军良的妻子因精神受到严重打击，一直在接受治疗。

孩子丢了之后，申军良的生活除了保证正常的温饱，就剩下找孩子。他经常顾不上吃饭，睡25块钱一晚的旅馆，一天就睡几个小时。15年来，申军良走遍广州、东莞、珠海、深圳的大街小巷。

申军良也时常幻想：如果孩子没丢，我现在生活会是怎样？

出事前，申军良是增城一家工厂里的中层干部，“每月能拿三四千元”。在同乡眼中，申军良是勤劳致富奔小康的典型。而为了找孩子，他辞了工作，卖了房子，一直奔走在路上。

“15年！从28岁到43岁，我一生最好的15年啊！”面对镜头，申军良感叹，这一路太苦了，他绝望过无数次。

2016年3月，涉案的5名犯罪嫌疑人被抓获归案。2018年12月28日，广州市中级人民法院对被告人张维平、周容平、杨朝平、刘正洪、陈寿碧拐卖儿童一案进行一审公开宣判，其中张维平、周容平被判处死刑。

申军良觉得，抓到了人贩子，孩子应该就能回来了。有一次，他“认定”一个孩子就是申聪了。他偷偷在那家门口蹲了几天，“真像！”还让家人给买了新被褥、新书包，对家里孩子说：“你们的哥哥要回来了！”

但希望却最终落空，DNA比对结果没成功，这个男人，在街上号啕大哭。

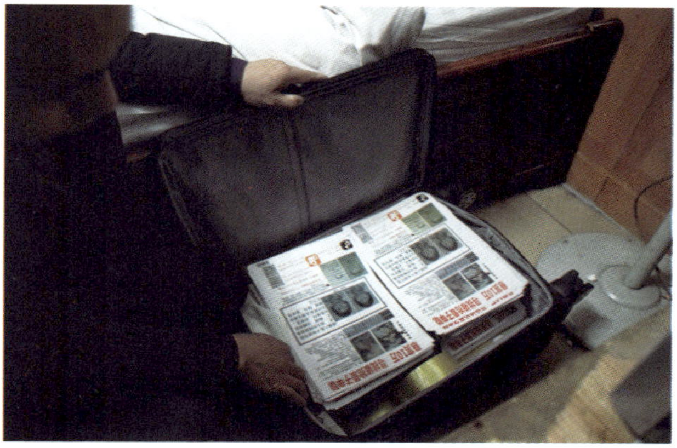

申军良行李箱里的寻人启事传单

此次认亲前，申军良在公安提供的照片里，终于见到了长大后的申聪，一眼看去，很像。“圆圆的脸，和申聪小时候一模一样。”申军良认定：“这次错不了。”

对申聪的养父母
该“谢”还是“恨”？

15年的绝望终于过去。7日22时，广州市公安局新闻办公室通报：当晚7时许，在双方意愿下，广州增城警方安排了申军良夫妇与失散15年的儿子申某团聚。

孩子找到了，申军良打算起以后的生活。

来广州之前，他跟家人给申聪铺好了床铺，把之前买的新桌椅也都拿了出来。申军良一件衬衫穿了好几年，却托朋友花了近2000元，给孩子买了新衣服。

申军良当然希望儿子能跟他回家，但是，他跟现在的家人感情怎么样？舍不舍得离开广东？他的养父母会不会阻挠？……对申聪现在的家庭和养父母，申军良的内心充满了矛盾：是“谢”还是“恨”？

“他们养育了我孩子15年，没有他们，孩子也不会长这么大。这一点我要感恩于他们。但这15年，是我整个家庭最受煎熬的15年，走在崩溃边缘的15年！”

广州警方介绍，当年具体操作相关事宜的是养父的爷爷，6年前已经离世，警方现在还在做进一步调查。申军良说，如果孩子养父母涉嫌买孩子，希望相关部门追究他们的法律责任。

15年来，申军良接触过不少被拐孩子的家庭，都遭受着同样的痛苦，“我希望不再有拐卖！”申军良说。

对话申军良：
我会经营好家庭，好好弥补儿子

“严惩人贩子”“好好弥补孩子”。一个多小时的对话里，申军良多次重复这两句，愤怒和温情交替在他疲惫的脸上呈现。他开车赶路20多个小时，超过48个小时没合眼，在15年的寻子历程中，这很短暂。但申军良说，等待相见这一天已经太久，太久……

问：你什么时候知道孩子找到了？

申军良：春节前我就知道已经比对上了。我当时就想赶到广州，带孩子回家过春节。但广州警方说还有很多后续工作要做，隔了一两天，他们来济南，给我看了一张孩子近期的半身彩色照。圆圆的脸蛋没什么变化，他还是小时候的样子，我一眼就认出来了。3月4日，警方再一次确认后，第二天下午，我就从济南赶来广州。

问：你给孩子准备了什么礼物？

申军良：我想了很多办法，给孩子买了5个N95口罩，一定要给他做高级别防护。

孩子的床、学习桌四年前就准备好了。两天前知道孩子1.7米左右，不是很胖，又马上托朋友从里到外买了一身新衣服。鞋子是43码的，我觉得他能长高个。

问：寻子15年，有没有绝望和放弃过？

申军良：没有绝望是假的，我是不断绝望。最绝望的是，2016年抓到了人贩子，我以为孩子就找到了，却是一场空。每次都抱着很大希望，感觉在一点点接近孩子，但就是找不到，太煎熬了。

从28岁开始找孩子，到现在43岁，我耗费了人生中最好的15年。儿子丢了是我人生的一个大转折。我曾经有一份前途光明的工作，后来辞了工作，卖了房子，全身心找孩子，欠了几十万元外债。

问：你最近还在“追缉”人贩子“梅姨”吗？

申军良：关于梅姨是否落网，我可以说是最关心的人。我希望所有拐卖孩子的人贩子全部落网，都得到严惩。现在被拐的9个孩子找到了3个，其他6个孩子应该还在作比对。警方跟我说，他们会一直追这个案子，让人贩子都落网。

问：想对孩子养父母说什么？

申军良：对他们，我太矛盾了……他们养育了孩子15年，如果没有他们的抚养，孩子不可能长这么大。这一点我要感恩他们。

但这15年，也是我整个家庭最受煎熬的15年，是我们走在崩溃边缘的15年。为了找孩子，我几乎牺牲了整个家庭。站在我的立场，我觉得买孩子是不对的，应该被法律追究。

问：想好见到孩子说什么了吗？

申军良：我想，见到孩子后，要问问他知不知道自己是被拐卖的孩子？这些年过得好不好？有没有受委屈？

当然还有很多事情要做。我个人是希望孩子能回家，我也努力经营好家庭，尽一个父亲的责任。但我也有顾虑，孩子自己会不会同意，他的养父母会不会阻挠？

后记：2024年10月，随着“梅姨案”中第9名被拐儿童——欧阳佳豪被找到，标志着该案涉及的9名被拐儿童已全部寻回，9个家庭终于“团圆”。

在2003年9月至2005年12月期间，先后有9名儿童被张维平等人拐卖。人贩子张维平被抓后供述称，这些被拐的孩子都是经由一个叫“梅姨”的中间人转卖的，此案因此被网友称为“梅姨案”。

2017年6月，广州市公安局增城区分局公布“梅姨”的模拟画像，向社会征集线索，引发网友长期关注。然而，公安部儿童失踪信息紧急发布平台随即辟谣，称梅姨的第二张画像并非官方公布，“梅姨”是否存在，其真实面貌如何，目前尚无其他证据能够印证。

然而，不论“梅姨”是否存在，9个家庭却走在漫长寻亲道路上，直至被拐儿童陆续寻回：2019年11月，此案的两名被拐孩子陈前、杨家鑫被找到，两个月后申聪被增城民警找回；2020年7月，被拐孩子朱龙、邓云峰分别在东莞和河源找回；2021年9月，被拐孩子李成青被警方寻回。2024年5月，刘朋被找到。2024年9月，钟彬、欧阳佳豪被找到。

多年来，南方日报、南方+记者多次追踪本案家庭进行报道，过程中记录了家长们寻子过程中的绝望、艰辛、坚韧和家人团聚后的喜悦。如今，“梅姨案”9个家庭的苦旅终告一段落，他们的家人团聚给其他寻亲家庭以希望。正如本案寻亲父亲申军良曾说过，“愿每个孩子都能回家，愿天下无拐”。

最是平凡见初心：横琴“影姐”的生命日记

“影姐，你去年才做了手术，沙袋就别扛了！”横琴荷塘社区工作人员谢为清大喊。2021年10月10日那天下了大暴雨，荷塘好多村差点被淹。谢为清永远忘不了那个扛起沙袋冲入雨中的身影。

谢为清口中的“影姐”，是横琴粤澳深度合作区荷塘社区党委书记、居委会主任梁艳影。这个同事、领导眼中的“拼命三娘”，因乳腺癌病情恶化，2021年12月20日9时52分抢救无效不幸去世，年仅46岁。

“她对谁都好，就是对自己身体不好！”梁艳影病逝后，当地群众含着泪思念她。影姐像是横琴的阳光和海风，仿佛并没有离开，依然陪伴在人们的身边……

梁艳影台风期间骑着电动车在村里巡逻

在横琴粤澳深度合作区建设全面实施、加快推进之际，影姐的故事在横琴这片热土流传，激励着这里的党员干部，把为人民谋幸福的初心铭记践行。

46岁生命的最后100天

2021年12月26日，珠海最低气温降至7℃，珠海殡仪馆华山厅内哀乐低回，梁艳影同志遗体告别仪式在这里举行。人们静静地走到遗像前，鞠躬默哀。

梁艳影的家人们守候在现场，连日来巨大的伤痛萦绕着这个家庭。追悼会上，梁艳影5岁的小女儿不停地喊着妈妈，以为妈妈只是睡着了。孩子稚气的呼唤，令在场的人心如刀割！

早在2020年1月，梁艳影就感到身体不适。当时正值新冠疫情防控的关键期，她挨家挨户上门排查，走访了整个辖区727栋楼的4800户居民。一个多月后横琴调整为二级响应时，她才入院检查，确诊为乳腺癌。

2021年9月11日，梁艳影神采奕奕地出现在社区活动现场，完全看不出一年半前做过乳腺癌手术。现场的人哪知道，100天后，他们就再也见不到熟悉的影姐了。

手术后，梁艳影需要每三个月复查一次。2021年9月18日，她最后一次找医生复查，结果显示她的乳腺癌没有复发。但主诊医生见她很疲惫，劝她要注意休息："如果过度劳累，可能会增加肿瘤复发的风险，甚至出现新发肿瘤。"

癌症没有复发，对梁艳影来说就是最大的好消息，意味着她可以继续全身心投入工作中。

2021年10月10日那天，受台风"狮子山"影响，横琴暴雨如注。荷塘石山村村口的排洪渠水位一直上涨，随时可能淹进村子，威胁到3000多名居民的生命财产安全。

“各村一定要注意！特别是水浸问题！”“重点是人员安全！”梁艳影几乎一整晚没睡，10日凌晨四五点就通知各村负责人待命，并不断在社区微信群里布置工作。

10日上午，村里来了几百个沙袋，当时情况紧急，梁艳影性子更急，不由分说和村里的男人们一起扛沙袋。险情解除后，梁艳影又一次湿透了全身。谢为清看到，梁艳影那天换了三次衣服，暗暗担心她的身体是否吃得消。

那次暴雨后，梁艳影身体明显差了很多。在生命的最后两个多月里，她经常疼到下不来床。12月9日晚，她再次感觉身体不适。

12月10日一早，梁艳影依然像往常一样出现在了荷塘社区党群服务中心，准备接待群众。不一会儿，她疼痛难忍，住进了珠海市人民医院横琴医院。

横琴医院护理部主任程梅是梁艳影的生前好友，12月13日她看到梁艳影病历后吓了一跳：“癌细胞已经扩散至肝和肺，很危险了！”

程梅让她赶紧转到珠海市人民医院本部做一个PET-CT检测，看看癌细胞是否转移到了骨头。但梁艳影不愿意去，对程梅说：“在这里心里踏实，也方便看文件。”

横琴医院距她办公室不到500米，在生命的最后10天，梁艳影坚持要求社区把文件带到病房。12月17日0时40分，她还审阅回复了社区社工林振颖发来的工作信息。

“你能不能乖乖听医生的话，好好接受治疗？”12月18日上午，程梅再次发微信劝她。5分钟后，梁艳影回了两个字：“尽量。”

12月19日晚，梁艳影因乳腺癌扩散导致病情恶化，被送至珠海市人民医院ICU抢救，次日抢救无效不幸去世。

12月27日，珠海市第九次党代会开幕，月初刚刚当选党代表的梁艳影却再也无法参加了。她耗尽气力，写完了自己的生命日记。

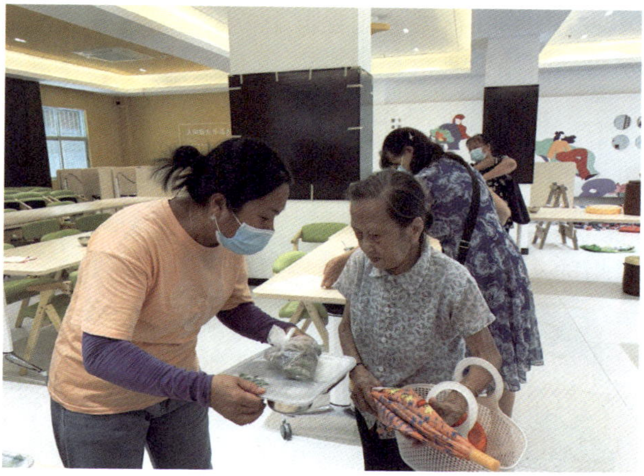

梁艳影在社区为老人提供服务

5分钟的回家路要走1小时

梁艳影每天的下班回家路有些与众不同。家里有汽车她不开，喜欢骑电单车。从社区回家两公里多的路程，正常骑车只要5分钟，她却经常要花1小时。

家人不解，为什么常常饭做好了叫她，说是已经动身了，可等到饭菜凉了也没见到人影。直到大女儿谢敏禧有一次去接她，才破解了这个秘密："没走几步路，遇见认识的社区居民，就停下来聊会儿天，这么一路走走停停，边走边聊才回到家。"

谈起和母亲一起下班回家的过程，谢敏禧一脸幸福。那次之后，谢敏禧更加理解了母亲做社区工作的意义。

"影姐，你不累吗？为什么感觉你每天都充满激情呢？"横琴莲花社区党委书记李永庆问。2012年，他刚到社区工作时，一开始也意气风发，但不到三个月就泄了气，觉得基层工资低、工作内容繁杂。

"庆仔，你刚到基层感受不深，当你为居民解决了烦心事，看到居民从愁苦脸到笑开怀，你就会爱上这道迷人的风景。"梁艳影笑着说。

梁艳影在荷塘社区党群服务中心三楼有一个独立办公室，但她一年在办公室的时间不超过10天。为了“离社区居民更近一点”，平时她要么在服务中心一楼窗口大厅办公，要么在社区走街串户。因为不常用，她的办公室里堆满了防疫物资。

正是在日常走访中，梁艳影认识了社区居民马景梅。2014年，35岁的马景梅随丈夫从安徽来到横琴荷塘，一年后丈夫突然离世。在了解到马景梅家庭收入来源不稳定、独自照顾三个小孩的情况后，梁艳影多方沟通协调，为马景梅找到了上班时间相对弹性的工作。

受梁艳影的影响，现在社区有任何事情需要志愿者，马景梅总是第一时间站出来响应。

在社区志愿者群里，梁艳影经常提醒大家注意保重身体，对自己的健康状况却绝口不提。2020年9月，她还邀请了自己的乳腺癌主诊医生到荷塘，为社区居民普及健康知识。

1个月谈妥100多户征地补偿

2000年，梁艳影嫁到了还是“蕉林绿野、农庄寥落”的横琴。她长大的珠海湾仔，虽与横琴只有一水之隔，但当年远比横琴繁华。

2006年，31岁的梁艳影成为荷塘社区工作人员，也是在这一年，她光荣加入了中国共产党。

“刚嫁到横琴时，别人笑我笨，现在都夸我有远见。这是横琴这些年的巨变带给我最直观的感受。”梁艳影曾颇为自豪地说。

从青春少女到两个孩子的母亲，从普通工作人员到横琴首位女社区书记，她把人生最宝贵的年华献给了这片热土。

澳门大学横琴新校区所在地原属荷塘社区管辖，占地1.09平方公里，当时遍地是蚝田菜地。及时完成土地征收及补偿工作，让新校区在2009年12月20日澳门回归十周年之际顺利奠基，是一个不小的挑战。

时任荷塘社区党委书记梁玉荣回忆，当时梁艳影主要负责做女同志工作，他做男同志工作，“在横琴，家里的事女同志意见很重要，所以许多工作都是她做的。我们一个月内就谈妥了100多个种植户，完成了95%”。

征地补偿是基层最难的工作之一。在当年，不少村民还看不到横琴开发的前景。荷塘石山村一位离异女子一开始就坚持认为，有土地才有保障，不愿放弃十来亩土地上的农作物。

那段时间，梁艳影吃完晚饭后，经常跑到她家里去讲政策，前后去了十来次，终于说动了她。

“艳影同志是横琴的拓荒牛。”广东省委横琴工委副书记李军晓表示，“她曾和我说过，横琴粤澳深度合作区挂牌以来，她再一次感受到了总书记、党中央对这片土地的恩情和厚爱，有一种时不我待、只争朝夕的紧迫感和责任感。”

加快横琴粤澳深度合作区建设，是以习近平同志为核心的党中央作出的重大决策部署。2021年9月，合作区挂牌后，推动琴澳融合、建设便利澳门居民生活就业的新家园成为国家战略任务，梁艳影肩上的担子更重了。

“我们社区的名字有‘荷’字，澳门的区花是莲花，横琴和澳门早已是你中有我、我中有你了。”梁艳影曾说，“荷塘社区工作虽细碎，但意义重大，希望为琴澳合作、大湾区建设奉献自己的力量。”

“影姐，因为有你的支持，我们澳街总才能更好地为荷塘居民服务，感谢你一路以来的教导，让我学习到该如何为居民群众服务。”来自澳门街坊总会的横琴社工董文伟在微信讣告上留言。

52元运动鞋和1000元捐款

在谢敏禧眼中，梁艳影平时对自己“很抠门”，衣服大多是电商平台上几十块钱一件买来的，在淘宝上最后买的一双运动鞋花了52.28元。

而对他人，梁艳影又很大方。2011年11月，外来居民郑女士检查出尿毒症，丈夫想要和她离婚。梁艳影得知此事后，在社区发起救助活动，自己带头捐款1000元，为她筹款6万多元。

“影姐后面还经常来开导我，慢慢地我解开了心结，走出了困境。”郑女士说。

梁艳影的微信签名是“一个小女人只想简单的日子”。但在社区居民廖佳燕看来，她最大的理想就是让社区所有人都能过上好日子。

“她从小就是个懂事的孩子，从不说自己的难处……”梁艳影68岁的母亲说，家中的大小事情也都由她操持。如今，白发人送黑发人，老人哀痛不已。

新冠疫情前，梁艳影的朋友圈里常有一家人幸福的身影：“早上喝到老公上班前做的姜撞奶，全身都会发出幸福的正能量。”三八妇女节收到丈夫和女儿发的红包，她也会大方晒在朋友圈：“太有爱了，有夫有女如此足矣。”然而自新冠疫情暴发以来，她发的207条微信朋友圈，全是与工作相关信息。

在小女儿的眼中：“妈妈又去打‘病毒怪兽’了，很久都没有抱抱我了，我只能在家乖乖地自己看电视。”

受母亲影响，谢敏禧在中学时就递交了入党申请书。2021年大学毕业后，她留在了广州工作，为更好地照顾母亲，2021年11月底回到了横琴，近距离看到母亲的工作状态后，她选择成为一名社区网格员，扎根横琴。

“我现在已经是预备党员了。”21岁的谢敏禧虽显稚嫩，但穿上社区的工作服，眼神中有了几分母亲的坚定，她说想要把母亲平凡的事业继承下去，为琴澳居民服务。

2020年夏天，梁艳影当选珠海市最美妇联主席时，妇联给她拍了一个视频，视频结尾处，梁艳影坚定地说：“作为一名党员，作为一个代表，作为一名基层志愿者，我愿意付出我自己，为大家服务。”

这一次，她付出了自己的生命！

“90后”干部李鼎新的生死抉择

“不是昨晚才去过吗？”

“防汛应急响应等级提高了，不去不放心。”

这是李鼎新遇险殉职前，与妻子的微信对话。

李鼎新是清远英德市黎溪镇党委委员，31岁。他长期扎根在基层一线，从一名大学毕业生成长为乡镇领导干部。2022年5月，他在防汛救灾时不幸殉职。8月30日，李鼎新被党中央、国务院追授全国“人民满意的公务员”称号。

救命竹竿两次脱手

距离李鼎新殉职已近4个月，“龙舟水”已远去，但洪水冲击的痕迹仍遍布松柏村，大大小小的滑坡导致山体裸露，村口有座低水桥，桥边的路灯灯杆被洪水冲倒横在地上。

这座桥就是李鼎新发生意外的地方，是一处登记在册的防汛风险隐患点。桥长不到50米，两侧没有栏杆。村民的印象中，这座桥仅在2022年汛期就被淹了8次。

5月9日至12日，广东迎来2022年入汛后的最强降雨。11日上午，松柏村发生塌方险情，李鼎新和驻松柏村第一书记杜宏山、松柏村党委书记曾国锋冒着大雨驱车赶赴现场。

从黎溪镇政府出发，他们花了10多分钟赶到松柏村，行至那座低水桥前。李鼎新一行在桥头拉起了警戒线，打算去桥对面拉警戒线。当时桥面上的积水目测约有8厘米深，他们判断“开过去应该没问题”。涉水行驶，车速放得很慢。9时51分，车辆行驶到桥中间时，一个激流从他们左侧扑来，坐在副驾驶位的曾国锋感到一阵颠簸，车辆右前轮已滑出桥面。马上，整个车子都跌入河中。

杜宏山打开了车窗，大家都松开了安全带。“我们三个人都有点紧张。”曾国锋说，坐在左后方的李鼎新小声说了句“我不会水”。

河道的两侧是一片竹林，几根倾斜的竹竿横在水面上方。曾国锋回忆：车往下游漂的过程中，李鼎新两度拉住了竹竿，但他没有顺着爬出窗外，而是想借力把整辆车拉往岸边。车辆太重，李鼎新最终没能拉住。

“李委员想把我们一起救上去，他本可以只顾自己的，如果他当时抱住竹竿爬出去，就不会有事了。”回想起那天的一幕幕，曾国锋动容地说。

不到一分钟，车辆往下游漂了100多米，被另一座低水桥拦住。这个过程中，洪水漫入车内，从脚踝涨到了腰部。顶着桥身，曾国锋顺势爬了出来，杜宏山也赶紧往桥面爬，上身已经钻出了车窗，但脚被变形的车身卡住，只好坐在桥面等待救援。他们本想出来后迅速拉李鼎新一把，但车辆很快沉进河中，洪水湍急浑浊，车身已经看不见了。

9时53分，曾国锋打出第一个求救电话。四面八方的村民都来了，消防队员也马上赶到。他们花了近4个小时救援，把失事车辆吊起，杜宏山才得

5月11日，李鼎新一行所乘的车辆被洪水冲入河中，消防队员正开展救援

以脱险，但这时李鼎新已不在车上。经过一天一夜的搜救，次日中午，在低水桥下游700米处，他们找到了李鼎新的遗体。

“办事不急躁，说话直接”

事发前那晚，李鼎新只睡了不到5小时。他深夜还在所驻的恒昌村布置防汛工作，直到凌晨2点多才回到镇上，3点半才回到宿舍休息。

李鼎新和妻子平时要互道晚安。5月10日晚，妻子余晓芬一直等到了凌晨三点多。11日上午，李鼎新给她发微信说，又要下村了。余晓芬问：“不是昨晚才去过吗？”李鼎新回她：“防汛应急响应等级提高了，不去不放心。”

李鼎新的办公室在黎溪镇政府四楼。殉职后，他的办公桌一直保留原样，电脑还没关机，桌子一侧摆放着各类文件，另一侧的柜子里放着一个草帽。

之前每天上午，黎溪镇党建办主任张阳钰都会来到这间办公室和李鼎新讨论工作。对于这名比他年轻不少的分管领导，张阳钰觉得李鼎新“办事不急躁，说话直接，没有架子”。

李鼎新个头不高，戴着一副黑框眼镜，爱笑。同事们的印象中，李鼎新有着突出的年轻人特征。他的微信头像是卡通漫画可达鸭，他会在朋友圈中发给妻子过生日的照片，他还曾喜欢打手游。

此前一次饭局中，同学梁文叙问李鼎新司法考试准备得怎么样，余晓芬说“每天一下班就打游戏怎么考得过”，李鼎新笑着说：“工作这么辛苦，下班还不能打下游戏？”实际上，在2018年之后，李鼎新的工作越发繁忙，没有了打游戏的时间。

李鼎新非常喜欢车。在他家中，电视柜里放着一台车模，玻璃储物柜里放着另一台跑车积木。余晓芬说，这两台“车”都是她送他的生日礼物，因为李鼎新工作很忙，那台跑车积木，他每天下班拼一点，花了一周才拼好。

回想起他们在一起时的点点滴滴，余晓芬哭着说："阿新在我面前很幼稚，经常做出搞怪的事让我开心。但他工作上却反差很大，非常成熟。"

李鼎新从小在英德东华镇长大，2015年从广东药科大学毕业，进入东华镇组织办工作。他的父亲李建平说："大学毕业时，阿新很想留在广州，但他妈妈希望他能回到我们身边，他很孝顺，就回来考了公务员。"之后的7年工作生涯中，李鼎新一直扎根基层，先后在三个乡镇任职。

李鼎新曾经很想到更大的平台试一试，余晓芬说，他此前常留意上级单位遴选的机会，但2021年底，真正有机会的时候他又犹豫了，他说还想在基层积累更多经验。

为当地居民办过一批实事

5月17日，英德是大晴天，暴雨的阴霾已经过去。殡仪馆内，李鼎新工作过的乡镇有两百多名群众自发参加追悼会，他们排着队走进大厅，一一对着李鼎新的遗体鞠躬。

来参加追悼会的群众不少来自东华镇。李鼎新曾在东华镇的英华茶场任副场长，为当地居民办过一批实事，他协调修建的5000米自来水管道，帮助800余户居民解决了用水问题。

由于工作表现出色，2020年，李鼎新入围了英德市培养年轻干部的"星火接力工程"，被选派到多个单位挂职锻炼。2021年6月，李鼎新被提拔为黎溪镇党委委员。

作为班子里最年轻的干部，李鼎新的担子要更重些，他曾分管的自然资源领域，是公认的任务重、风险大的工作。此外，他一个人要担任两个村的驻村领导。

在黎溪镇党委书记郭伟雄的印象中，李鼎新比较灵活，工作中会"想方设法要项目，推动地方发展"。郭伟雄说，在李鼎新分管的领域内，黎溪过去从没有过2022年这么多的项目指标，整个英德市一年的道路改造指标只有

60多公里，而李鼎新给黎溪镇就争取到了15公里。

在村民眼中，李鼎新经常出现在田间地头，乐于帮群众解决困难。松柏村的李国荣说：“我家周边几户门前没有修路，之前转移困难群众时，李委员徒步蹚水进去把人带了出来。所以当时一听说李委员出事了，大家都赶紧去帮忙。”

日后，为了表彰参与搜救李鼎新的47位松柏村村民，黎溪镇政府给每人发了100元，但他们所有人都选择把这份钱捐给李鼎新的家属。后来，当地计划重新修建松柏村那座低水桥，多位村民提议将那座桥命名为“鼎新桥”。

李鼎新殉职后，他的高中同学梁文叙非常感慨：“从鼎新身上可以看到，我们这代人虽然似乎少了一点朴素，多了些个性，但年轻干部们依然有着朴素的家国情怀与责任担当，在关键时刻会用自己的行动证明对党和人民的忠诚。”

奔跑的他，生命定格在28岁

4月19日，谷雨。

这是春季的最后一个节气，田野里新插的秧苗，正期待在和风细雨中茁壮成长。然而，持续的降雨打乱了粤北山区的节奏和安宁。

连日来，广东多地遭遇强对流天气，地处粤北山区的韶关市普降连续性暴雨，江河水位上涨。其中，武江区江湾镇遭遇了滑坡和泥石流，对外联系一度中断。

危难时刻，方显英雄本色。灾难来袭，军地广大党员干部和各种应急救援力量冲锋在前，第一时间疏散村民、加固堤坝，用责任和担当守护着群众的安全。

4月20日，在疏散当地村民的过程中，江湾镇应急队员刘永嘉不幸被山体滑坡掩埋，最终遇难，年仅28岁。

4名群众得救
他却留在了泥石流中

江湾镇宣传委员欧宇帆不会忘记刘永嘉牺牲的那天早晨。雨已经下了一整夜，镇子前的河水眼看就要涨过河岸了。

作为当天的值班领导，持续的降雨和不断上涨的水位，让欧宇帆的心里直打鼓。早上8时，他来到镇里的过水桥前查看情况。一旦桥面失守，他们就要发出警报，通知村民转移。

此时，江湾镇的应急队员们正在桥上堆积沙包，刘永嘉也在忙碌的人群中。他当天还在休假中，却第一时间赶到了现场。

9时5分，刘永嘉接到群众打来的求救电话，电话里称胡屋村委王屋坝村小组出现房屋倒塌。“他说要去转移群众，我让他注意安全。”欧宇帆没想到，这竟成了永别。

“他刚走没多久，就有人说山体滑坡了，好像永嘉埋在里面了。”欧宇帆心头一紧，不敢相信：“这怎么可能？”

事发地河对岸的视频显示，9时7分48秒，刘永嘉出现在画面里，以冲刺的姿态向前奔去。3秒后，塌方带来的泥石流席卷而来，将其掩埋。9时7分53秒，泥石流冲垮房屋，河边溅起水花，随后图像信号消失。

“他只要往后一步，都能活下来。”韶关市三防办相关负责人反复观看事发时的视频，“绝对是英雄的选择！只因心里还牵挂着群众，他没后退一步。”现场画面显示，他奔跑的起点并未被泥石流冲垮。

“我猜他当时看到了山体将要塌方的信号，因此着急着往里冲，转移群众。”该负责人说，多亏了刘永嘉，此前他和同事们从事发地转移的4位群众，躲过了此次塌方。

刘永嘉和家人

热血的年轻人
每次抢险都冲锋在前

雨势稍歇，江湾镇立即组织人员开展搜救工作。欧宇帆和很多应急队员一样，都希望刘永嘉能够奇迹般生还。

但洪灾来袭，江湾镇到处都是滑坡的淤泥，大型机械设备因为道路中断难以进入。大家心急如焚，救援进行得十分艰难。21日傍晚，刘永嘉的遗体终于被救援人员发现。

刘永嘉于2019年入职江湾镇应急队，是镇上最年轻的应急队员。

“他是名热血的年轻人。”同为应急队员的许鸿斌这样评价这名比他晚几年入行的后辈，“不管面对什么事情都很积极，队里有繁重的活儿他总是抢着干。”

4月20日洪水来临时，许鸿斌在镇里的另一处险情点忙着抢险，镇里的通信也出现中断，直到第二天他才收到刘永嘉被塌方掩埋的消息，“多么希望这不是真的”。

“刘永嘉入职近5年来，参加各项应急救援工作时都冲锋在前，在群众遇到困难的时候总能及时施以援手，在江湾镇群众中认可度高、口碑极好。失去了这样一位好同志，是我们镇的重大损失。”江湾镇党委书记曹吾林说。

据了解，刘永嘉有一个幸福的家庭，他的大儿子5岁，女儿才3岁。目前，其家人都已经转移到安全地带。

“我的儿子为抗洪付出了生命，再也回不来了。”社交平台上，刘永嘉的母亲悲痛地说。“你的儿子是江湾的英雄！”在评论区，网友们纷纷送上敬意和慰问。

4月24日夜间到26日，韶关又将迎来暴雨、局部大暴雨到特大暴雨。为了群众的安全，刘永嘉的战友们忍住悲痛，和来自市内外的军地救援力量继续投入新的战斗中去，用他们的勇敢和付出，守护着这个镇、这座城！

寻亲，去康西瓦烈士陵园

谢宏辉没想过，到康西瓦的愿望就这样实现了。

打记事起，回湘阴石塘乡老家时，父亲谢罗初总会指着墙上的遗照告诉他，那是谢宏辉的二叔谢孟初，在边境作战中牺牲。

23岁的年轻烈士埋骨他乡，是家人永远的痛。漫长岁月里，去一趟遥远的康西瓦烈士陵园，为谢孟初扫墓，成了谢家人一直未了的心愿。

从湖南湘阴到乌鲁木齐，3500多公里；乌鲁木齐到喀什地区叶城县，1500多公里；叶城到康西瓦，430公里……清明前，谢宏辉和七叔谢降平的寻亲路终于成行。

59年过去，烈士从未被忘记。在陵园里，谢降平在墓碑前失声痛哭，长跪不起。

湖南湘阴—新疆乌鲁木齐
无尽的思念

3月27日这天，82岁的谢罗初起了个大早，顾不上去医院看痛风肿胀的左手，一心想赶到湘阴老家石塘乡彭家坝村和兄弟们会合。

谢罗初有六个弟弟，一个妹妹，20世纪60年代，湖南湘阴围湖造田，谢罗初成家时就搬离了石塘乡。

七弟谢降平平常在长沙带外孙，离开老家也有段时间了。兄弟几个他最小，身体还算健康，这次由他做代表，和在天津工作的谢宏辉在乌鲁木齐会合，一块去康西瓦。

第一次去祭扫二弟，谢罗初计划着先给父母扫墓，再取些土，让七弟带到二弟墓前，再带着土回来，算是让弟弟回家。

谢降平带了不少祭品，还专程带上家乡酒厂生产的两瓶白酒。酒是谢宏辉找的，酒厂已经停产，他特意托朋友找到酒厂老板才要到。

南国的春天寒意不减，在父母墓前，老人泪流满面，再一次沉浸在无尽的思念中。

谢罗初念念不忘的，是1959年自己休完探亲假回广东揭阳部队那天，弟弟送自己出门，他走了很远后，发现弟弟还一直站在原地，便折返把帽子戴到了弟弟头上。

他也没有想过，这是兄弟俩最后一次见面。

很快，弟弟报名参军，北上去了新疆部队，兄弟俩从此一南一北。有时两人会通信，一来一回两个月。

1962年9月，谢孟初来信告诉谢罗初，自己可能会上前线，如果牺牲了，希望哥哥能回家照顾父母。

在老家，五弟谢定初擦拭谢孟初的烈士牺牲证明书

收到信的谢罗初赶紧回了信，不过再也没收到弟弟回信，很快，他就收到谢孟初牺牲的消息，赶回了老家。

随着军人牺牲证明书寄到家里的，还有一双军鞋、一床军褥和一件织到一半的毛衣。

弟弟的离世，对家人打击太大。谢罗初记得，那时母亲几次哭晕过去。祖母死活不愿意谢罗初再待在部队，让他退伍回了家。没过几年，受了刺激的父亲精神失常，母亲也因悲痛过度哭瞎了眼。

少小离家而又埋骨他乡，是家人永远放不下的牵挂。儿女们也经常听到母亲念叨，要是知道康西瓦在哪，自己爬也要爬过去。

那个年代，联通并不方便。老家人只知道，谢孟初的墓碑在康西瓦烈士陵园，但连康西瓦的大概位置都不清楚。后来，父母陆续离世，这事就一直搁置下来。

活到这个岁数，谢罗初没有别的愿望，只想在有生之年完成父母遗愿。尤其这两年年纪大了，他总是叮嘱儿子，有机会就要去康西瓦看二叔。

2009年，谢宏辉开始在网上搜索资料，但信息不多。直到2019年联系上志愿者杨宝民，才对那个遥远的西部边境熟悉了些。

谢宏辉那时就盘算着要去扫墓，没想到遇上新冠疫情，拖到了2021年。在清明前，他请了假，踏上路途。

乌鲁木齐—叶城
不断地寻找

收到谢宏辉的微信好友申请时，杨宝民第一反应是激动。

在驻疆某部服役20余年后，杨宝民自主择业到了地方。2018年底，新疆维吾尔自治区退役军人事务厅成立，他以志愿者身份加入其中。

2019年，杨宝民随工作组前往喀喇昆仑边防一线，给边防单位公布优待政策时，第一次走进了康西瓦烈士陵园。

对大多数人来说，康西瓦这个地名是陌生的。位于新疆维吾尔自治区皮山县的康西瓦烈士陵园，海拔4280米。

高反带来不适，在陵园每走一步都难受，但看着陵园的一座座墓碑，震撼的感觉一下就涌上老兵的心头。

长眠于此的，大多是1962年边境作战中牺牲的烈士。之后陆续有因参与边疆建设而牺牲的烈士也安葬在那里，陵园至今有112位英烈墓碑。

杨宝民发现，这里绝大多数烈士牺牲时都非常年轻，而且陵园地处茫茫雪山高原，路途艰辛，少有家人探望。

回到乌鲁木齐后，他将烈士的相关信息整理出来，过去那么长时间，很多烈士信息不全，为他们找到家人，成了杨宝民想要做的事。

杨宝民把烈士的信息写成《寻亲，以康西瓦的名义》一文，在个人微信公众号上推出。很快，文章在网上不断被转发。

他还手写了40封信，按照墓碑上的信息寄了出去。有准确地址的就寄到乡，没有的就寄到当地退役军人事务局。

毕竟时间久了，杨宝民知道，收到回信的机会不大，有时他也会收到短信通知，寄出的信投递到了自取邮箱，这就意味着，这封信又石沉大海了。

好在回音也有，几年时间里，有20来个烈士家属陆续主动联系上杨宝民。

谢宏辉就是其中一个。2019年，同乡徐文清烈士的家属转来杨宝民的信件，家人告诉谢宏辉后，他按照信里的联系方式，找到了杨宝民。

陆续找到家属后，杨宝民建了一个微信群："康西瓦烈士亲友团"，很多谜题也就此解开。

谢宏辉早就听父亲念叨过，当年二叔的遗物中有件没织完的毛衣，2020年4月，志愿者王新民从当年的参战老兵那得知，毛衣是卡自义烈士妻子织的，那年她去部队探亲，为丈夫和他的战友们织了毛衣，而因为部队接到任务不日开拔，她就把那半件毛衣留下，回了老家。

和杨宝民一起为烈士寻亲的人还有很多。当年参战牺牲的烈士，有部分葬在叶城县烈士陵园，从2019年接手退役军人工作开始，叶城县退役军人事务局党组书记陈远强认识了杨宝民，有烈士信息需要改正，她就第一时间安排人跟进。

2020年，因为新冠疫情很多人没法到陵园祭扫，她就带着工作人员一起把陵园墓碑一块块打扫干净，代为祭扫。

他们筹划中的事情还有很多：找到更多的烈士亲属，为碑刻信息错误的烈士更换新墓碑，借助组织力量协调烈士家属分批赴康西瓦陵园祭扫……

叶城—康西瓦烈士陵园
艰险的探望

谢降平不是没想过，这样的路途对64岁的自己来说难免难熬，他也没意料到，这段路会是这么艰辛。

谢孟初墓碑

蜿蜒在喀喇昆仑群山之间的新藏公路，平均海拔4500多米，被称为“天路”。

从新藏公路起点叶城县出发，到康西瓦烈士陵园，430公里，沿着219国道途中一共要翻越3个达坂（蒙语，山口），其中两个达坂海拔都超过4900米。

从山上往下望，公路仿佛在山腰画出一道波浪线，一路有无数的回头弯道。常年跑新藏线的司机周光年知道这条路的辛苦，雪山达坂险峻、戈壁无人区荒凉、高原缺氧反应强烈……要是到了三个月雨季，还会遇上泥石流塌方，会车就更危险。

几人到叶城时，正好遇上山上下暴雪封路，在叶城休息一天后，路面解封，杨宝民第一时间通知叔侄俩出发。

一路上，不少路段都还结冰，等着上路的货车也不少，遇上堵车走走停停，平时7小时的路途，这天跑了12小时，直到晚上9时才抵达距离康西瓦70公里的赛图拉镇。

谢降平一路话不多，看着蜿蜒车道，他止不住想起二哥，当年他也是走着同样的路进山，而后又永远留在了这里。他最担心的，是万一上不了山要折返。

3月31日早上9时，天刚亮，谢降平简单收拾了下上了车，一小时后到了康西瓦烈士陵园。

面向喀喇昆仑山脉，高耸的烈士纪念碑矗立在雪山上，“保卫祖国边防牺牲的烈士永垂不朽”，一行鎏金大字十分显眼。

4200米高原气温零下17摄氏度，谢降平顾不得高反不适，穿过纪念碑后，一下就哭倒在二哥墓前，长跪不起。

墓碑上的碑文清晰如新：“谢孟初之墓，七九七八部队战士，湖南湘阴人，一九六二年十月牺牲，南疆军区立。”

“二哥，我们带你回家……”

找到二哥墓碑后，谢降平哭倒在墓前

谢降平捧着父母照片，流着眼泪向哥哥诉说着二老的思念。谢宏辉捧着全家福，哽咽着给二叔一一介绍着他未曾谋面的亲人们……

临近清明，陆续有人来陵园探望扫墓，途经的军车都会鸣笛三声。叔侄俩替家人扫墓后，也一一走到其他烈士墓前，不少烈士家属都托谢宏辉帮忙看望自己的家人。

59年的心愿总算了了，临走时，谢宏辉拿出塑封了的“国之大事，唯祀与戎”八个大字，放在了二叔墓前。

等不到的恋人

我叫朱锦翔，生于1933年。1951年夏秋之交，我随部队空二师北上，参加抗美援朝。

提起这场战争，想起牺牲在战场的他，总是难免动情。

当时，我的未婚夫是空二师六团三大队的副大队长鹿鸣坤，我从小就喜欢英雄，到部队以后，我就把飞行员当成英雄。后来，我们经战友介绍认识、见面，很快相恋。

我和他曾经约定，他争取当英雄，我争取入党。等到战争结束，我们要一块儿去他家看他妈妈。

1951年冬天，他在朝鲜战场上牺牲。

参军

1933年，我出生于浙江台州。我们家一共有四个小孩，老二老三两个男孩早早去世了，我是家里年龄最小的孩子。

父亲总希望我温柔优雅些，将来能够读大学有出息。但我从小就像个野小子，性格活跃。不记得小学还是初中，有天放学回到家里，发现我父亲有辆自行车，我就把它从床底下拿出来，偷偷在家学着骑。

为了让我多受熏陶，父亲特意给我转学，让我和在上高中的大姐一块学习。大姐比我大很多，作为长女，她从小就比较沉稳，从来不让家人操心。慢慢在她影响下，我也文静了很多。

大姐很早就参加革命了，1949年以后，有一次她回老家探亲时，说自己想去上海报考华东革大。父亲没有阻拦，只是担忧，家乡到上海只有一条海路，那时只有机帆船不定时航行，路上还不知道会遇到什么危险。

从小做着英雄梦的我，听到大姐的打算，一时也激动起来。我从小就崇拜英雄，也想去当英雄，回到房间后，我就和大姐说了自己的想法。大姐也劝不住我，但母亲和奶奶坚决反对，哭哭啼啼，觉得我年龄太小就离家。

后来，父亲找到了爷爷。爷爷同意了，让我跟着大姐一块去。爷爷说，我们已经生活在新中国，不管大人小孩，只要自己有主见，就允许个人选择。

离开家的那天，家人都只送我们到大门口。到码头后，发现周围都是出来参军的人，我跟着一身黄土布军装的大姐，坐着机帆船，在大海里漂了两三天，到了上海十六铺码头。

一开始，我们就住在已经定居上海的姑妈家。我就想当兵，每天看报纸，找招生和招兵的消息，那时上海俄文专科学校、坦克、通讯等都有在招，但我通通没报。

有一天，看到华东航空处文工团在招兵，我立马来了兴趣。虽然我不会跳舞，又不会唱歌，但看到“空军”两个字，就是想去，好像一当空军，就和飞机打交道一样。

去报名时发现，报考的人特别多，小的好像10岁刚过，小学都可能还没毕业。通过报名后，就是笔试，笔试合格再面试。不过我准备很充分，发挥得也不错。

1949年12月13日早上，我从报纸上看到了华东航空处录取名单里自己的名字，一共录取了100人。特别开心，一遍遍看那个报纸上刊登的小小名字。就这样，我如愿进入了华东航空处文工团。

初遇

这个文工团也是培养各种干部，先集中训练三个月，然后再不断调整分流到其他单位。

在那三个月里，除了军事训练，主要就是学习部队的政治条例和理论，让我们成为一名真正的军人。

我们还时不时排练些节目，偶尔下到附近的空军机关单位进行一些演出，反响还算过得去。等到集训结束，文工团里几位年龄稍大的战友都陆续被调走了，同寝室的战友也被调走了。

又过了两三个月，团里接到上级命令，需要几名男女团员调到战斗部队工作。团领导知道我一直想去战斗部队，等到正式命令下来，我就打上背包，到了上海空二师部队。

我的新岗位是通讯队的财务股见习会计，办公室离机场跑道虽然有两三里远，但还是可以清楚听到时大时小的轰鸣声。我一点都不觉得吵闹，反而很高兴，因为这是神圣又豪迈的事业。每次离开办公室到外面，看着蓝天上的战机呼啸而过，都觉得很惊喜。

那时候部队的女同志少，总是会比较受关照些。到部队很快就一年过去，办公室的大姐看我也到十七八岁该找对象了，开始帮我张罗起来。

1951年初，经战友介绍，我和鹿鸣坤相识。那时我18岁，他22岁。

鹿鸣坤是空二师六团三大队的副大队长，山东人。抗战时，他们那里家家户户都自告奋勇去当兵上前线，他有一个姐姐、一个妹妹，为了打日本人，13岁时，他的妈妈把他送到了部队。

第一次见面时，我就觉得鹿鸣坤是我理想中的对象，外表纯朴、魁梧大方，看起来人很正派。不过，自那过后，他就再也没了消息，我心里也很忐忑，不知道是出了什么事，又不敢表现出来。

一开始特别难熬，后来索性就想把这事忘了，自己找事做做打发时间。差不多过了两三个月，当时的介绍人和我说，鹿鸣坤想再见我。

当时，我还有点赌气地冲介绍人说："他想见面就见面啊？好像就他忙，别人的时间就不是时间。"但心里还是很开心的，后来我才知道，飞行员谈对象，最重要的就是政审。第一次见面后，鹿鸣坤就认定我是他的

鹿鸣坤和朱锦翔

爱人，回单位后立马和组织报告了，没想到政审这么久，他在那头也急得不得了。

再后来，我们基本上一个礼拜见一面，不过，当时空军刚组建不久，条件有限，飞行员在航校只飞过几十个小时就分配到了作战部队，飞行训练任务依然很重。

我们每次见面时间都没有超过三个小时，即便见面，我们也从来没有一起吃过饭，没有机会拥抱，只是握过手。家人送过我一块手表，他想要看我的手表，都不敢碰我的手。他之前和日本兵拼杀，肚子上留了个洞，我也从来没有摸过，没有看过。我们那个时候就是这样。

战争

那时候，抗美援朝战争已经爆发。

我们空二师很多战友都是来自东北部队，知道朝鲜战争开始了，大家热血沸腾，强烈要求去参战，大家喊的口号就是“抗美援朝保家卫国”。

我和鹿鸣坤见面谈得最多的，也是到朝鲜前线的事。我们谈得来，每一次见面聊天，也都是雄心勃勃的。

有一次见面，他说了一句话，把我急哭了。他说：“这一次去参加抗美援朝，也许当英雄回来，也许就牺牲了。”

听到他说“牺牲”这两个字，我一下就哭开了，我说：“怎么可能会死呢？”虽然我是发自内心地想上前线，但就是没有办法把战争和“死”联系起来。

他毕竟比我大4岁，笑话我说：“你看你还是个孩子，我在陆军和日本人面对面拼刺刀都没有死，现在还有飞机这个大家伙保护着我，还有你这个‘保护神’，你送给我的那张小照片一直在我的图囊里装着呢。”他的话一下把我说笑了。

这个事过后，我们再也不谈牺牲的话题。不仅是我们见面的时候没有提过，后来在信上他也从来没有提过。哪怕再艰难的情况下，战友不断牺牲时，他都没提过。

为了动员参战，部队举行了誓师大会。各单位互相拉歌，全场歌声不断，周围全贴上了标语，激励斗志。很多战友都站上台发言，最感人的是几个东北的战友，大家都纷纷表态，不把美帝从朝鲜战场赶出去，誓不罢休。

我也上台说了自己上前线的决心，那时候女同志本来就少，一般是不建议去参战的。但是我就要去，我觉得多一些经历好。

离上前线的日子越来越近，部队到处都处于紧张忙乱中。鹿鸣坤和我说，他们的训练任务也越来越重，以后我们见面的机会可能不多了。我也告诉了他，自己申请参战的消息。我不害怕自己去前线，但我也知道，上了一线，就意味着我们要长时间分别了，心里很舍不得。

我们最后一次见面是在一个废弃的高尔夫球场。他知道机群马上要大转移，我们可能不会在上海见面了，所以来找了我。

我们俩坐在球场一处高地上，也没靠太近，留有一点距离。那时候我也没意识到这是最后一次见面，分开的时候他说，我们都好好干，他争取当英雄，我争取入党。他还说了一句话：“咱们以后就多通信，多写信。”

那时候我是个小团员，总觉得自己入党条件远远不够，没想过入党的事。听他这样一说，信心大增。

参战

很快，我们都到了东北。

虽然是一个单位，但我们不在一个地方，我的驻地在凤城鸭绿江边。部队以部门为单位分住各处，无论是学校、寺庙，或是机关单位，只要能腾出的房子，先全给安排上。

我们的宿舍和工作的地方就在一个两层楼的房子里，床板一字排开，住大通铺。男同志从东往西，女同志从西往东，中间用一张床位隔开。床对面空着的地方，就当办公用。在前方，能睡在有屋顶遮挡的房子，条件已经很好了。

等一切安排好，我也开始惦记鹿鸣坤。我在单位当会计，又是出纳，还兼着采购。有次，借着出去采购，到了机关打听他们的情况。一到那里，有个战友就和我说有我的信，那是鹿鸣坤到前线给我写的第一封信。

在信里，他说他们在大孤山野战机场，任务紧张，还说他们马上要发跳伞纪念章，这枚纪念章准备送给我。信里附上了两张照片，是他和战友几人刚到大孤山时的合影。

那段时间，我们就靠写信联系，写了五六封信，每次一来一回总得一二十天，但我又不敢打扰他，不敢分散他的精力。在信里，他说的除了对这场战争胜利的自信，就是鼓舞我的内容，看不到战场残酷的一面，也从不透露战友牺牲的消息。

但我是知道的，隔一会儿就听见有谁牺牲了，隔一会儿就有谁牺牲了，我总是提心吊胆。有一天，我竟然听到了鹿鸣坤战友——大队长牺牲的消息，我知道一点他的情况，他也是山东人，23岁。我也知道，他有一个相恋一年的对象，他一走，他的家人和对象该多痛心。

战场上没有欢庆，更拒绝悲伤。每当机务主任从塔台走到机场某架机组位置，默默地用手指飞机的盖布、工具包画一个圈，大家就明白，这架战机的主人回不来了。

正当我担心鹿鸣坤时，收到了他的来信，那是1951年12月。看得出来他写得很急，他说战斗任务越来越重，但他们的斗志依然不减。他还说我们要为实现诺言而努力，等到战争结束那天，我们再高兴地畅谈未来。

牺牲

突然，我们收到了师部回撤的指示。

说返回就返回，大家都很快打包收拾好。返回比去的时候省力，专列直达。我们乘坐的是旅客列车，人人都有座位，而且正常运行，不出三天，就回到了上海。

我们换了驻地，距离原来的虹桥机场还有些距离。我那时还想着，之前和鹿鸣坤约定过，等我们回上海后就在那个老高尔夫球场见面，看来要换地方了。

安顿好后，我一心等着鹿鸣坤撤回上海的消息，我和鹿鸣坤虽然得到正式批准，单位里的人也都知道我和他的感情，但总不好意思向人家问起他的情况。

休息时，我去了趟留守处，没有收到前线来的信，就找了个借口去看望战友，想打探点情况。

几句简单寒暄后，我们俩说着说着，她就说："听说三大队……"突然感到失言，她没有往下说。我就马上紧张得不得了。我问她："是不是鹿鸣坤怎么了？"

她马上把话咽下去说："你看你还像个孩子，鹿鸣坤没死，你不相信，你回去就给他写信，他收到信了保管笑话你！"我们再没有多说什么了，但是我心里很不安，因为三大队一共就三个大队长，一大队长牺牲我是知道的，剩下的就是二大队长和鹿鸣坤。

回到宿舍，我立马给他写信。信里问他，前方仗打得怎么样，大概什么时候回来。我告诉他，我很想他，等他一块回来看他妈妈。这个时候我已经预感到，鹿鸣坤可能牺牲了。

第二天，我要出去采购一些东西，这一天就觉得好累好疲惫，从营门口回宿舍也就十来分钟，但是觉得好远好漫长。走在路上时，碰到一个战友，我们就随便聊了起来，也是想向他打听些情况。

师部刚回上海，大家一开口就是关心前线怎么样。我问他："这几天再没有牺牲的吧？"他脱口而出说："听说又牺牲了一个大队长。"我问哪个团的几大队，他看我那么紧张，就不往下说了。

那一刻，我的心如刀绞，连续两个战友都这样说，很可能就是真的了。但我还是不能完全相信，自己的爱人不可能在我一离开就牺牲。

回去以后，我把我的工作安排好，作为军人，这些起码还是要做完的。然后我就睡下了，晚饭我也不吃了，第二天我也不起来了，第三天也没起来。连着三天，我躺在床上不吃不喝。

给他写的那封信，也一直没有发出去。我没想到他会牺牲的，真的没想过。

战后

刚开始，大家还想瞒着我，后来看实在瞒不住了，部队领导来找我正式谈话。只是听他说到鹿鸣坤牺牲了，其他的我什么也听不进去。我预计应该是在1951年底，大概是在我们返回上海的途中牺牲了。

那段时间我始终摆脱不了痛苦，像是换了一个人一样，机械式地工作上班，常常对着他送我的一支关勒铭金笔发愣、落泪。

部队领导把鹿鸣坤飞行图囊里我的小照和我写给他的一封信交给了我，我常常对着这些东西啜泣，自己也胡思乱想：他还没展开新的生活，就孤孤单单离开这个世界；他的家人知道又该怎么样……每次一想就头痛得像裂开似的。

第一次见鹿鸣坤，我就把他当成心目中的英雄。往后越了解，越觉得他品德高尚，是个纯粹的人，他总是寄希望于未来，寄希望于战争结束，我也想不到，高尔夫球场的那场见面竟成我们的永别。

军人打仗，牺牲是很正常的，战友都劝我化悲伤为力量。领导从各方面考虑，看到我那个时候的状态，一再建议我休假几天，我就去了在上海的大姐家。

这次看到我，大姐很意外，发现我不仅瘦了很多，人也没了精神，她一问我怎么了，我就又哭开了。我们家家教很严格，不让我谈对象，大姐不知道我有男朋友。那一次我才哭着和她说了，她也边听边为我流眼泪。

这次我大概在大姐家住了一个晚上，之后再也住不下去了，就回了部队，我想一个人静静地待着。别人怎么能理解我内心的痛苦，我又怎么跟他们说？

时间过得很快，部队向文化进军。我们师部要成立一个文化补校，需要一些教员。部队领导本来就考虑要给我换个工作环境，让我心情好一点，加上我还上过高中，我便被调到文化补校。

但伤心总是难免的。在场院里，经常能看到身穿飞行服的人玩篮球、托排球，一色的身背图囊，一律的高筒大皮靴。看着他们，我总是能想起鹿鸣坤，想着要是没有这场战争，鹿鸣坤也会和他们一样，过上新的生活。

鹿鸣坤牺牲前照片

在战友面前，我极力掩盖自己的情绪，当作什么都没发生。要是碰到鹿鸣坤生前的战友，我也是避而远之，生怕一多聊就要流泪。

1954年，地方急需干部，要求身体好，基本条件不错的尽快转业到地方工作，我就转业到了华东统计局。工作一两个月后，大区一级机关撤销，让有条件考大学的学生考大学，我抓紧时间考大学，但是考理工科来不及了，当时我就想到了学新闻，写下我们那些抗美援朝的英雄故事。

全国当时设立新闻专业的只有两所大学，南方是复旦大学，北方是北京大学，幸好之前在补校时，打下了一些文化底子，我跟着学校里一位上海交大的老师学习了一段时间，基础还算不错。我复习了整整两个月，不分昼夜、废寝忘食，吃饭就在宿舍附近的小吃店买着吃，后来终于顺利完成了考试。

八月放榜，我在报纸北京大学新闻系录取名单里看到了我的名字：朱锦翔。这一刻我多想和人分享，可是心爱的人已经不在。

诺言

最后一次话别时，鹿鸣坤提出等抗美援朝回来后，一块到山东老家看看他妈妈。就这么一句话，一直在我心头装着。

那时我们年纪小，总觉得有过诺言就一定要履行。

大二的时候，我在哈尔滨日报实习，第一次到沈阳北陵的烈士陵园看望鹿鸣坤。当时，一个女同学陪我一块去，那天恰遇陵园关门不开放，见我在门口流泪，工作人员知道情况后，专门为我把门打开了。

这是第一次看鹿鸣坤的坟墓，还是很伤感的，难以形容的感情。

1958年毕业分配时，我成为兰州日报的一名记者，也成了家，后来又在兰州大学新闻系任教，直到退休。我一直想着去看鹿鸣坤的母亲，但中间因为各种原因，都没能成行。

退休后，我先去了北京和同学们一块编书。后来亲人和孩子们要我回上海，他们说把房子买好了，叫我回来看看。

朱锦翔再次前往她和鹿鸣坤恋爱的地方

2006年，回到上海，顿时觉得物是人非，特别是走到虹桥机场附近的时候，很伤感。我想我一定要实现我的诺言，便强烈地觉得我要去寻找鹿鸣坤的家属，虽然我明知道他妈妈不可能再活在世上。

我从上海出发，坐火车到了山东，他原来的住房已经成为一片废墟。后来，我找到他姐姐的儿子和儿媳妇，他姐姐的儿子很像年轻时候的鹿鸣坤。其实他都40多岁了，鹿鸣坤牺牲时也才22岁，但是他们长得很像。

我看到他们生活得不好，内心很自责。我想，假如他舅舅在世的话，怎么也要培养他们，赞助他们读书，把他们送出去。鹿鸣坤绝对会做到，我也会做到。

现在我身体还是比较好的，但是基本哪都不去了，这辈子估计是不会去沈阳再见鹿鸣坤了。

2020年10月25日是抗美援朝第一次参战的纪念日子，那个时候我们还有一些活动需要参加，等这些事了了以后，我就准备搬到老年公寓去。

提起这场战争，想起牺牲在战场的他，总是难免流泪，总是难免动情，虽然已经过去70年。我这辈子，幸福来得太晚，真的太晚了。

那个年代18岁的感情，好像始终在心里藏着，已经刻在了我心里。这是我人生最初的经历，最初的那份爱情。

来自读者群的故事

30岁，我选择辞职、留学、读博

（燕逸，深圳）

2022年，我完成了自己一直想做的事情：辞职、申请博士、去留学。

我马上30岁了，之前在深圳一家国企工作，有一个快两岁的孩子。我的先生在比利时工作，我之前工作的国企是有外派人员的，我也曾被外派到卢森堡，这样我跟我先生就离得很近。

在外人看来，我的工作和生活都挺稳定的。尤其是我们现在有了孩子，不少人觉得就别折腾了。但是奈何我还有一颗“不安分的心”。

我是2020年回国的，因为新冠疫情单位就没有再外派我出去了。2022年，公司对于外派的事情也不是特别明朗，我就想与其在这里等待，不如我自己主动做一些改变。正好我也有一个读博士的梦想。

2022年3月，我开始申请国家的公派留学。这个竞争还是挺激烈的，差不多有三分之二的人要被筛选下去。那时候白天上班，晚上就等孩子睡了，我开始准备材料，熬了不少夜。

记得当时还要提交一份现在单位的推荐信，也等于变相告诉工作的单位“我要走了”。那时候心理压力挺大的。尽管我那时的领导和同事都挺支持我的，但你想，你已经大张旗鼓地说要去留学了。万一申请不下来，白忙活了一场，我也担心处境会尴尬。

公派留学的申请结果上一年是5月公布的，但2022年推迟到了6月。那段时间过得挺煎熬，好在我等来了申请通过的消息。那天我在深圳的地铁上，

燕逸

还是一起申请的群友帮我查的结果。我赶紧跟家人分享了消息，我自己也松了口气。

我家人还是挺支持我的，特别是我爸爸。他觉得人能有不断的追求是好事。我博士读的是物流管理专业，有一个研究方向是低碳经济环境下绿色物流这块的，我挺感兴趣的。我的导师在这个领域研究得比较深入。她也是一名女性。我还是挺期待能和这么优秀的人一起学习的。

2023年1月，我就要带着我女儿一起去比利时读书了，我也给她联系了那里的幼儿园。

之前，我是看你们栏目，写了一个爸爸带女儿到处旅行了几年，上了一所“全国幼儿园”。那时候挺羡慕的，就扫码进了读者群。我感觉一直带女儿旅行我可能做不到，但是希望在能力范围内，每年带女儿去一个新地方旅行，让她的世界一点点扩大。

我想把我的故事分享出来，一方面是给自己一个鼓励，也希望大家新的一年，可以勇敢跳出自己的舒适圈，迎接和拥抱变化。新的一年，希望异国的学习、生活顺利。

鸡娃不如鸡自己

（亚坤，苏州）

2022年，是我的本命年，但我这一年过得并不好。年头的时候我生了一场病，年中失业，2022年不少努力争取的机会都没有实现。我有时候回想这一年，感觉真的挺不顺的。

但也许人在不顺的时候，才会促使你多思考，会反省。这一年我也悟出一个道理“鸡娃不如鸡自己”。

我之前是做教育工作的，教高中语文。也是两个孩子的妈妈，一个孩子6岁，一个孩子2岁。我在教学生的同时，我也会反省自己对孩子的教育。

如果把考大学作为一个阶段性的目标，我看了不少孩子的“大结局”。我也尝试从这些“大结局”里面，总结一些共性出来。一方面是作为自己的

亚坤生日和家人一起

教学经验，另一方面，我想研究一下，培养出一个优秀的孩子，他背后需要怎样的父母。

我发觉这里面有一个共性。无论孩子的家庭条件如何，父母的工作和知识背景有什么差异。这些家长，有一个共通点，就是都很理解和支持自己的孩子。

在学习上能给孩子指引的一些家长，他们能够做到对孩子的想法足够尊重；还有一些父母，随着孩子课业难度的增加，在学习上他们可能帮不上什么忙，但他们会无条件地相信和支持自己的孩子。

我看到了，很多优秀孩子的背后，是在帮助孩子成长为独立的个体的父母。

近几年，我也遇到了不少学生存在一些心理问题。有的学生告诉我，他有抑郁症，他有双相情感障碍。我挺为这些孩子惋惜的，花一样的年纪，要承受这样的病痛。每一个孩子的情况不同，但我或多或少看到了他们原生家庭以及父母的教育方式给他们带来的影响。

有一个孩子很文静乖巧，有一天她妈妈说孩子跟她吵架了，让我说说她。我问孩子原因，她说妈妈在她卧室里装了摄像头。后来，讲到人生最珍贵的东西，我让学生们列出对自己而言最重要的5样事物，然后一件件画掉。我问那个女孩最后剩下了什么，她说“自由”。

2022年，我也经历了跟自己孩子“妥协”的过程。我和我先生都是表达能力比较强的人，尤其我属于有点“话痨”，特别能讲的人。我觉得我女儿受我们影响，口才、社交应该没什么问题。但我女儿的性格恰恰相反。

我女儿属于比较“社恐”的类型，有时候幼儿园老师和小朋友跟她说话或者打招呼，她都会没有回应，不理人家，常常躲到我背后。每到这个时候，我就在后面帮她解释。但时间长了，我也会着急。

有一次，我因为这个跟她发了脾气。但是事后，我又开始自责。那天我思考了很久，我平时常告诉别的家长，要理解孩子，给孩子空间。但事情到自己身上，好像就做不到了。

跟自己“和解”之后，我放下对孩子这块的“执念”。过了一段时间，她竟也会自己处理人际关系了。尽管这是个小事情，但我知道，在孩子的成长中，我还需要很多次这样的“妥协”。

孩子就像我们种在土里的种子，你浇水、施肥、耐心呵护，但往往他们不会按照你的意愿长大。

现在很流行一个词叫“鸡娃”，但我觉得“鸡娃不如鸡自己”。2022年7月，我辞职之后，开始忙自己的创业项目。之前朋友劝我，不要着急辞职，要不然压力会很大。这句话应验了，我现在也时常会焦虑。我通过努力缓解这些焦虑，也希望努力可以换来结果。

新的一年，希望一切可以顺利起来。“鸡自己”让自己可以变得强大，无论以后孩子做什么决定，作为父母，我们可以有能力给他们兜底。

用AI换脸扮演父亲

（孙歌，抚顺）

我父亲是半年多前去世的。

由于担心91岁的奶奶受刺激，我们一直向她谎称我父亲在北京看病，不能随身带手机。后来，奶奶要求说，我们去看他的时候，至少拍个照片，或者录一段视频带回来给她看看。当时我口头就答应了，但其实也不知道怎么办。

后来是被逼得没办法了，我就想起以前看《流浪地球2》里面刘德华扮演的角色图恒宇，给自己女儿做了一个数字人。我就想着，有没有什么类似的办法。后来搜了一下，发现AI换脸的软件有很多，交点钱就可以拍一段视频，然后上传一张照片达到换脸的效果。

为了宽慰奶奶，我就开始这样拍视频，模仿父亲说话的方式跟奶奶问好。为了模仿得更像，我还特意刮掉胡子。虽然换脸后的视频清晰度不高，但好在奶奶相信了。

奶奶让我拍我爸，也是因为她想儿子了，担心儿子是不是有什么变故。我们跟她说我爸没有事儿，还有视频为证，她看了后就不会往坏处想，也算是得到了安慰。她一直觉得我父亲病情还挺稳定的。

至于之后是否打算一直用这种方式去瞒着奶奶，现在还说不好。对我来讲，这需要承担巨大的压力，每次录制我的情绪几乎都处于崩溃的边缘。但是，父亲生前跟我说，要我好好照顾奶奶。为了他的嘱托，需要的话我可能之后还会拍。

我父亲之前得了一种罕见病，我全程参与了他整个治疗过程，每天这么陪着他，感同身受，甚至曾经一度认为自己是患者。我一直在自责，作为一名医务工作者，我经常给他做体检。但是，因为我父亲得的是一种罕见病，发病率只有百万分之一。也是我们的知识储备量不够，这种罕见病就是这种症状，单纯看检验指标的话，所有的指标都是正常的。想想我就又挺后悔的，如果自己能早一点发现，会不会能更好一点？

前半生我是一个挺“卷”的人，卷老板、卷员工、卷自己、卷同事，拼命地赚钱。后来，我在全世界范围内带着父亲看病。父亲去世以后，我觉得很无力，我整个人生观、价值观崩塌了。原先以为钱可以解决一切事，但是后来发现，真正到关键时候钱是买不了命的。我也因为这个事情抑郁了，之后跟心理医生聊了很久，才逐渐走出来。现在我想通了，我下半辈子应该去做一件有趣的事，这件事如果还能有点意义就更好了。因此，我注册了网络账号把视频分享出来，一方面是和过去告别，另一方面也希望大家能珍惜眼前人。

后 记

平凡中的不平凡

在过去的五年里，作为社会新闻工作者，我们穿梭于城市的各个角落，深入普通人的生活中，聆听他们的故事，记录他们的点滴。这些故事，虽然平凡，却蕴含着人性的温暖与力量。正是这些平凡的故事，构成了我们社会的重要基石，也成为我们写作这本书的初心。

为什么要出这本书？其实，答案很简单。在日常采访中，我们接触的大多是普通人。他们没有惊天动地的壮举，没有耀眼的光环，但他们身上却有着人性的闪光点。他们努力生活，面对困难从不退缩，对生活充满热爱，对梦想执着追求。

这些普通人，正是身边的你我。他们的故事，就是我们自己的故事。我希望通过这本书，让更多人看到这些平凡生活中的善良、向上、坚韧与热爱。

这本书的内容涵盖了多个方面。它记录了人世间的温情瞬间，那些在日常生活中被我们忽视的小确幸；它讲述了普通人追寻热爱的故事，那些为了梦想而努力奋斗的身影；它展现了打破世俗观念、过上不被定义生活的勇气；它也记录了那些看似平凡却有着不平凡经历的人们。

这些故事，或许微不足道，却真实而温暖，它们是时代的缩影，是我们生活的写照。

这本书的特色在于它的真实与贴近生活。这些故事并非虚构，而是历时五年，深入采访、实地走访，从普通人的生活中捕捉到的真实瞬间。我们走进他们的生活，聆听他们的心声，记录他们的喜怒哀乐。这些故事，没有华丽的辞藻，没有夸张的情节，却有着最质朴的情感、最真实的力量。

我们将其编纂成书，不仅是为了记录这些故事，更是为了传递一种信念：平凡中也有不平凡。

我们为什么要关注普通人？因为透过他们的故事，我们看到了自己。每一个努力活着、踏实生活的人，都是这个社会不可或缺的一部分。生活中充满了平凡的故事，但正是这些故事汇聚成了社会的善意与温暖。平凡展现的不仅是生活的真谛，更是人性的光辉。

我们要感谢贺达源、杨琼、刘长欣、张笛扬、张晋、徐勉、吴彬彬等记者对本书文章的贡献，以及吴明、张迪、金镝、郑新洽、董天健、王俊涛、梁矩聪、肖雄等摄影记者及部分受访者对本书插图的贡献。感谢暨南大学新闻专业学生汪娅在文章整理过程中的贡献。感谢《我的潮汕妈妈》受访者周帆为本书提供封面素材。

最后，感谢每一名接受我们采访、愿意讲述自己故事的人。

这本书的出版，不仅仅为了让更多人看到这些故事，还为了让更多人相信：即使身处平凡，我们依然可以活出不平凡的自己。希望这本书能够成为一束光，照亮更多人的心灵，激励更多人去追求自己的梦想，去书写属于自己的不平凡故事。

作者

2025年春于广州